讓生命潛能 帶你探索心靈世界的真、善、美
Life Potential Publishing Co., Ltd

The Archangel Guide to Ascension

55 Steps to the light

光與智慧的靈性指南

黛安娜・庫柏 Diana Cooper & 提姆・威德 Tim Whild◆著　黃愛淑◆譯

目錄

推薦序——打開內在的本源之光，家就在前方不遠處等著我們 伊莉沙白／004

簡介／009

步驟01 蓋婭女神與你的靈魂約定／015

步驟02 獨角獸／020

步驟03 十二個脈輪的準備工作和五次元梅爾卡巴的啟動／028

步驟04 大天使麥達昶／035

步驟05 中央大日／042

步驟06 龍精靈／046

步驟07 元素精靈王國／057

步驟08 星際議會／064

步驟09 請求星際議會協助地球／073

步驟10 宇宙鑽石紫色火焰／079

步驟11 取得星體的智慧／085

步驟12 打造你的水晶光體／096

步驟13 光的發送／101

步驟14 感激與祝福的法則／105

步驟15 愛與仁慈的揚昇之道／113

步驟16 接納、寬恕與不傷害之道／118

步驟17 內在的本源之愛／125

步驟18 月亮的影響／132

步驟19 大天使聖德芬／137

步驟20 大天使加百列／143

步驟21 大天使烏列爾／150

步驟22 大天使夏彌爾敞開心輪／156

步驟23 大天使麥可／163

步驟24 大天使拉斐爾／169
步驟25 大天使約菲爾／175
步驟26 大天使克里斯提爾／180
步驟27 大天使瑪利爾／185
步驟28 大天使麥達昶的能量中心／191
步驟29 大天使薩基爾／198
步驟30 大天使裘里斯／203
步驟31 大天使波利梅克——
大自然界的天使／210
步驟32 大天使斐利亞——
動物的天使／217
步驟33 大天使普米尼拉克與昆蟲／223
步驟34 大天使波比——鳥類的天使／230
步驟35 大天使布提亞里爾／236
步驟36 大天使愛瑟瑞爾／243
步驟37 六翼天使塞拉芬娜／249
步驟38 亞特蘭提斯藍星封印的冥想／255
步驟39 業力的豁免／260
步驟40 接受大天使的斗篷／266
步驟41 默哈瑪與十二個脈輪的啟動／273
步驟42 共造寶瓶時代的揚昇光池／282
步驟43 瑪利亞的斗篷／287
步驟44 獲得興隆與豐盛的工具／294
步驟45 昴宿星的心輪療癒／300
步驟46 啟動煉金術與神奇魔法的靈性法則／306
步驟47 基督意識的門戶／311
步驟48 保有純白光和揚昇火焰／316
步驟49 亞特蘭提斯的金色火焰／322
步驟50 基督的金色光束／328
步驟51 樹木的智慧／333
步驟52 擴展五次元的心輪／340
步驟53 發現自己的揚昇光束／345
步驟54 揚昇水晶與水晶骷顱頭／350
步驟55 即時陽光／356
後記／361

推薦序——

打開內在的本源之光，家就在前方不遠處等著我們

伊莉莎白

這本書真的是我們的靈魂、高我、我們內在的天使質地渴望的精神食糧與回家道路的索引啊！真的是太精采太珍貴了！此書可說是集合黛安娜・庫柏老師這二十年來所有著作之大成與精華，如果沒有看過這本書就落伍了！錯過這本書，將會是人生最大的遺憾啊！

「地球是一個非常特別的地方。為了要投生到這裡，我們的靈魂必須是七次元以上的。」這是何等殊勝光榮的一件事！我們都是高等智慧的靈魂，因此得以有幸被邀請到這裡學習與成長。不論我們的大腦想不想要學習與成長，總是無法抗拒靈魂的牽引，因

為靈魂總是被發著光的揚昇道路吸引，這是為何我們選擇投生地球、成為人類的主要原因。

但是你們是否跟我有相同的心情呢？

時至今日，揚昇成道成佛，或許不是我們渴望更深入靈性世界探索最大的吸引力，我們內在敲打的聲音。傾訴著我們已經跟本源分離太久，我們一心想找到回家的路才是背後真正的推手。因為在每個人的內心深處，隱隱約約知道自己的家不在這裡，是在十分遙遠的地方。然而我們不知道家在何方？怎麼回去？什麼時候可以回去？我們總是感覺到自己離家千萬里，而且已經離開家好久好久，久到我們擔心、恐懼著可能回不去了，因為我們已經快忘了回家的路。

為何會走上靈性的道途？為何想要了解靈性的真諦與實相？為何對靈性的消息求知若渴？因為我們原本就是屬靈的，我們原本就是喜歡靈性的，這份喜歡是我們內在與源頭依然緊密連結的蛛絲馬跡，不論我們是否能夠把它認出來，我們仍然會不由自主的被它牽引，我們其實是走在回家的道路上的，只是這一路走來艱辛坎坷、傷痕累累，過去我們在靈性銀河的黑暗期載浮載沉……

終於地球進入了寶瓶座紀元，在二〇一四年，地球更進入了第四次元，更多的光之工作者，正從靈界陸續帶出更寶貴的訊息，更多神聖的祕法被解除封印重現人間，更多的神聖存有把高頻的光注入地球，進入我們的能量場與意識之波，教導我們離開因果業力糾結，恢復清淨明亮的光體，處於光子帶的寶瓶座紀元是屬於地球與人類的恩寵時代！這是一個讓我們重新正確使用靈性，來為我們過去曾經在亞特蘭提斯誤用靈性天賦以示負責的世紀！我們的眼前出現了光亮，我們知道家就在前方不遠處等著我們！

目前地球上有一種狀況是從未發生過的：三次元的地球結構正被保留著做為一個學校，給那些想要繼續在這個層次上學習的人，而同時一個新的五次元學校已經在更高的水晶基質上建立了。那些已經是完全五次元的人，他們發光的能量正在快速提升每個人的頻率，這個工作會在二〇三二年整個地球進入光輝的五次元以前完成。

目前的情況是，很多已進化的人正在引進他們的五次元脈輪，他們發現，要打開上面的幾個脈輪——頂輪、第三眼、喉輪、心輪和太陽神經叢——並不困難。但是，當較高的能量下來時，會卡在生殖輪和海底輪。原因是，在基本的生存問題和人際關係這方面，每個人都還有很多課題有待學習。這些留存在較低脈輪裡的生存和情緒上的恐懼，會讓我們的海底輪和生殖輪一直停留在三次元的層次。這些相關的課題一直不斷地出現，是因為這些都是此刻需要學習的。

當你閱讀此書，表示你正走在快速揚昇的道途上，天使們將會給你很多機會去完成課題。所以你要著眼於天使給你的挑戰，好好從中學習，並且照著書中的練習去做，你五次元的生殖輪和海底輪才能出現。

在這本書裡提供了五十五種簡單方便的揚昇途徑，集合了所有你從其他的靈性書籍、其他訊息管道所，知曉的靈性工具與光的神聖存有們，可以說是一應俱全；它是一本讓你讀完後，振動頻率會提高、脈輪會發光、心與靈魂會喜悅歌唱的能量書。

二〇一三年，戴安娜．庫柏老師來臺灣帶領亞特蘭提斯的工作坊，當時她教導我們開啟第五次元的十個脈輪、回到地心空洞的金字塔、接受大天使麥達昶金橘光的斗篷、認識亞特蘭提斯……我便深深被這些高度振動的頻率所吸引、被黛安娜老師智慧慈悲的迷人手采所震撼！我的頂輪與眉心輪飛快的旋轉，內心的狂喜告訴我，我找到回家的路了！我的內在知曉十分肯定黛安娜老師所提供的揚昇方法，是真實存在的，只要我們能夠如實的運作練習！這悸動持續發酵影響著我，驅策著我要跟隨她、像她一樣協助地球與人類的揚昇，也促成了我在二〇一五年到英國黛安娜庫柏學校受訓，實現了與天使、獨角獸、揚昇大師們一起工作的夢想！

我決定每天都要運作一個書中提供的方法來自我修煉，我也誠摯邀請每位讀者、我的學生們一起來練習，相信五十五天之後，我們內在的天使與揚昇大師的質地，將更為光華璀璨，我們的靈魂水晶將更為潔淨通透！

最後祝福每位讀者都能夠從這本書裡光的神聖存有們的愛、從黛安娜的智慧中，找到回家的路，進入屬於你們燦爛耀眼的揚昇之道！

伊莉莎白 *Elizabeth Chou*（周珮羚）

英國天使靈氣師父、英國黛安娜・庫柏學校認證老師、天使訊息管道、天使個案解讀工作者、光的課程帶領人、合一傳導師。

- 二〇一二年與大天使麥可取得連結後，即開始在部落格與臉書發表介紹十五位大天使與天使國度的訊息，開始天使個案解讀的服務。
- 二〇一四年成為英國天使靈氣師父，已訓練出近兩百位天使靈氣執行師。
- 自二〇一五年起在台灣全省北中南舉辦「天使之愛」的活動，數百人親身體驗天使充滿光與愛的高頻能量、見證天使的存在。
- 二〇一五年秋天成為黛安娜・庫柏學校（Diana Cooper School of Angels and Ascension）認證帶領《天使》、《獨角獸》、《列木里亞行星療癒》工作坊的老師。目前正在台灣極積推動「天使靈氣」、「天使之愛共享會」、「召喚天使」、「神奇獨角獸之愛」的教學。
- 個人連結——

痞客邦：宇宙恩寵之光 http://elizabeth15angel.pixnet.net/blog

臉書：Elizabeth Chou https://www.facebook.com/elizabeth.chou.16

簡介

初識提姆

這是一本帶有高頻能量的書，所以在一開始時我要告訴你們，為了想知道這一生開始之前的一些事，我去做過一次諮詢。當時的情況是我被叫去會見我的指導靈以及我的守護天使庫彌卡，以及大天使麥達昶。在場的就沒有其他人了。

他們要求我在地球上承擔一個任務。他們給我看了我的父母親和家庭，並且告訴我：我必須立刻投胎。當時已沒有時間討論或考慮，我只能選擇接受或拒絕！現在我在這裡，顯然我當時是接受了。

我在一九四〇年生於喜馬拉雅山，就在那個時刻第一個炸彈落在倫敦。我的工作是要做為光，對抗黑暗力量。

我經過了遺忘之帷幕，忘卻了與神性之間的關係，但是當生活中的艱難太過沉重時，天使們會再把我拉進光裡，而我也就一直與他們合作至今。這是我與庫彌卡和天使們寫的第二十七本書。

我在一次簽書會裡遇見提姆，他買了我寫的《發現亞特蘭提斯》（*Discover Atlantis*）。我在幫他簽書時問他從事甚麼工作，他是一個園丁，而那時我剛好需要這樣的人。

後來，我叫他幫我砍掉花園盡頭一棵雜亂的山楂樹，他進來告訴我，山楂樹說它是在保護我和我的家。我在想，這個人到底是誰？

我們喝著茶，他告訴我他想成為一個老師，教導有關揚昇的事。我叫他再重讀我的書。在我們談話時，一些小羽毛開始掉落在我們身上。他離開後我數了一下，四百多根羽毛在整個草地上排成了許多小方塊。

他在度假時打電話給我，告訴我他已經讀過書，也知道他在亞特蘭提斯時的身分，以及他現在在這裡的原因。

幾年過去了，他又回來做一些園藝的工作。我們一個共同的朋友那時剛好在廚房，他說：「你知道嗎？當提姆走進來時，你的十二個脈輪都亮了起來。」

我心想，他已經準備好要承擔他的使命了。

——戴安娜

初識黛安娜的經過

我在一九七二年生於英國南部，自有記憶以來都不曾和靈性領域脫節。身為一個高頻率的小孩，生活在陳舊、沉重的振動頻率裡是一件非常不容易的事。

一九九〇年的一個意外事件之後我的生命完全改觀。我開始研究這世界上的許多靈性書籍。

在逐漸覺醒的那段時期裡，我發現自己是亞特蘭提斯的高階祭司圖特（Thoth）擁有物質身體的那一個面向。從那一刻開始，我全心投入於地球和地球居民的揚昇過程。我在英國波恩茅斯的一個簽書會上認識了黛安娜，那時候她的書《發現亞特蘭提斯》剛出版。後來我知道，在亞特蘭提斯時期我們在工作上有很密切的合作關係。宇宙認為我們此時有必要再度合作，於是我開始幫她做些園子裡的事。我們住得很近。

後來幾年裡，我們建立起很深厚的友誼，在很多次人生的轉變中相互扶持。我們的合作關係非常好，去年主管宇宙整個揚昇過程的大天使麥達昶曾宣告，我們將提出最先進的揚昇資訊來協助地球做出改變。於是這本書就這樣誕生了。它是一種七次元能量上的並肩努力，這強大的力道將會為讀者帶來啟發。

——提姆

揚昇的步驟

我們現在是在走向新的黃金世代的過渡期中。這個過渡期始於二〇一二年十二月二十一日這個宇宙性的時刻，它也是長達二十六萬年的亞特蘭提斯實驗結束之時。這個對三次元世界的探索從建立亞特蘭提斯開始，現在正慢慢消失當中，一個全然嶄新的世界即將展開。

這個亞特蘭提斯實驗的最後一萬年一直是三次元的，但在二〇一四年地球已進入了四次元。我們現在已是一個全新的地球和宇宙動力的一部分。這會把嶄新的頻率帶到地球上每個存有的生命裡。

大天使們現在都已伸出援手，幫助所有的人把頻率提高到五次元或者更高的層次。與數字55特別相應的大天使麥達昶（Archangel Metatron），要我們提出55個步驟給你們，以便你們可以快速提高頻率，然後再幫助他人揚昇。他現在正看管著本書。看管也意謂著監督管理，幾乎就像個專案經理一樣。因此你在運用這些指引時麥達昶會與你們同在。

在這個榮耀的揚昇過程中，前來協助我們的發光的存有們並不是只有大天使。獨角獸，這純淨中的純淨，發著白光的馬，已經揚昇至第七到第九次元的天使界。在這個過程中他們用發出螺旋光的角去碰觸已經準備好的人，這就是他們幫助我們的方法。

很多元素精靈，從五次元的丑妖精（goblins）和小仙子（fairies），到三次元消融負面性的艾薩克精靈（esaks），都在幫助我們造就一個發光的黃金地球。那些美麗的四次元元素精靈，龍，正等待著成為我們忠實的朋友和夥伴，以幾種不同的方式為我們提供服務。五次元的黃金龍是第一次來協助並保護我們。我們生活在一個美好的時代，天使界這麼愛我們，保護我們，協助我們。

他們要求我們一起寫出這本書，使陽性和陰性能量能夠達到最好的平衡。為了幫助你們，每一個步驟都提供了對大天使的介紹、有關每一個步驟的資訊，以及觀想或其他練習。這些步驟都是有連續性的，在你吸收了一個步驟的資訊後就可以很快地進入下一個。大天使的能量在整本書中流動著，因此我們要帶你們走的是一個非常令人振奮的旅程。在收到資訊時，這種能量讓我們真的覺得很興奮。

一開始時我們要重新回顧蓋婭女神（Lfay Gaia）要求我們投生到地球來的邀請書，這對我們是有啟發作用的。蓋婭女神是掌管地球事務的座天使（Throne）。座天使是九次元的天使，他們管理恆星和行星，而真正賦予地球靈魂的就是蓋婭女神。想起是她邀請我們投生到這裡來，我們就會憶起自己的靈魂約定，這也是大天使麥達衵希望提出來的「踏上旅程的第一步」。

生活在揚昇的頻率裡，最重要的幾個基礎是——會見元素精靈，龍，它會將較低的頻率加以轉化，然後讓自己沉浸在大天使麥達衵的能量中以強化這個旅程。這樣你就可

以穩固好十二個五次元的脈輪——保有光與智慧的靈性能量中心。你還可以啟動你五次元的梅爾卡巴（merkabah）——環繞著你的氣場的六角星能量體，其中包含著你五次元的藍圖。

我們提供了很多工具、觀想、點化以及與大天使的連結，來幫助你加速揚昇到五次元的高層。我們相信這些都會對你們的靈性道路有很大的助益。

步驟 1

蓋婭女神與你的靈魂約定

在我們投生之前，我們的靈魂會在內在層界（inner planes）參加一個特別的會議。在整個靈魂旅程裡，包括造訪地球時，一直都與我們在一起的守護天使永遠都會在場。照管我們的大天使也會出席——在到達五次元之前，我們在這條道路上的進程，每七年都要回報一次給他。在那之後，大天使就會不斷地監督我們（我們多數人都是受著大天使麥達昶、麥可、加百列、拉斐爾、或烏列爾的照管，但有些時候還是會有一些不同的大天使和某個人一起合作。目前有些小孩是帶著非常高的能量振動來的，在這種更高的頻率之下，就會有其他的大天使，甚至是十二次元的六翼天使／熾天使塞拉芬娜，來照管他們）。

我們的首要指導者會參加這個重要的聚會，有時候其他的指導或大師們也會出席。除了我們即將加入的延伸家庭的成員（包括我們未來的孩子），其他的天使通常也會在那裏。我們常常會看到天使的能量球（光球）帶著一些靈魂，在他們參加生前會議並做出承諾之前，先行去看一下他們可能會成為其中一子的家庭。

在這個生前商議的過程中，我們和所有的這些存有們，一起討論我們這一生想要經歷的，或者是想要貢獻給別人的。有些非常勇敢的靈魂挺身出來，希望其他人（通常是他們的靈魂群組的人）可以學習到無條件的愛、慈悲、耐心、忠貞的信念、恩典，或其他攸關揚昇的特質。為了這一點，我們或其他的靈魂也許會同意經歷殘障、精神障礙、意外事故、病痛，或其他更艱難的測試。在目前的時代裡，輕鬆的生活不容易帶來成長，因此，真正想要達到揚昇境界的靈魂，可能更想要一條更具挑戰性的路徑。因為現在是我們所有的人脫離業力之輪的時候，所以我們也可能會想要消融家庭的、祖先的或國家的業力。

參加生前會議之後，在轉世之前，蓋婭女神會對我們發出邀請，請我們在地球上以擁有軀體的方式出現。她懷著無比的愛和最溫馨的歡迎之意，從發著光的心中直接把這個邀請給我們。她這麼做的目的是要讓我們感受到地球就是我們的歸屬，它就在我們敞開的心中。

假如我們真正憶起這個邀約，以及蓋婭女神在發出邀請時附帶給我們的輝煌的無條件之愛，不論走到哪裡，不論與誰在一起，我們都會覺得舒適自在。我們感覺到真的來對了地方。

然而，有很多人都忘記了這一點，所以蓋婭女神要我們為大家提供以下的冥想。

冥想——憶起生前的抉擇

1. 找一個你可以放鬆又不會被打攪的地方。方便的話可以點根蠟燭以提高能量。
2. 安靜地坐著，自然地呼吸，心中期望著憶起自己的生前抉擇。
3. 觀想根從你的腳下延伸，深入到地球裡，讓自己根植大地。
4. 請大天使麥可（Archangel Michael）為你披上他深藍色的防護斗篷。
5. 召請你的純白色獨角獸，並聽任他將大量的祝福傾注於你。請他帶你到「光之殿堂」。光之殿堂是很多內層界和更高層界的能量中心其中的一個。所謂的能量中心就是一個大天使或大師的能量焦點所在。
6. 感覺到自己騎著獨角獸往上升，經過不同的次元，直到光之殿堂出現在前方，閃著藍綠色的光輝。
7. 獨角獸帶你飛到中庭，停落在那裡，你從獨角獸背上下來。
8. 你的守護天使走進中庭來歡迎你，帶著愛擁抱你。放鬆，進入這個擁抱當中。
9. 你的守護天使帶你進入一個內室，裡面的燈光就是你的守護大天使的顏色。你看到的是大天使麥達昶的金橘色嗎？是大天使麥可的深藍色嗎？是加百列（Archangel Gabriel）的純白色嗎？是大天使拉斐爾（Archangel Raphael）的翠綠色，還是大天使烏列爾（Archangel Uriel）的金黃色？

10. 你的照管天使前來歡迎你，感受到他的光把你籠罩在無條件的接納與愛裡。
11. 現在你的指導（也許不只一個）來歡迎你。去感受到他們的智慧、愛與對你的專心投入的付出。
12. 你看到全家人的高我，這些高我們都充滿著光。
13. 從容地與所有的存有們商討你的問題，並了解為什麼做了這樣的生命抉擇。
14. 感謝所有的與會者。
15. 請求大天使聖德芬（Archangel Sandalphon）幫你根植於大地能量之中，慢慢地回到你的出發點。

會見蓋婭女神

1. 爬上你高大的獨角獸，讓他帶你順著一道純白光往下進入地心空間（或稱為空心地球）——在地球的中央一個廣大的七次元能量中心，曾經出現的每一個存有、每一個文明或文化，都在那裡以一種乙太的形式展現出來。
2. 你的獨角獸帶著你滑行穿過這個奇境，然後你可以看到壯碩的龍、來自古文明的人、動物，以及很多光的存有們。

3. 在地心空間的正中央有一個發著光的巨大水晶金字塔。從獨角獸的背上下來，走進去。
4. 在那裡等你的是蓋婭女神，一個巨大的、令人讚嘆的藍綠色天使。
5. 她敞開心，從那裡發出粉紅光，並且用一個溫暖的微笑歡迎你。
6. 她讓你想起了她是多麼愛你，又是多麼想要你存在地球上。
7. 她把手放在你的心上，你可能感覺到它震動了一下，或者亮了起來。接著，她把最初請你到地球來的邀請放了進去。
8. 她用一種特別的高頻哼唱聲重新啟動它。
9. 你知道自己是屬於這裡的。用心去感受它。
10. 只要有需要，你可以繼續留在蓋婭女神身邊。
11. 向她致謝。
12. 回到獨角獸那裡，他會經過地心空間（Hollow Earth）帶你回到出發的地方。

步驟2

獨角獸

這一生中，我們所能得到的有關揚昇的最好禮物之一，就是與自己的獨角獸建立關係。在亞特蘭提斯的黃金時期，每個人都有自己的獨角獸，並且能夠與他們溝通，就像他們在與自己的守護天使溝通一樣。但是後來亞特蘭提斯逐漸沒落，獨角獸無法再應付那種較低頻的能量，因此他們就離開了。現在終於有足夠的人提高了他們的振頻，獨角獸又可以回來了。

獨角獸是七到九次元的存在體，屬於七重天。當人們的光開始亮起來時，光輝燦爛的七次元的獨角獸開始回到地球來。從二〇一二年開始，神奇的九次元獨角獸開始把光大量地傾注在一些人和地球上，這個光的力道是很驚人的。他們和天使不一樣，他們是有驅體的，是純白色的馬，在地球上完成所有的課業後變成完善的存有，在燦爛的光中達到揚昇境界。獨角獸是他們的靈性體，和我們在靈魂的層次上共事。

獨角獸是全然達到光啟境界的，螺旋形的白色能量從他們的第三眼中放射出來，看起來像是發光的角。他們的光非常強大，所以我們一次只能接受一些。獨角獸確保我們只會收到我們所能承受的。

當我們與這些純白光的存有們連結時，在光啟和揚昇之道上他們會大幅地協助我們。他們很積極地在物色身上發著光並且渴望幫助他人和這個世界的人。

他們提供協助的方式有幾種：

- 假如我們有願景，他們幫助我們堅持下去的方法是給我們一些特質，例如堅定的信念、力量和個人的吸引力，這些都是達到目的所必須的。
- 他們也會把我們靈魂的願望帶到本源（Source）——也就是造物者或神那裡——增添助力，這將有益於我們履行生前的合約。有時候它也會幫助我們實現偉大的理想。
- 他們會從發光的角把身體上、心智上、情緒上，以及靈魂上的療癒傳送給我們。記得要提出要求。
- 他們也會幫助療癒並清理深層的業力傷口，這業力可以是個人的，也可以是和我們的家庭或國家有關的。

- 我們可以要求他們在我們的睡眠中幫助平衡我們的十二個五次元的脈輪，達到平衡與和諧的狀態。

獨角獸也會幫助我們和我們的靈重新連結。在我們因為疾病或創傷而喪失了某部分重要的生命本質時，我們可以請求他們幫我們重新恢復完整。這對於因為擁有高頻率而很難把能量落實在地球上的小孩特別有幫助。獨角獸會去接觸並幫助所有的孩子，特別是那些非常純潔又天真無邪的。

想想一隻獨角獸，他把我們的能量調整到他們的程度，也進入更高的靈性領域。他們把我們帶到了七次元，在那裡幫我們培養跟他們所擁有的一樣的特質——愛、和平、鎮定、溫和、希望、高貴、關切、智慧、慈悲、神奇的魔力，以及神祕。

我們現在要協助你們進入冥想空間，你們會在那裡遇見你們的獨角獸，或者與他產生更深的連結，並在揚昇之道上接受療癒、業力的清理、光啟，以及協助。你的獨角獸也會帶你到本源，使你的靈魂任務可以得到最好的祝福。

觀想與獨角獸合作

假如你只是閱讀這個練習，它是很有用的，但假如你閉上眼睛進入冥想狀態，它真的可以使獨角獸接觸到你生命的本質。

1. 找一個你可以放鬆又不會被打攪的地方。方便的話可以點根蠟燭。
2. 安靜地坐著，自然地呼吸，心中期望著把自己交託給獨角獸的能量。
3. 觀想根從你的腳下往下延伸，深入到地球裡，讓自己根植大地。
4. 請大天使麥可為你披上他深藍色的防護斗篷。
5. 用一個純白色的光球罩著自己。輕輕地，慢慢地把這個光吸入，感覺到你的身體逐漸放鬆。當這個純白光和緩地流過你的身體時，想像它在安撫你。
6. 在心中召請你的獨角獸。感覺到或看到一匹高貴閃耀的白馬逐漸向你靠近。他看起來是安詳、無害和溫和的，當他靠近時，感覺到自己被籠罩在愛中。
7. 當他安靜地站在你身旁時，請他平衡你的十二個五次元的脈輪，並點亮它們。你看到純白光往下流經你的星系門戶（Stellar Gateway）——頭上十五吋或四十五公分的地方，靈魂之星（soul star）——往下七吋或十八公分的地方，業力輪（causal chakra）——在頂輪的正後方，然後經過頂輪往下到第三眼、喉輪、心輪、太陽神經叢、臍輪、生殖輪和海底輪，最後進入地球之星輪（Earth Star chakra）——位於腳下十二吋或三十公分處。
8. 觀想一道純白光，從你的單子體（Monad）——你的靈魂群組——一直到地心空間。
9. 向獨角獸致謝。

獨角獸的療癒與業力傷痕的消除

1. 和你的獨角獸連結。
2. 請他（在心裡講或大聲說出都可以）給你你所需要的療癒：
「親愛的獨角獸，我請求你把你的光傾注於我，在身體上、情緒上、心智上，以及更深的靈性層次上療癒我。我已準備好要接受了。」
3. 你的獨角獸低下頭，用發光的角碰觸你的心。七次元的能量傾注而下經過你的身體、情緒體和心智體，現在碰觸到你的靈魂。吸入這閃亮的白光，感覺到它流遍全身。你的五次元梅爾卡巴——圍繞著你氣場的六角星——在你周圍亮了起來。
4. 請你的獨角獸療癒你這一世或者任何一個前世的業力傷痕：
「親愛的獨角獸，我祈求你療癒我在意識中或無意識中仍然保有的業力傷痕。療癒完成。」
5. 感覺到大量的光從上面投射下來，遍布全身。
6. 請你的獨角獸療癒你可能有的，不管是今生或前世的家庭所帶來的任何傷痕：
「親愛的獨角獸，我祈求療癒我在意識中或無意識仍然保有的任何來自家庭的業力傷痕。療癒完成。」
7. 感覺到大量的光從上面投射到你和你的家人——包括祖先們——全身。

8. 請你的獨角獸療癒你的國家仍有的業力傷痕，不管是現代還是久遠的過去發生的：

「親愛的獨角獸，我祈求你療癒我的國家裡所有的業力傷痕。療癒完成。」

9. 觀想大量的光灑下來，布滿你整個國家，深入到土裡。

10. 感謝獨角獸給你這一切。

獨角獸幫忙重新連結退縮的靈或靈魂

1. 連結你的獨角獸。
2. 請他重新找回你的靈或靈魂中可能已退縮不見的任何面向。等候他完成工作。
3. 把焦點放在未能務實地生活，或者患有自閉症的小孩或成人身上，請獨角獸幫他們重新找回那些很難在地球上完全展現出來的靈或靈魂的任何面向。
4. 請獨角獸賜與人類一個攸關揚昇的祝福，幫助加快揚昇的速度。
5. 感謝獨角獸因為你的祈求而給予你和其他人的恩典。

獨角獸力助你的靈魂任務

1. 連結你的獨角獸。
2. 仔細思量你有甚麼抱負和期許。請獨角獸賦予你達成願望所需具備的條件。
3. 請獨角獸開啟你的意識以便履行你的靈魂任務。請他給你完成這個使命所需的特質。

4. 你美麗的獨角獸一直在傾注大量的光給你。現在他邀請你爬上他的背，以便能帶著你和你的願景或靈魂的任務（或者兩者皆帶）到本源去獲得祝福。
5. 你很輕易地就跳到獨角獸背上。你覺得非常地安全與自在，就好像到了自己的地方一樣。
6. 在獨角獸的背上你覺得很安心，你知道他正飛向天空，從樹頂上滑翔而過。你們愈飛愈高，你看到大自然在你們下面逐漸擴展開來。
7. 在前方天空中橫掛著一道亮麗的拱型彩虹，承諾著希望，你發現自己穿過那些顏色之後就進入了不同的次元。
8. 巨大的天使們圍繞著你，慶賀你進入更高的層界。很多獨角獸在你面前滑翔，也有跟隨在後面的。你就在這個光之存有的行列中央，你們一起通過七重天，甚至是更高的層面。
9. 你們的前方出現了樓梯，像鑽石般地閃耀著，你騎著獨角獸往上爬。莊嚴的六翼天使圍繞著你。這些大能的天使們要帶你進入本源的光中。
10. 不論你是否有察覺到，你正在接受本源給你的特別的祝福，為你靈魂在地球上的任務增添助力。在這個無法言喻的光中放鬆休息。本源碰觸著你生命裡的每一個細胞，每一根纖維。你的身體變成了無數的小光點。
11. 要知道你是神摯愛的孩子，在你內心深處去體會這種感覺。新的門打開了。宇宙正屏息以待你的到來。你披著一件光的披風。

12. 獨角獸逐步地退出這神奇的光，慢慢地把你帶離這個不可思議的神聖所在。
13. 他帶你下了鑽石樓梯，經過廣大的宇宙往回走。
14. 他背著你穿過彩虹，進入天使和獨角獸的層界。
15. 很多天使和獨角獸對著你微笑，輕拍著你發光的氣場。他們看到你無限的潛能和機會，那是你和獨角獸的本源之旅所帶回來的。
16. 他們也在賜福於你，除了你從本源之處得到的之外，又為你添加了無數個祝福。
17. 無論你自知與否，你都可以從一個更高、更廣的宇宙視野看待所有的人與事。你的光啟範圍更加寬廣，你的光層次也大大地提高了。
18. 獨角獸慢慢地帶你下來，經過了群星，直到你可以看見下面地球的藍綠光。
19. 你從獨角獸下來，輕巧平穩地降落在地上。
20. 向獨角獸感謝他為了幫助你所做的這一切。你知道你隨時都可以召請他前來。
21. 現在是再度擴展你的氣場的時候。伸展，微笑。獨角獸是支持你的。

以上的部分你可以用閱讀或冥想的方式做，並依照自己的喜好決定次數的多寡。要知道這是一個力道很大的揚昇加速器，做完之後你可能需要稍作休息。

步驟3

十二個脈輪的準備工作和五次元梅爾卡巴的啟動

在亞特蘭提斯的黃金時代，每個人都有十二個脈輪在適當的位置各司其職，這脈輪中包含了他們所有非凡的天賦和才能的編碼。後來隨著能量的退化，其中五個脈輪被關閉了。

在同一個時期裡五次元的梅爾卡巴也退化了。這是一個圍繞著我們氣場的能量六角星，裡面包含的是我們的五次元藍圖和光體（我們的光體裡保有我們在靈魂的旅程中所獲得的光和智慧的編碼，它也是我們的高我的實體顯現）。三次元的梅爾卡巴取代了五次元的梅爾卡巴，以便剩下的七個脈輪在較低的頻率中發光。

此刻，是我們所有的人把十二個脈輪以及非凡的天賦與才能全部重新找回的時候，然後我們才能為地球帶來一種新文明和一個新黃金世代。這裡面會有黃金揚昇亞特蘭提斯的影響，但我們的工作是要在更高的頻率中重新開創新局面。

我們可以自己重新恢復五次元的脈輪，當它們被安置完成並開始運作之後，我們的五次元梅爾卡巴將會自動的穩固下來。

請注意，用比喻的方式來說，我們現在是要從五層樓的房子搬到十二層樓的摩天大樓。因此，我們的地基——在十二脈輪系統中，是位於我們的地球之星脈輪——必須要比以前更堅實，並且完全穩固。我們從這裡與蓋婭連結，也從這個根基進入蓋婭。在我們準備好時，大天使聖德芬會幫我們紮穩這個根基。

目前的情況是，很多已進化的人正在引進他們的五次元脈輪，他們發現，要打開上面的幾個脈輪——頂輪、第三眼、喉輪、心輪和太陽神經叢——並不困難。但是，當較高的能量下來時，會卡在生殖輪和海底輪。原因是，在基本的生存問題和人際關係這方面，每個人都還有很多課題有待學習。這些留存在較低脈輪裡的生存和情緒上的恐懼，會讓我們的海底輪和生殖輪一直停留在三次元的層次。這些相關的課題一直不斷地出現，是因為這些都是此刻需要學習的。

你目前在看此書，表示你正走在快速道上，因此大天使將會給你很多機會去做這些課題。所以你要著眼於給你的挑戰，好好從中學習，並且照著下列簡單的練習去做，你五次元的生殖輪和海底輪才能出現。

我們將提供你一個練習，讓你為所有的十二個脈輪都作好準備工作，也使五次元的梅爾卡巴得以穩定下來。然後你就可以成為一個光的存有，進入一個輝煌的未來。

準備啟動你的十二個脈輪

這個冥想有的人可能需要每天做，有的人以他們的層次來說可能每週或每個月做一次就已足夠。大家可以自行判斷。它最終都會使你永遠生活在五次元，這對於你個人的以及地球的揚昇是最重要的。

一開始時你可能會想用正規的冥想方式來做練習，但是在你熟悉以後，走路時、做園藝工作時、做家事時、坐大眾交通工具時，或者不論何時只要你能找到安靜的時刻，你都可以做。所有的祈請都可以在心中默默地做，特別是在公車上時。假如你記不全所有的內容，你可以隨身攜帶書，或者把一些資訊寫在紙上。

1. 首先找一個神聖的空間，任何安靜或隱密的地方都可以。以舒適的坐姿坐好。可能的話點上蠟燭，然後放鬆。
2. 召請大天使麥可來保護這個空間，並清理你周圍的低頻能量。
3. 邀請火龍在你周圍設置防火牆，燒掉大天使麥可無法觸及因而留下的殘餘部分。

4. 邀請大天使麥達昶用高頻的金橘色揚昇光柱，從你的單子體開始往下照到地球之星脈輪。這也有助於你的能量根植大地。
5. 觀想這個光柱完全打開你現在所有的脈輪，並清除所有的殘渣。
6. 請大天使麥達昶碰觸、點亮，並完全活化你的星系門戶脈輪，這是通往你所有的單子體智慧的門戶。它位於你頭上約十五吋或四十五公分的地方，把它看成是你頭上個人的金橘色太陽。
7. 觀想你自己和本源之間有一座光橋。這是你的安塔卡拉納橋（Antakarana bridge）——這是印度用語，指的是靈魂和它的載體之間的光橋。觀想這座橋的能量開始加強，並且發出光。
8. 請大天使瑪利爾（Archangel Mariel）碰觸、點亮，並完全啟動你靈魂之星脈輪中更高的面向，這個脈輪位於星系門戶之下七吋或十八公分的地方，是亮麗的紫粉紅色。它包含了你靈魂所有的驚人的知識和智慧，你可以用它來啟動你身為大師所擁有的技藝和力量。花些時間來觀想你為了最高的益處而使用在黃金揚昇亞特蘭提斯時期曾經擁有的技藝。
9. 請大天使克里斯提爾（Archangel Christiel）碰觸、點亮，並完全啟動你的業力輪（它的位置在高於頂輪的稍後方），因此是亮麗的純白光。這是你連結靈性世界、天使的頻率和獨角獸的地方，也是你可以進入深度寧靜和永生的奧秘的地方。

10. 請大天使約菲爾（Archangel Jophiel）碰觸、點亮，並完全啟動你的頂輪。它是在你頭頂的千瓣蓮花，當你準備好接受更高的光和本源的智慧的編碼時它會打開。你可以請獨角獸幫你打開這些花瓣。觀想大天使約菲爾，透過這個脈輪傾灑包含智慧的金白光進入你生命的每一個部分。

11. 請大天使拉斐爾碰觸、點亮，並完全啟動水晶球，那是你五次元的第三眼。把它視為是完全透明的，讓你可以看穿所有的帷幕和不同的次元。當你聚焦於你的意念，你真正成為與神合作的共創者。現在你要使用第三眼的力量，以觀想的方式共同創造出所有的事物。勾勒出萬物本具的神聖完美性，用集中心智的力量傳送療癒。

12. 請大天使麥可碰觸、點亮，並完全啟動你寶藍色的五次元喉輪。大天使麥可會協助你講光語和真實之語。現在，去與在金光裡的大師和天使們交流，這是很多可用的高頻光源中的另一個部分。它具有很高的振動力，祈請他們的方式就和祈請其他任何的靈性能量一樣。

13. 請大天使夏彌爾（Archangel Chamuel）碰觸、點亮，並完全啟動你心輪的三十三個花瓣，直到你在心輪有了帶點淡粉紅色的純白色玫瑰。你現在透過金星連結到宇宙之心的九次元面向。這是純潔之愛的源頭，這個愛由更高的領域把它引入到它可以帶來益處的地方。留意大天使瑪利（Archangel Mary），她是宇宙天使，正用愛、慈悲與療癒力充滿你的心。

14. 請大天使烏列爾碰觸、點亮，並完全啟動你金色的知識與智慧之球，那就是你的太陽神經叢。重新找回你靈魂的知識和地球所有的知識，你就會感覺這裡有一個金色的宇宙光。你和你在靈魂之旅中所累積的所有智慧結合在一起。你和宇宙是諧調一致的，你也信任它。放鬆，體驗這種感覺。

15. 請大天使加百列碰觸、點亮，並完全啟動你熱情的、燦爛的橘色臍輪。在愛的群體裡，當你的整個世界變成一個光的家庭時，感覺到你們之間的界限逐漸消融。看到自己張開雙臂擁抱所有的文化和教派。體驗這種一體的感覺。

16. 請大天使加百列碰觸、點亮，並完全啟動你多彩燦爛的粉紅色生殖輪。讓它充滿了具有無上之愛與和諧。觀想你和他人之間彼此的牽絆在消失中，你的人際關係是自由與快樂的。你現在可以自由地體驗那種更高的愛的流動。

17. 請大天使加百列碰觸、點亮，並完全啟動你閃耀的白金色海底輪，你的生命才能夠建立在一種信任之上，相信宇宙會提供一切你之所需。看見你很放鬆地進入五次元大師的角色。你可以從宇宙裡得到一切所需，你生活在全然的至喜當中。

18. 請大天使聖德芬碰觸、點亮，並完全啟動你的黑白或赤鐵灰色的地球之星脈論，它位於腳下十二吋或三十公分之處。這是你個人的伊甸園，你巨大的潛能的種子即蘊藏在此。在這個園地裡你可以成為真正的自我，它正在茁壯成長。用點時間觀想大天使聖德芬在幫助你這個園地澆水和提供滋養。地球之星脈輪是你連接地心空間（位於地球中心的七次元脈輪，也是蓋婭女神的居所）的地方。感受光纖牽引你深入大地之母裡。你知道自己在地球上是受歡迎的，這也是你真正隸屬的地方。

19. 現在祈求大天使麥達昶灑下金橘色的揚昇光柱，觀想它是光輝燦爛的光束，從你的單子體傾瀉下來，經過星系門戶一路往下進入地心空間。

20. 召請大天使聖德芬把此光束穩固在蓋婭裡。

21. 大天使麥達昶現在手握著你五次元梅爾卡巴的構造和能量。觀想他把兩個光之金字塔相連在一起形成一個六角星，然後把這個梅爾卡巴放在你身上。

22. 感覺自己逐漸擴展，進入你的五次元藍圖和光體裡。在這個融合的過程裡，呼吸要深沉，緩慢。

23. 給自己一些時間放鬆，把這些都吸進體內的每個細胞裡，再把它擴展到你的氣場中。

24. 結束前，請大天使麥可把你籠罩在他深藍色的保護能量裡，並確保你全然地根植在新的身體裡。

25. 睜開眼睛，微笑。此刻你就是五次元的大師。

步驟 4

大天使麥達昶

在我們的宇宙裡，我們所知的一切光都是全能的大天使麥達昶創造的。光裡包含了訊息和知識，而麥達昶的能量遍及一切宇宙，含括了上至十二次元所有的現實情形。

這個巨大、神聖的發光體其廣闊的程度不是我們所能理解的，它經過海利歐斯（Helios）——中央大日，意即我們整個宇宙的神聖核心——進入我們生存的地球。麥達昶在海利歐斯創造的光物質是我們生存的基礎。我們這個物質性的生命體所處的不同次元，是光在不同的速度和幾何形狀的頻率的振動之下所造成的。他們使用神聖幾何體把這些全部結合在一起，因而降低了頻率，創造出我們在周圍所看到、碰觸到和感知到的堅實的世界。

大天使麥達昶除了擁有創造物質這個極了不起的身分之外，也在地球的揚昇過程中居於領導的地位。

從能量上來說，他主要是陽性的，也往往被認為是一個巨大的金橘色太陽，流露著強大的威力和神聖的力量。

在地球上，大天使麥達昶擁有天使能量，其能量中心是在埃及的盧克索市。他同時也擁有一個巨大的揚昇能量池在吉薩大金字塔上面的乙太界（在物質層面之外的上空）。這些是配合宇宙之流而分布的，目的是要協助地球和其上的居民加速揚昇的過程。

因為大天使麥達昶不懈不倦地工作，加上無數其他光之存有對他的幫助，揚升進程現在已全面在進行中。大多數積極地協助地球揚昇的光之工作者，都很適應大天使麥達昶的能量和指引。他可以同時協調幾千個靈魂（他特別擅長於把光之工作者的團體聚合在一起）合力達到目標，幫助人類。

不論有沒有歷史的紀載，大天使麥達昶一直都是存在的。他眼看著我們這個世界的誕生，在我們一路到現在的旅程中所發生的起起落落裡不斷的滋養它，指引它。古代的文明以及所有的近代宗教裡都有指涉到他，也有有關這位偉大的大天使的記載。

亞特蘭提斯，這個人類有軀體後的第一個大實驗，是在大天使麥達昶指導之下由一群神聖存有們所監督的。在亞特蘭提斯的黃金時期，每個人的十二絞股DNA全部都是活躍的，每一絞股都包含著很多不凡的天賦和力量。在亞特蘭提斯崩落時，只剩下了雙絞股。

在亞特蘭提斯崩落之後，很多它的高層祭司和女祭司都帶著他們的族人到世界不同的地方，麥達昶曾經和他們都有很和諧的合作關係。在埃及，他特別照管揚昇大師瑟若佩斯·貝（Serapis Bey）——這位眾所周知的埃及人。古埃及人在宇宙之光和物理方面廣博的知識，使他們有能力用聲音、重力和振動上的技術打造出金字塔。這個世界上的六個宇宙金字塔就是這樣建構出來的，而這時候人類已經失去神般的能力，和他們在亞特蘭提斯黃金時期所擁有的驚人天賦，不得不深入探索三次元的實相。

一直到今天，大天使麥達昶的光、頻率和靈性本質都存在於我們每個人的細胞和藍圖裡，意即我們隨時都可以和他連繫。這是加速我們個人以及周圍的人的揚昇進展最快速與最有效的方法之一。我們在要求大天使麥達昶給予指引時，同時也擁有了不可思議的機會，得到地球和星際的服務。

在他指揮之下的還有被稱為「麥達昶之光」的一群天使。他們是來自他的太陽中心，除了我們的宇宙之外，他們也在所有其他的宇宙裡工作。這些天使都是在海利歐斯——我們的宇宙和無限的造物者的宇宙之間的門戶——的核心出生的。

以下是一些簡單又非常有效的方法，你每一次運用它都可以幫你連結到大天使麥達昶神奇的能量，因而提高你的光層次。

四體系統揚昇的推動力

四體系統包括了你的身體、情緒體、心智體和靈性體。四體揚昇的推動力具有強大的力量。它會使用光流通過你的身體，激起體內的揚昇的過程，而當你細胞內的光達到百分之八十以上時這個過程隨即被觸發。這會使五次元的脈輪系統下來取代四次元的諸脈輪，並啟動你DNA全部的十二個絞股。

你的高我全面掌管這整個過程，他絕不會允許你擁有超過所你需要的光。儘管如此，還是建議你，至少做三個禮拜的練習，並且在安全無虞以前不要要求超過百分之八十一的光。

做了這個練習，你就是完全承諾要走上這個揚昇之道。

1. 找一個你可以放鬆又不會被打攪的地方。
2. 安靜地坐著，自然呼吸，心中期望啟動幫助四體揚昇的推動力。
3. 觀想根從你腳往下延伸，深入到地球裡，讓自己根植大地。
4. 請大天使麥可為你披上他深藍色的防護斗篷。
5. 點上蠟燭，把它獻給大天使麥達昶的團隊。
6. 大聲說出，或在靜默中請大天使麥達昶在你身體內注入百分之八十一的光。
7. 感覺到你的身體內注入純淨的金橘色光。

8. 把它吸進你體內的每個細胞裡。
9. 出聲，或在靜默中請大天使麥達昶，在你的情緒體內注入百分之八十一的光。
10. 感覺到你的情緒體調整進入宇宙之流的平和與愛裡。
11. 大聲說出，或在靜默中請大天使麥達昶在你的心智體內注入百分之八十一的光。
12. 感覺到你的意念變得純淨和帶有關愛之意，並充滿著無條件之愛。
13. 說出，或在靜默中請大天使麥達昶在你的靈性體內注入百分之八十一的光。
14. 看到你巨大的靈性自我在輝煌中揚昇進入五次元，並且像太陽似地發著光。
15. 向大天使麥達昶致謝。

你現在擁有揚昇大師的光，你可以用勤奮和保持專注來維持這個頻率。一旦踏上這條道路，你的高我就會引導你，你的生命也會變得更好。

接觸大天使麥達昶的太陽天使

1. 做好冥想的準備。
2. 放鬆，把一切交託給大天使麥達昶。
3. 請他用他輝煌的金橘色能量圍繞著你，並將你舉起到中央大日的中心。
4. 感覺自己和海利歐斯中央大日的核心合而為一。

5. 感覺到幾百個麥達昶的天使從你的心中湧出。
6. 他們圍著你，和你是相連的，無時無刻不在幫你。
7. 你體內的每一個細胞現在都發出大天使麥達昶的金橘光。
8. 向大天使麥達昶致謝。

大天使麥達昶的光浴

1. 做好冥想的準備。
2. 在冥想中請大天使麥達昶準備為你做光浴。
3. 放鬆時你可能會察覺到一股輕柔的光流過你的身體。
4. 說出，或者在靜默中祈請：「大天使麥達昶，請你將我放在你的光浴中。」
5. 你周圍都是美麗燦爛的金色光柱，以精準的神聖幾何圖排列著。你躺在寬敞的麥達昶立方體的中央，這立方體是一個神聖幾何圖形，它顯現出宇宙裡的星際間的連接方式。
6. 想像你身體的每個細胞變成純淨的金色液態光。
7. 當大天使麥達昶把手放在你身上時，感覺他的神聖臨在。當他把他的頻率注入你生命中的每個細胞時，徹底地放鬆。
8. 因為大天使麥達昶在擴大這個光浴的光度以完全配合你的需要，因此房間會變得愈來愈亮。

9. 請大天使麥達昶消融當天在你身體的氣場、能量場裡你所知道的一直都存在的問題。
10. 感覺到他的金光流過每一個脈輪，打開它們，讓它們以五次元的頻率旋轉。
11. 請大天使麥達昶不論日夜，永遠幫你維持體內能量場的光的層次。
12. 向他致謝。
13. 放鬆，休息。

步驟5

中央大日

我們的太陽是一個有實體的恆星，在空中發出光輝，為我們提供滋養與溫暖。不僅如此，它也是一個有意識的、不斷地在演化的超級存有，並且帶著一個特殊的計畫——協助打造我們的銀河，並推展它的演進。

近期以來，個人和地球在物質體、心智體、情緒體和靈性體上的改變，一直都受到太陽在關鍵時刻所提供的不可思議的磁性輻射促動所影響。這些和古文明（已預見寶瓶世紀將會發生）準確地預測到的星象排列，是同時發生的。

太陽為我們發光和帶來好處，而它的補給是來自另一個一般人不易了解的來源，一個更大的供應者——中央大日（the Greal Central Sun）。它存在於一個超乎我們三次元眼睛所能看見的範圍，也是一切我們已知和未知的宇宙裡的宇宙光、智慧、知識和物質的共同誕生之處。這個概念是我們的能力目前所無法理解的。

我們所知道的是，本源是一切靈性事物背後的創造力量，而中央大日把本源的能量降低到九次元的層次。在它的光裡，在靈性的層次上，所有的東西被建造出來。它創造了麥達昶和士基拿（Shekinah），神聖的陽性與陰性兩極，心智和生育，結合在一起而創造了我們地球上物質的生命。在聖經中麥達昶和士基拿被稱為亞當與夏娃。

中央大日概括了宇宙之心的能量和天使界的能量。目前成群而來幫助我們的外星人、擁有更高力量和光的存有們多數都來自這裡。

雖然我們看不出有來自中央大日的光，但我們可以接收得到，當然一定也可以感覺得到。它正不斷地把高頻的神光照射到我們所有人身上，幫助我們茁壯成為揚昇的大師。

他們為我們提供了一系列加強的課程，要協助我們跨越目前四次元的世界。預計在二〇一五年會有非常大量的人轉移到五次元裡。

如前所述，大能的大天使麥達昶主管著來自中央大日核心的宇宙之光。中央大日創造了麥達昶的星宿——獵戶座，那是他真正的家鄉，也是他的工作場所，他在那裡用原子光的結構打造了向外盤旋至宇宙極遠處的每個次元。

我們與來自昴宿星、仙女座、天狼星、天琴座以及其他恆星、行星和銀河的星際種子兄弟姊妹們共享這個偉大的乙太光，在基因上他們對我們人類的藍圖都有貢獻。

在我們經歷輝煌的揚昇過程時，經由我們自己的太陽門戶傾注而來的中央大日之光，在我們正轉變成更進化的水晶光形式時，現在成了身體養分的來源。

大天使麥達昶想要帶你們做一個短暫的觀想，讓你們直接體驗中央大日的頻率。他會把光降低，因為以我們目前的形體來說，那是我們難以處理的。

觀想與中央大日連結

在這個過程中，你身體的每個細胞都會被你周圍和流經體內的（光）流融化和改造。你絕對會相信你是在造物者的懷抱裡。只要你願意，你可以繼續留在這個保護層裡吸取它的頻率。

1. 找一個你可以放鬆並且不受干擾的地方。情況允許的話點上蠟燭。
2. 安靜地坐著，自然呼吸，心中期望與中央大日連結。
3. 觀想根從你的腳往下延伸，深入到地球裡面，讓自己根植大地。
4. 請大天使麥可為你披上他深藍色的防護斗篷。
5. 留意一道燦爛的金光從上而來湧進你的氣場。
6. 慢慢地，你知道你被帶著往上升，懸浮在一個光管裡，一個發著光的天使形象陪伴著你，他是一個麥達昶之光的成員。

7. 你們通過天空進入太空中。

8. 你開始意識到有一個新的光源，它和你的原子結構緊密地連結在一起，跟你生命裡的每個細胞一起振動，形同一體。

9. 你知道你不再是一個分離的生命體。你即是光。光即是你。

10. 你的光管也融化了，你與周圍的宇宙光合而為一。

11. 大天使麥達昶對著你輕聲說道：「歡迎來到中央大日之光，你的創造者，你的本質，你的宇宙的中心。你的火花就是從這裡開始的，這裡也是你偉大的旅程的起點。這裡是走向『本源之手』（hand of source）的途徑。」

12. 深呼吸，吸入這個光。

13. 把這個偉大的光帶回去給所有在你生命中出現的人。

完成這趟旅程之後，你身體的每一個細胞都會發出乙太光，五彩繽紛，出奇地美麗。

這是一個禮物，你可以送給每一個遇到的人、跟你談話的人，以及跟你有各種不同關係的人。它會慢慢點燃他們內在的每個細胞，讓他們想起自己真正是誰。

步驟 6

龍精靈

龍是四次元的元素精靈。他們的角色是同伴和朋友，隨時準備好要幫助和保護我們。他們也在不同的次元工作，亦即他們可以改變頻率，來往於不同的波長之間。這表示他們可以把很低頻的三次元的淤滯能量加以轉化，因此在我們準備揚昇前的清理過程裡他們是極為重要的。

所有的龍都起源於列木里亞文明。因為列木里亞人非常喜愛地球和大自然，所以龍幫忙他們在地球上維持著很高和很純淨的頻率。自那個時期以來，我們一直都能能夠得到他們的幫助。

龍的體型可以很小，但有需要時也可以擴展得很巨大。他們也可以視不同目的所需而改變顏色。

跟天使們一樣，龍也有名字。我們可以問他們的名字，答案就會出現在我們的腦海中，這會在我們之間建立更特別的私人關係。

火龍

指揮火龍的是元素大師索爾（Thor）。由於大天使加百列代表淨化這個美好的特質，所以由他照管整個火元素。因為火可以轉化負面能量，對於那些在靈性工作上面臨挑戰的人，這些龍就是最好的夥伴。

你可以要求龍燒毀脈輪中的負面能量，特別是在你面對課題的時候。這會讓你能夠清楚地看到這個挑戰所要帶給你的訊息。假如你處在低潮中，不論是在身體上或情緒上，他們很擅長於清理你的能量中心所吸取進來的一切。很多光之工作者是很敏感又不設防的，以致在不經意中讓較低頻的能量進入能量體裡。假如你提出要求，火龍會很英勇地去做艱苦的清理工作。

你永遠可以送火龍上戰場，他們會像戰鬥部隊似的投入濃稠的頻率中，燒燬它們。

此外，假如你的出生星座是屬於火象的，你會有自己的火龍，但即使你屬於不同的星象，也會根據你的生命目的分派一隻火龍給你。儘管如此，任何人只要在靈性上需要這個元素的助力，火龍都會挺身而出的。在地球的轉變日趨強烈時，愈來愈多人都和他們有著合作的關係。

風龍，水龍和土龍比較偏向於在我們周遭的環境中做些更激烈的工作。假如受到召喚，他們也是會幫忙的。

水龍

他們實際上是水蛇。他們是發光的藍、綠或銀色的陰性能量。他們以海神波塞頓（Poseidon）為總主管，在奈普敦（Neptune）和奧丁（Odin）兩位大師的指揮之下，保管海洋的五次元紀錄，並且協助各種水域把它的神聖幾何圖形保持穩定不變。

你可以請水蛇來提升你們當地水源的頻率。他們還可以幫你開發和表達出你個人的創造力。

風龍

風元素的大師是多姆（Dom），他指揮風龍，獨角獸是總主管。

風龍運用風力除舊布新。在能量阻塞或淤滯的城市或其他地區的上方，他們真的就是那清新的氣息。

獨角獸是在強風、風暴和颶風的前方，後面跟著風龍，幫忙帶來替代能量的幾何結構。他們製造迴旋式的能量，確保更高的頻率不斷地進來。

土龍

土元素的大師是泰雅（Taia）。她指揮土龍，而蓋婭女神是它們的總主管。這些強大有力的元素精靈們保護著地脈。他們可以把它們燃燒後再加以淨化，特別是在像地震這樣的破壞之後。

如何與龍合作

跟龍合作時就像跟所有派來協助我們的其他層界的存有們相處時一樣，你必須遵守一個最重要的原則：要請求他們的協助。假如是合乎你最大益處的，你就會得到回應。

假如你做了惡夢（換言之，你進入了較低的星光界這個儲存情緒和煩惱的地方），你可以請火龍在你睡覺時陪伴你，保護你。火龍可以在你的靈體穿過低頻率之前先行將它們燒燬。對於敏感的小孩，這個方法真的很實用。

假如你在藝術或創意工作上，甚至是日常生活中的一般行程上需要協助，你可以召請水蛇來陪伴你，協助你。

假如你已準備好要繼續前進，或者想要排除困住的狀況，可以請風龍把舊事物吹走，帶來更好的。

有一件更重要的事是你可以做的，那就是請土龍保護地脈，這甚至可以避免發生地震。當你造訪神聖的地方，你也可以發動該地的土龍開始工作，使能量保持高頻和穩定。

如何為龍服務

地球上所有的事都一樣，能量是雙向的，所以我們除了接受他們的幫助外，為他們付出也是應該的。

- 龍喜歡療癒，所以你可以用療癒的心念支持他們。偶爾你也可以為他們點上蠟燭，或者為他們舉行療癒儀式。這些事可以有助於鼓舞他們，給他們力量，因為他們跟我們一樣，喜歡得到認可。元素精靈們也是有感情的，這也和我們沒甚麼不同。
- 告訴人們有關龍的事。
- 寫出有關龍的事。小孩們特別喜歡龍的故事。
- 為龍畫像。
- 買一個龍的模型。

請龍來幫忙之後一定要向他們致謝。你可以用下述的儀式來表達你的謝意：

感謝龍的儀式

1. 在房間的中央放一個小桌子，方便的話在桌上鋪一塊漂亮的布。
2. 點根蠟燭放在桌子的中央。
3. 這麼做的同時你可以說：

「我以感恩之心把這個火獻給火龍，感謝他們所做的一切。」

4. 在桌上放一小碗乾淨的水。
5. 把你的手放在它的上方，說些祝福的話：

「我以感恩之心祝福這個水，感謝水龍所做的一切。」

6. 在桌上放一根羽毛或一片葉子。
7. 用這些話為它祝福：

「我以感恩之心祝福風，感謝風龍所做的一切。」

8. 手拿一個小石頭或水晶。
9. 說道：

「我以感恩之心祝福這個石頭/水晶，感謝土龍所做的一切。」

10. 把它放在桌子上。
11. 拿起蠟燭順時鐘方向繞著桌子走三圈。

12. 吹熄蠟燭。這些龍一定會高興地歡慶著。

五次元的金龍

在宇宙的時刻有一群五次元的金龍出現了。這些存有們並不像四次元的龍一樣代表大自然的元素。他們是來支持和保護我們的揚昇的。比方說，假如有一個神聖的儀式或靈性上的聚會，這些金色的存有們會在他們周圍圍成一圈，讓裡面的能量保持在五次元的頻率上。

最近在檀香山的宇宙門戶打開了，出現了大批的龍，他們已準備好要協助這個揚昇的過程。除此之外，位於歐洲的安道拉（Andorra）這個宇宙門戶——它也是一個很重要的龍的門戶——現在也已經打開。因此之故，龍的能量現在已滿布歐洲。

寫給龍的信

下面有幾個信的範本，你可以用來寫信給你的龍。你可以自行修改或加以延伸。請記得，這些都是與他們溝通和引發他們開始活動的有效的方式。龍有很好的性格，並且喜歡被個別稱呼。還有，他們是非常在乎禮貌的！

促請火龍行動的信

你可以口頭祈請，但是假如你採用信件的方式，它的效力會更好。下面就是一些例子。想要把信的能量送到龍的世界，最好的方法是謹慎地把它燒掉。

親愛的火龍，

我祈請你協助我在地球上的揚昇之旅。在此刻，以及從此刻開始，我非常需要你的愛心服務。

我請求你時時刻刻都幫我把周圍的能量保持清淨，保持在五次元的層次，不是只有在我清醒的時候，在內層界時也是一樣。

不論我走到哪裡，請陪伴我，假如我因為忙碌而分心了，當我的頻率受到干擾以及它降低之時，請你提醒我。

我知道這是很繁重的工作，我以謙卑之心感謝你所提供的協助。

最後我請你保護我的家，以及我家人（提出名字）的身體、心智體、情緒體和靈性體的能量。

當我在靈性的道路中前進時，你也是一樣，而當地球和人類往上提昇到另一個層次時，我們將一起帶來光。

我們的關係永遠是雙向的，如果你需要我回饋給你甚麼東西，請提出來，而且你要知道，我的家也是你的家。

懷著無條件的愛與感激

（署名）

給土龍的信

我再提醒一次，你可以跟你的龍講話，但是信件有更大的力量和能量。

親愛的土龍，

我要向你致謝，因為你幫我家下面的土地保持乾淨和安全。我想要我的住所成為燦爛之光的五次元門戶，所以請你幫忙保持地基的明淨，讓這個願望可以實現。請和火龍一起燒燬我家底下所有的低頻能量。

我請你幫我國〔或世界上〕不同的聖地之間的地脈保持暢通和純淨。

感謝你的服務。

懷著愛與感激
（署名）

給風龍的信

親愛的風龍，

請跟我一起使我的氣場永遠保持光亮和清淨。

請你永遠讓螺旋式的能量經過我的家，不斷地用清新的、更好的能量取代舊有的。每天都經過我家的每一個房間，掃除乙太形式的蜘蛛網或灰塵。

請你把這個服務擴展到全世界。

感謝你的服務。

懷著愛與感激
（署名）

給水龍的信

親愛的水龍，

我請求你到世上的江洋河海裡，將它們清理、洗滌和淨化，讓愛能夠無礙地流向四處。

請你祝福並淨化我家的每一滴水，包括空氣中的。

請祝福並淨化我體內每個細胞裡的水，確保我周圍和體內所有的水都以五次元的頻率共鳴。

感謝你的服務。

懷著愛與感激
（署名）

步驟 7

元素精靈王國

元素精靈王國是地球神聖計畫裡很重要的一部分，它與天使王國之間有很緊密的關係。元素精靈是天使的弟弟。這些天界的小存有們被稱為元素精靈，是因為他們並未擁有全部的四個元素。例如仙子就只含有一個元素：

- 仙子（fairies）和氣精靈塞弗斯（sylphs）是風元素精靈。
- 丑妖精（goblins）、小妖精（pixies）和小精靈（elves）是土元素精靈。
- 火龍和火蜥蜴（salamanders）是火元素精靈。
- 水女神（undines）和美人魚是水元素精靈。
- 妖魔精（imps）和半人半羊的牧神（fauns）是綜合幾種元素的精靈。

在二〇一二年這個宇宙的時刻之前，元素精靈是介於三次元和五次元之間的。因為從那個時間之後，地球頻率一直快速地上升，在地球上服務了無數世代的三次元精靈們已經搬移到四次元了。而於最近來到地球幫忙的，例如清理水汙染的奇希爾（kyhil），以及幫忙清理這塊土地上的阻塞能量的艾薩克，他們仍未有機會打開心接受四次元的模式，但時機很快就會來到了。

五次元的精靈們——有些仙子、丑妖精和一些龍——已經在地球上經過啟蒙，他們會有機會揚昇升到七次元，加入天使的行列。

元素精靈們揚昇的速度很快，因為透過照顧樹木和植物，以及提升這個國度和土地本身的振動，他們為地球做好了基礎建設。

土元素精靈保有土地內的神聖幾何圖形的結構。隨著黃金世紀的迫近，土龍也在甦醒當中。他們正在使列木里亞時期深埋在地球裡的水晶所包含的智慧重現出來。這些水晶正在啟動神聖幾何體的光的編碼，這些編碼會被投射到地球的梅爾卡巴裡。土龍現在正在點燃地球的梅爾卡巴。

令人讚嘆的、明智的、胸襟寬大的五次元的丑妖精現已紮穩了龍線能量，在全世界形成了一個網格。龍線是流動的能量線，它取代了舊有的地脈的體系，但還未有新的水晶網格的七次元頻率。

樹木是一個地方的知識和智慧的保有者。為了新世紀的來臨，丑妖精正在把這個世界的樹裡所蘊藏的知識和智慧，連同其他的能量一起傳送到這整個網格，為新的紀元預先做好程式設定。他們也已開始把從其他星系來的光（目前是儲存在廣大的森林裡）向下引導到這個網格裡。在這個新世紀的基礎結構完成時，這只是將要流過龍線的一小部分光而已。

當土元素的精靈們——小精靈、小妖精和丑妖精——在提高他們的頻率時，他們也在啟動土地裡的編碼，提高植物在裡面生長的那種振動。我們食物的頻率也因此而提高了。

在這個創造活動風起雲湧的時期，元素精靈在元素大師和他們的指揮官指引之下，正在提高整個大自然王國的頻率：

- 風的元素大師是多姆，由獨角獸負責監管。
- 火的元素大師是索爾，由大天使加百列照管。
- 土的元素大師是泰雅，由蓋婭女神照管。
- 水的元素大師是奈普敦，由波塞頓照管。
- 掌理整個過程的是大天使加百列，他與九次元的大師潘（Pan），以及大自然天使波利梅克（Purlimiek）進行協調。
- 大天使麥達昶是總司令。

因為大自然的頻率正在加速，它以諧波轉移的方式在細胞層次上提高了人類的頻率。此外，太陽光照耀著我們體內的細胞，而這個加上正在改變中的大自然頻率，自然而然地把我們的DNA結構——從雙股改變成人們在亞特蘭提斯黃金時期所擁有的十二股。在這種情況下，我們在那個時代曾經擁有的驚人天賦、才能與力量正在慢慢地歸還給我們。

愈來愈多的獨角獸現在正從本源之心湧入地球。七次元的獨角獸是最先回到這裡把他們的光和愛傾灑到我們身上的。現在九次元的存有們用他們的臨在為我們祝福。他們是從大天使克里斯提爾的星門——位於西藏上方的乙太體——進來的。

土

當土龍在地球的上方靜止不動時，他們的光——其中包含著本源之愛與智慧的編碼——在一個管筒中被引導到地上。小仙子將它紮穩固定，然後丑妖精帶著它往下進入地心空間，讓它遍布水晶網格。

水

水龍（實際上是水蛇）保有地球上各種水域裡新的振動結構。來自星系極強的光在「宇宙時刻」（譯註：宇宙時刻來臨時，整個宇宙都會陷入寂靜無聲之中。此時天堂大門開啟，傾注不可思議的高頻光到我們身上——取材自黛安娜・庫柏的另一著作《跨越2012》），時照耀著地球上的水域，因而提高了水裡的基督意識，並增加了純金色的光。這是一個地球轉變過程的開始，因為水會四處流散，滲入萬物。

偉大的奈普敦大師唱著五次元的音調，替水保持著與基督意識的共振。然後水女神（水的元素精靈）才能夠在海洋裡維持著意識頻率的諧波，再於月亮週期影響下透過潮汐般的能量之流把它加以擴散。

每一次月圓時不可思議的頻率就會被投射到海洋、河流和湖泊裡，反映出海利歐斯純淨的天使之愛與編碼。隨著一次又一次的滿月，水的振動提得更高。這也包括了人類細胞裡的水。

火

火是這世界上最具威力的，具有煉金效果的轉化力量。在地球上它都是被用來把三次元的頻率轉化成一種更高的形式。這種事情目前全世界都在發生，是一種移除濃稠的能量點最快的方法。

火蜥蜴和火龍（火元素精靈）在火元素大師索爾的指揮下正在做快速的清理，確保基督意識盡可能地傳播到各處。

此外，火龍正被派往能量極濃稠之處，人類的任務是以意念創造橋讓火龍進入這些地區。當他們把較低的頻率加以轉化後，我們可以召請獨角獸和大天使克里斯提爾的天使，以希望和啟發之光照耀已清理乾淨的地方。

與元素精靈合作淨化一部分地球的冥想

1. 找一個你可以放鬆且不被打擾的地方。你也可以外出到大自然中。
2. 安靜地坐著，自然呼吸。心中盼望與元素精靈連結，一起提高世界的頻率。
3. 觀想根從你腳下延伸，深入地裡，讓自己根植大地。
4. 請大天使麥可為你披上他深藍色的防護斗篷。
5. 祈請火元素大師索爾帶給你火龍和火蜥蜴。把他們送到需要更高頻的光的地方。觀想著他們把低能量燒燬。
6. 召請風元素大師多姆，請他為你帶來風精靈——塞弗斯（sylphs）、小仙子和風龍——搧旺轉化的火焰。
7. 請水元素大師奈普敦帶來水女神和雨水淨化這個地方，直到它乾淨發亮。看到閃閃發光的雨水沖入地球裡。
8. 請土元素大師泰雅派土龍來透過這個地方的土地散播新的振動。
9. 請獨角獸和大天使克里斯提爾的天使們，永遠用基督之光、希望、鼓舞和純淨之愛照耀這個地區。

10. 向所有的元素大師和元素精靈感謝他們所做的一切。

11. 睜開眼睛，知道你已經在元素精靈的協助下加速了地球的揚昇速度。

步驟8

星際議會

星際議會是一個由十二個大能的成員組成的團體，他們做出有關地球演化的決定。他們做出了偉大實驗的決定並負起監督管理的責任。其中一個例子是亞特蘭提斯大實驗，這個實驗的目的，是要觀察人類是否能夠在仍然保有身體和體驗各種情緒的同時，還能保持著和本源的連結。

因為最近幾年頻率已大幅提高，很多個人和團體現在都能透過大天使布提亞里爾（Archangel Butyalil）和星際議會連結，請他們多方協助，不管是有關地球的，或有關人類健康、福祉或進步的重要計畫。我們也可以提供服務來幫助世界或宇宙。

目前議會裡的成員是：

馬可大師

偉大的馬可大師（Marko）代表著在太陽系裡的最高銀河聯盟。他保有聯合宇宙全部的科技資訊，這些資訊存在於一個巨大的、頻率非常高的石英水晶骷顱頭裡。馬可大師把適用的想法下載到那些人的頭腦裡，他們已經準備好要把五次元科技帶回到地球，而那些資訊已經儲存在乙太界以及願做此服務之人的靈魂之星的脈輪中。數位照相機就是其中的一個例子，它可以捕捉到以光球／能量球方式出現的六次元天使的頻率。

科學界才剛開始探討平行宇宙的存在。它一旦相信科學和靈性可以攜手共進，科學家們便能夠接受更高階的資訊。馬可大師在六翼天使塞拉芬娜的協助下正很謹慎地監督這件事。

阿斯塔指揮官

阿斯塔（Ashtar）指揮官是七次元的星際艦隊指揮官，他的太空船在地球附近的地區巡邏，保護並協助我們。因為他們的頻率很高，所以我們看不見他們。

阿斯塔現在與大天使麥達昶一起協助這個揚昇的過程。當幾百萬個靈魂達到他們的揚昇境界之時，他會在那裡歡迎他們。他照管著位於祕魯馬丘比丘一個很重要的雙向的跨次元門戶，他的母船就從這個門戶進入地球。他在星際議會的任務是維持宇宙間的均勢，讓它們彼此間保持著平衡與和諧。

上主希拉靈

上主希拉靈（Lord Hilarion）是第五道光——橘色的科技和科學之光——的大師，他和馬可大師以及阿斯塔指揮官有著密切的合作關係。這三人共同確保合宜的資訊被下載到想要使用它的人的頭腦裡。其中的幾項包括了新的通訊技術、能量球圖片、水晶科技和乾淨能源。

假如你想要用靈性科技幫助人類，要知道，上主希拉靈或與他共事的大天使拉斐爾天使團中的一位天使，已經把它放進你的意識裡。你可以請他幫你顯示出來並監督它的進展。

聖哲曼

聖哲曼（St. Germain）最近剛被升職為文明之主（這是靈性階層裡一個高階的職位），他和大天使加百列與薩基爾同為宇宙鑽石紫色火焰的揚昇守護者。這個火焰有能力把較低頻的能量轉化成高的頻率。

聖哲曼在這個星際議會的任務是教化人類！他為將要來臨的黃金世紀的社區和黃金城市保守著神聖的五次元藍圖。他正在重新建立亞特蘭提斯時代的人當時所享有的生活方式，只是層次更提高了。

耶穌

耶穌在新的九次元任務——宇宙之愛的使者——裡，實際上在傳播三十三振動的基督之光給整個地球（三十三是一個與基督意識頻率相應的數字）。他的脈輪是與宇宙之心相連的，他也照管著全世界的心輪的啟動。

他在星際議會裡的任務，是在任何有機會的地方都播下純淨之愛的種子。他的合作夥伴是正在喚醒人類認識更高的愛的大天使克里斯提爾。

觀音

觀音是我們所知道的慈悲女神，她以人身在中國轉世了兩千年，對這個世界造成很大的影響。她也是第六道光——大愛與獻身服務之光——裡的業力之主，她的合作夥伴是大天使烏列爾。

她在星際議會裡的任務，是四處傳播神聖陰性／女性智慧，賦能於女性，也讓男性與他們的陰性部分有更多的接觸。她也幫忙為揚昇中的地球帶來平衡。在地球上完成這些任務後，她在星際議會裡的任務會有所改變，她將專注在其他星球的揚昇上。

上主庫圖彌

上主庫圖彌（Lord Kuthumi）現在是世界的導師，主管所有內層界的教育體系。他也為這個行星的領導人物督導「地心大學」，同時也在地球上為我們培養更高品質的領導能力。他也和大天使約菲爾——主管智慧的大天使——共事，幫助我們以不同的眼光看待我們的小孩，以便我們能夠接受足以培育特殊的存有們（他們是此時特別委託給我們照顧的）的教育系統。

艾莫亞

艾莫亞（El Morya）是第一道光——神聖意志和創造之光——的大師。他在星際議會裡的任務是加強我們的神聖意志，讓我們可以積極地創造新的黃金世紀。他和大天使麥可共同為那些將要投生到未來社會的男性們，守護著要給他們的五次元藍圖，以便他們可以展現出與他們內在的神聖女性能量相互平衡的男性能量。

艾莫亞與大天使費絲（Faith）一起接觸所有的女性，幫助她們平衡她們的陽性與陰性能量。對於五次元的力量分配，他保有一個全面性的視野，以便男女兩性間達到應有的平衡。

目前，他正在幫助拆解打從亞特蘭提斯崩落之後一直存在至今的小我結構。

瑟若佩斯・貝

瑟若佩斯・貝是第四道光——和諧與平衡之光——的大師，他的合作夥伴是大天使加百列。他曾是亞特蘭提斯偉大的祭司化身，也代表著星際議會守護亞特蘭提斯白色揚昇火焰，這個火焰象徵和基督意識達成一致後所得到的純淨極致。他也和上主梅翠亞（Lord Maitreya）一起照管著整個宇宙裡不同的淨光兄弟（White Brotherhoods）團體。

在這整個星球裡有不同的金字塔，裡面所包含的是與不同的揚昇火焰所產生的共振。當我們達到某個振頻，瑟若佩斯・貝就會把它們一起帶進一個輝煌的揚昇火焰裡，形成已經揚升的蓋婭的水晶基質，換言之，它會啟動我們這個行星的新能量體。當人類達到五次元裡較高的幾個層次時，瑟若佩斯・貝會介入，幫助人們把頻率保持在這個高層級上。

威尼斯的保羅

威尼斯的保羅（Paul the Venetian）是第三道光——創意與藝術表達之光——的大師。他和大天使夏彌爾一起把愛帶入人們展現出來的東西裡。他的能量在作家、藝術家和具有創造力的各種創作者之間流動著，透過所有人的工作帶來揚昇之光。這些在純淨之愛中產生的作品，只要它們還以物質形態存在著，都會散播揚昇的能量，永遠不會失去回響。

威尼斯的保羅在星際議會裡的工作是幫助我們了解創造力的重要。在我們的新世界裡，創意力就是顯化的基石。

抹大拉的瑪利亞

納達女士（Lady Nada）在星際會議裡服務了幾個世紀，非常專注於地球的事務。她現在在散播宇宙的大愛，所以抹大拉的瑪利亞被升職來代替她，並由正義女神波西亞（Lady Portia）女士作為輔佐。

抹大拉的瑪利亞正和大天使烏列爾一起把靈性帶入宗教裡，因為宗教裡的觀念需要轉變成五次元的頻率。她在星際議會裡的工作是保守著團結之愛的景象。

上主梅翠亞

上主梅翠亞／彌勒尊者是「大淨光兄弟」的大師。梅翠亞的能量是地球和平的藍圖。他在星際議會裡的工作是保守著和平的願景，他與獨角獸以及大天使克里斯提爾一起合作，要在地球上實現它。

連結星際議會的冥想

假如你想要造訪星際議會，你可以請大天使布提亞里爾帶你到他們在內層界的聖殿。假如你有特別喜歡星際議會裡哪一位的能量，你也可以個別與他們連結。

在做連結之前，先在白天裡說出星際議會裡大師們的名字。學習認識他們，並感受與他們個別的共鳴。

1. 找一個你可以放鬆又不被干擾的地方。可能的話點上蠟燭。
2. 安靜地坐著，自然呼吸，心中期望著造訪星際議會。
3. 觀想根從你的腳下延伸，深入到地球裡，讓自己根植大地。
4. 請大天使麥可為你披上他深藍色的防護斗篷。
5. 請大天使布提亞里爾來到你這裡，用他的純白光環繞著你。吸入他的高頻能量。
6. 大天使布提亞里爾帶著你到星際議會。轉瞬間你發現自己身處耀眼的淨光中，周圍是十二個很殊勝的發亮的光之存有。注意他們的光正在幫你敞開以接受更高的頻率。
7. 其中一位大師站了出來。你認出他是誰。
8. 他把一隻手放在你的頂輪，另一隻手放在你的心上。你的脈輪結合後變成一個光柱。
9. 你的十二個脈輪裡都有每一個出現在議會裡的大師的一個部分。你將在你的揚昇任務裡攜帶著這個能量。

10. 現在你得到許可，可以在任何你想要的時間造訪星際議會，以便幫助地球。你是他們在地球上的代表，也可以使用這個力量去幫助宇宙。

11. 睜開眼睛，深呼吸，把這個美好的光傳播出去。

事實上，在這個冥想之前你可能已經是星際議會在地球上的代表。你可能已意識到這一點，也可能在睡夢中做著英勇的服務卻完全不自覺。

步驟 9

請求星際議會協助地球

因為我們有自由意志之故，星際議會不能直接對我們的意識做任何事，但是他們可以改變我們周圍的能量，這很像是改變植物周圍的泥土使它長得更茂盛。你可以請這個議會改變能量，在此時幫助地球上所有的人。

這裡有幾個例子告訴你可以請求甚麼。愈多人關注這些請求並把他們的能量添加進去，整個地球前進的速度快。

無條件的愛

無條件的愛，意即基督意識的 33 振動，將會依照更高的水晶基質（這個星球新的高頻結構）最終完全被建立起來並被認可。假如我們可以加速這個過程，這整個世界將會很幸福，也會更快地散發出純淨之愛與接納。我們可以造訪星際議會，請他們幫助我們成為基督意識的傳導體，把它散布到水晶矩陣裡。每一個做這種事的人都是在盡自己的一份責任，把地球轉化為愛的星球。這是靈愛的新模式。靈愛的意思是純淨、無條件的愛。

世界和平

當神聖陰性在地球上完全達到平衡時，世界和平就可以實現。我們可以要求星際議會在全世界加強神聖陰性能量。這表示，若想要引進這種能量，滿月這個時刻的效力會比以前更強。因此，同時也召請大天使聖德芬加強地球裡的電氣石和赤鐵礦水晶的力量，來幫助每個人根植大地是很重要的。

想要促進和平還可以用其他的方法：

- 我們可以請星際議會給予大量的光，讓地球充滿宇宙鑽石紫色火焰，再以原本是亞特蘭提斯上方的圓頂的一部分——現在被置於世界各地的七個宇宙金字塔，來把它增強與擴大。
- 我們可以祈請觀音、納達女士、抹大拉的瑪利亞和波西亞女士放一個鑽石在地球上每一位女性的能量場裡，使她們可以在相互支持，彼此增長力量的堅定姊妹情誼中心連著心。這會使女性們負起她們應有的責任，在地球上為神聖陽性和陰性能量帶來最好的平衡。

- 我們可以請求他們派更多的火龍來燒燬地球上較低的能量，以及讓人類也可以在有需要用到火龍時把他們迅速送到當地。

孩童與教育

當初構成黃金亞特蘭提斯上方的圓頂的水晶金字塔，現在已經被放置在宇宙各地。在策略考量之下，為了要保持高頻率，其中有一部分被安置在地球的神聖地點的上方，例如美國的喜多納（Sedona）、雪士達（Shasta）、澳洲的烏魯魯（Uluru）及西藏。

很多人都意識到現在該要把小孩當作獨立的個體看待，並用這種方式教育他們，他們的身體、情緒、心智和靈性上的需要才能得到滿足和滋養。此時我們也要期望能養育出幾代快樂、覺醒，愛好和平的小孩，能夠以最好的方式開發出他們的潛能。

所以我們可以要求他們提供一個包含著知識與智慧的水晶金字塔來做這個工作。我們可以請求把它放在地球的上方，讓它的光可以從那裡像逐次增加的波浪照耀在每個人身上。在這個過程當中我們可以請大天使聖德芬傳送一種根植於大地的能量給人類，我們才能啟用新的方法。

動物

二〇一二年，一個為動物而設的有很強烈作用的門戶，在黃石公園打開了，我們要為此感謝星際議會，同時也要求他們為動物在每個大陸上安置更多的門戶。每個都放射出動物天使——大天使裴利亞（Phelyai）黃色的能量，讓它提高人類對待動物的意識，並協助動物提高牠們的信心和自我價值。

新的靈性科技

為了要用五次元的方法增加地球的力量，我們可以要求把新靈性科技的種子，放在已經準備好要做這個工作的個人的頭腦裡。種子需要最好的泥土和養分才能成長，所以我們可以要求，在每個種子意念的周圍都放置能夠讓它繁衍和茂盛的能量。

其他還有很多合宜的要求，你們都可以向星際議會提出，而上述的那些我們都已和議會的成員們討論過。假如有足夠的人數向他們提出那些要求，不論是那些或是其他的，他們會以符合最大利益的方式應允。

觀想向星際議會提出要求

1. 找一個你可以放鬆又不被干擾的地方。可能的話點一根蠟燭。
2. 安靜地坐著，自然地呼吸，心中期望造訪星際議會，去請求促進地球的揚昇。
3. 觀想根從你腳向下延伸，深入到地球裡，讓自己根植大地。
4. 請大天使麥可為你披上他深藍色的防護斗篷。
5. 意識到大天使布提亞里爾以純白光的方式站在你面前，或者看著他的能量光球。踏進他的能量裡，吸入它。你與星際連結的潛能被點亮了。
6. 在大天使布提亞里爾的純白光環繞之下，你經過不同的次元上升著，最後你看到星際議會能量中心的乙太城堡出現在你面前。
7. 你可以在心中或以口頭的方式召請十二個發光的大師。感覺到他們向你走來，你向他們致意。他們圍成了一個高頻的圓圈，而你現在也成了其中的一部分。
8. 在心中或以口頭的方式向議會提出你的要求，然後保持安靜，讓他們去考慮你提出的請求。
9. 其中有一位現在要跟你說話了。通常耶穌是出聲的代表。他有著無可比擬的智慧、無條件的愛和仁慈。他非常了解人類，永遠把地球當做最高優先。他會讓你知道，你為地球而提出的請求是否已得到神聖團體的應允，換句話說，假如它是在本源的能量之流裡，它應該要被應允。

10. 在十二人所圍成的圓圈的中央出現了一個光球，在這裡你可以看到為了你所提出的要求，一個祈請的能量正在聚集當中。

11. 耶穌帶你從一個方形窗戶看出去。你往下看著地球，看到你所提出的要求在完全實現之後所產生的影響。

12. 十二個人向你鞠躬，感謝你用你的光幫助了地球。你感覺到他們每一個人發出的光進入到你心中。

13. 向他們致謝。

14. 再次進入大天使布提亞里爾的純白光中，回到你出發的地方。

步驟10

宇宙鑽石紫色火焰

在亞特蘭提斯崩落的時期，具有強大力量的紫色火焰，以及它把低能量轉化為非常高頻率的能力都被濫用了，導致星際議會把它收回，不再為大眾所有。一九八七年在諧波匯聚之時，大天使薩基爾和聖哲曼向本源提出請求，把它歸還給人類，讓他們重新認識它。幾年之後因為裡面加入了恩典的銀光和神聖陰性的能量，所以它變成了銀紫色火焰。然後我們取得權利可以擁有智慧的金色火焰，再把它加入原有的光裡，於是它變成了金色和銀紫色火焰。

現在大天使薩基爾和聖哲曼已再度把有轉化能力的金色和銀紫色火焰升級。當我們使用宇宙鑽石紫色火焰，它會把陳舊的事物完全加以清理，變成純淨光亮的本源之光。

天使常常叫我們要看自己做到了多少，並為自己所達到的成就感到歡欣，而不是向前看和思索我們還沒有做到的有多少。代表轉化的宇宙鑽石紫色火焰提醒我們，自己在輝煌的揚昇之旅上已走了多遠。

我是／神性臨在

「我是／神性臨在」（I AM）的禱告是一種很崇高的肯定或祈請的方式。我們實際上是在召請我們的單子體或神性臨在，與我們所祈請的存有或能量體結合在一起。以下的內容是很多年以前黛安娜在海灘散步時大天使薩基爾給她的。羅絲瑪莉・史蒂芬生（Rosemary Sfephenson）把它譜成了優美的音樂。

我是金銀紫色的火焰
我是慈悲的火焰
我是喜樂的火焰
我是轉化的火焰
我是聖哲曼
我是大天使薩基爾。

從此之後地球上的頻率變得更快。金色和銀紫色火焰現在已經演化，大天使加百列和薩基爾結合了他們的能量，形成了宇宙鑽石紫色火焰。銀色火焰的恩典與和諧也仍在裡面，金色光的智慧、愛與療癒也是一樣，但是更快的頻率已超越了先前的光。

我們現在可以把——大天使加百列美好的、被大天使薩基爾的紫光點亮的——宇宙鑽石，放在我們或任何其他人或地方的上方。它會把舊事物帶到本源之心做清理。它的能量不只能夠轉化，也可以用鑽石銳利的力道和明晰性切掉舊事物，把所有的一切提高到第五或更高的次元。

這是一個新的肯定語，也是可以用前面的調子唱出來的：

我是宇宙鑽石紫色火焰。
我是仁慈的火焰。
我是喜樂的火焰。
我是合一的火焰。
我是聖哲曼。
我是加百列薩基爾。

宇宙鑽石紫色火焰的用途

使用宇宙鑽石紫色火焰的方法有幾種：

- 我們可以召請它，要求它淨化和清理我們前面的道路。因為這個光有其明確性，對於可能發生的問題，它可以把它們的頻率粉碎後再加以提高，使問題消失。假如你召請火龍在我們面前發出一道火光，它的後面再跟著宇宙鑽石紫色火焰，我們的前面就會有一大批極具效力的光。
- 我們可以觀想這個火焰在我們的上方，改變著我們內在或周圍所有的較低頻的能量，它們就會被轉化成鑽石的光彩。它也會對身體上的疾病或阻塞造成影響。
- 我們可以把它送給那些生病或沮喪的人，但是我們應該讓直覺決定是否該使用這個能量，因為它的力量其大無比，可能有些人無法忍受。
- 在不和諧的關係中，宇宙鑽石紫色火焰會用冰冷的刀刃切斷負面性，創造出一個清楚的空間，給對方一個用更高的視野看待事情的機會。
- 傳送這個火焰去淨化戰爭的能量永遠都會有所助益。假如你在做這樣的事，一定要要求它在那些地方深入到地球裡面，照亮地脈和土地。
- 當人類和地球的頻率提高時，我們必須使通訊網路恢復到最好的狀態，並將它淨化，讓宇宙鑽石紫色火焰沿著電話線和透過網際網路傳送出去。

- 有很多靈魂並沒有順利地跨越到另一個世界，以致堵塞了星光界。除了創造一個光柱讓他們可以穿越過去，或者請天使們來把他們接走，我們還可以觀想宇宙鑽石紫色火焰充滿星光界，使困在那裡的靈魂追尋那個光，這是我們實際可以提供的協助。大天使加百列和薩基爾會領著那些迷途的人回到家。

火與冰

新的黃金世紀的符號，是麥達昶的立方體或他的六角星——神聖幾何圖形，當你把它和宇宙鑽石紫色火焰一起使用時，手中就會有一個強而有力的揚昇工具。你正要把大天使麥達昶的火與鑽石的冰結合在一起。

觀想使用麥達昶之星

1. 麥達昶之星有六個尖角。觀想裡面有一個中央點，六條像輪幅的線從那裡向外散發出去，一條往上，一條往下，每一邊又各有兩條。
2. 看見中央有一顆大鑽石閃爍著紫色光。
3. 請它把我們這個美麗的星球以及星球上的居民、土地和海洋以及內層界的頻率全都加以提高。

觀想使用宇宙鑽石紫色火焰

1. 找一個你可以放鬆又不會被干擾的地方。可能的話點上蠟燭。
2. 安靜地坐著，自然呼吸，心中期望使用宇宙鑽石紫色火焰。
3. 觀想根從你的腳往下延伸，深入到地球裡，讓自己根植大地。
4. 請大天使麥可為你披上他深藍色的防護斗篷。
5. 以你的心為中心點，觀想麥達昶之星裡發光線從你這裡放射出去。
6. 祈請宇宙鑽石紫色火焰，看見這顆發出紫光的巨大鑽石被放在你的能量場上方。在接受淨化的過程中，好好地在這個能量中歇息。
7. 請宇宙鑽石紫色火焰日以繼夜地為你清理前方的道路。
8. 假如你覺得不會有問題，你可以觀想生病的或覺得沮喪的人的上方有宇宙鑽石紫色火焰。感覺他們開始有了亮光。
9. 把麥達昶的六角之星和宇宙鑽石紫色火焰放在能量較低的地區上方，以及星光界裡。
10. 把它送給全球的各種通訊網絡、地脈和電話線路。
11. 想像整個地球的上方有一個巨大的宇宙鑽石紫色火焰，被大天使加百列和大天使薩基爾的幾千個天使們圍抱著。他們在歌聲中把更高頻的淨化送到宇宙之心裡。
12. 向大天使們致謝，並睜開眼睛。

步驟 11

取得星體的智慧

我們每個脈輪裡的不同面向都以不同的頻率振動著，並且連接著不同的次元。行星、恆星和銀河也都是宇宙裡不同的脈輪。當我們的十二個五次元的脈輪都覺醒並且在運作時，我們可以把每一個都連接到和其對應的星體，開始去取得並下載它所發出的光裡所包含的編碼，此時我們都成了星際的大師。在這個過程之中以及結束之後，照管我們的是大能的六翼天使中的一位——塞拉芬娜（Seraphina）。

跟人類一樣，行星、恆星和銀河的有些面向已完全達到揚昇的境界，並發出一種非常高頻的能量。它們為宇宙保守著神聖藍圖和神聖的願景。其他還有一些面向是尚未完全揚昇的，在這種情況之下只有已經揚昇的面向才能發出七次元的光。

我們有必要學習如何把脈輪和星體做連結，因為未來幾年裡將有更多的光之工作者會在星際的層次上工作，對於很多將要成為揚昇大師的人來說，這是非常重要的一個部分。

當有足夠的人連結到星體的中心，這個能量將會使中國北方的一個高頻能量門戶打開。打開之後，它會散發出純白色的本源之愛幫助地球上所有的人，並且協助蓋婭轉變，進入黃金世紀。

當你的脈輪和星體連接上時，你不僅變成一個巨大星際大師，你的氣場也會擴展到宇宙各處。你必須讓你的十二個脈輪都打開使它大放光芒，這樣才能啟動這條連線。步驟如下：

脈輪與星體之間的連接

1. 找一個你可以放鬆且不被干擾的地方。可能的話點上蠟燭。
2. 安靜地坐著，自然呼吸，心中期望脈輪可以連接到星體的中心。
3. 觀想根從你的腳往下延伸，深入到地球裡，讓自己根植大地。
4. 請大天使麥可為你披上他深藍色的防護斗篷。

地球之星脈輪

1. 專注於腳下的地球之星脈輪。
2. 召請大天使聖德芬打開這個脈輪，點亮一個黑白色的球，那是你的立基點，裡面蘊藏著你的神聖潛能。
3. 從這裡把光送到地球的地球之星脈輪——位於英國的倫敦，觀想白色的揚昇火焰在那裡燃燒著。
4. 想像你的地球之星脈輪和海王星之間有一條連線。
5. 留意包含著亞特蘭提斯和列木里亞智慧的光碼，正從海王星流入你的地球之星脈輪。
6. 把頻率提得更高，使它連接到海王星裡已經揚昇的面向——托帝雷（Toutillay）。
7. 對著自己講三遍「托帝雷」這個名字，感覺到這個名字更高的振動流遍你全身。
8. 開始把這個給宇宙的無限之光接引下來。
9. 感覺到它在點亮你的地球之星脈輪。

海底輪

1. 專注於你的海底輪，並召請大天使加百列把它打開，點亮，成為一個美麗閃亮的白金色的球。

2. 從這裡把光送到地球的海底輪——位於中國北部，並觀想揚昇火焰正在那裡燃燒著。
3. 想像你的海底輪和土星之間有一條連結線。
4. 把頻率提得更高，使它連結到土星裡已經揚昇的面向——奎賽（Quishy）。
5. 對著自己講三遍「奎賽」這個名字，感覺到它更高的振動傳遍你全身。
6. 它在發出靈性修練的能量，促使你發揮你的神聖潛能。它使你連結到你最初始的神聖本質，讓你得以享受生活在地球上的樂趣。放鬆，吸入這個光。

生殖輪

1. 專注於你的生殖輪，並召請大天使加百列把它打開，點亮，成為一個令人稱奇的、發出粉紅光的球。
2. 把光從這裡送到地球的生殖輪——位於檀香山，並觀想揚昇的火焰在那裡燃燒著。
3. 想像你的生殖輪和天狼星之間有一條連結線。
4. 把頻率提得更高，使它連結到天狼星裡已經揚昇的面向——拉庫美（Lakumay）。
5. 對著自己講三遍「拉庫美」這個名字，感覺到它更高的振動傳遍你全身。
6. 它正在把純淨偉大之愛傾注到你的脈輪裡。放鬆，吸入它。

臍輪

1. 專注於你的臍輪，並召請大天使加百列把它打開，點亮，使它成為一個發出燦爛橘色光的球。
2. 把光從這裡送到地球的臍輪——位於太平洋群島的斐濟，並觀想揚昇火焰在那裡燃燒著。
3. 想像你的臍輪和已經完全達到揚昇狀態的太陽之間有一條連線。
4. 對著自己講三遍太陽，感覺到它更高的振動傳遍你全身。
5. 感受到金橘色的光喚醒了你的臍輪，你到外面時自然而然地讓人感到你的歡迎之意。
6. 這個能量將會讓你敞開心胸歡迎從其他星球來的存有們，使你能夠接受他們的智慧。放鬆，感覺它在點亮你的臍輪。

太陽神經叢

1. 專注於你的太陽神經叢，並召請大天使烏列爾把它打開，點亮，成為一個輝煌的深金色的球。
2. 把光從這裡送到地球的太陽神經叢——位於整個南美洲，並觀想揚昇火焰在那裡燃燒著。

3. 想像你的太陽神經叢和地球的中心有一條連結線。
4. 把頻率提得更高，使它連結到地球裡已經揚昇的面向——皮爾切（Pilchay）。
5. 對著自己講三遍「皮爾切」這個名字，感覺到它更高的振動傳遍你全身。
6. 感受到這個金光喚醒了你的太陽神經叢，給你機會去取得等待著要進來的宇宙智慧。放鬆，感覺它在點亮你的太陽神經叢。

心輪

1. 專注於你的心輪，召請大天使夏彌爾把它打開，點亮，直到它變成帶著淺粉色的熾熱的白光。
2. 從這裡把光送到地球的心輪——位於英國的格拉斯頓伯里（Glasonbury），並觀想揚昇的火焰在那裡燃燒著。
3. 想像你的心輪和宇宙之心脈輪（金星）之間有一條連結線。它已經達到揚昇狀態，並把神的愛直接帶來。
4. 對著自己講三次金星之名時，感覺金星的振動流遍你全身。
5. 感受純白光進入你的心輪。
6. 放鬆，知道自己已敞開心輪接受神之愛。

喉輪

1. 專注於喉輪，並召請大天使麥可把它打開，點亮，變成一個輝煌的深藍色球。
2. 從這裡把光送到地球的喉輪——位於埃及的盧克索（Luxor），並觀想揚昇的火焰在那裡燃燒著。
3. 想像你的喉輪和水星之間有一條連結線。
4. 把能量提得更高，並把它連結到水星裡已經揚昇的面向——特雷風尼（Telephony）。
5. 對著自己講三次「特雷風尼」這個名字，感覺到它更高的振動流遍你全身。
6. 感覺到這燦爛的藍光喚醒你的喉輪。
7. 用心靈感應的方式與金光裡的大師和天使們溝通，是你的天賦能力，把它接引進來。
8. 吸取這個能量，用它來與他人、動物、樹木以及一切的生命體溝通。
9. 放鬆，讓亞特蘭提斯黃金世紀的特質回到你身上，例如漂浮、（物質）瞬間移位（teleportation）、心靈致動（telekinesis），以及以心靈感應的方式傳送療癒等。

第三眼脈輪

1. 專注於你的第三眼，並召請大天使拉斐爾打開它，點亮，變成一個完全清澈的水晶球。
2. 從這裡把光送到地球的第三眼——位於阿富汗，並觀想揚昇的火焰在那裡燃燒著。

3. 想像你的第三眼和木星之間有一條連結線。
4. 把能量帶往更高處，把它連結到木星已進入揚昇狀態的面向——金貝（Jumbay），意即「巨大」和「擴大到可以納入一切萬有的願景」。
5. 對著自己講三遍「金貝」這個名字，感覺到它更高的振動傳遍你全身。
6. 感受水晶般清澈的光帶著宇宙的豐盛遍灑在你身上，使你的身體、心智體、情緒體和靈性生命都充滿豐盛。
7. 這個光也帶著它的編碼和符號來幫你打開通往大量的智慧、喜樂和擴展之門，這會使你能夠與黃金亞特蘭提斯的智慧連結。放鬆，吸取這個光。

頂輪

1. 專注於你的頂輪，召請大天使約菲爾把它打開，並點亮你頂輪裡的千顆水晶或千片花瓣。
2. 從這裡把光送到地球的頂輪——位於祕魯的馬丘比丘，並觀想揚昇之光在那裡燃燒著。
3. 想像你的頂輪和天王星之間有一條連結線。
4. 把能量提得更高，並與它已進入揚昇狀態的面向——克羅內（Curonay）連結。
5. 對著自己講三遍「克羅內」之名，感覺到它更高的振動傳遍你全身。
6. 感受清澈如水晶的光把神聖轉化能量傾注到你的頂輪裡，讓你更加敞開，因而使你得到更高程度的光啟。

7. 放鬆，吸取這個光。

業力輪

1. 專注在你的業力輪上，召請大天使克里斯提爾把它打開，並點燃輝煌的純白色的和平之球。
2. 從這裡把光送到位於西藏的地球的業力輪，並觀想揚昇的火焰在那裡燃燒著。
3. 想像你的業力輪和已經揚昇的月亮之間有一條連結線。
4. 對著自己講三次月亮之名，感覺月亮的振動傳遍你全身。
5. 這個白光裡保有一切神聖陰性更高的特質：慈悲、愛、和睦、關懷、同理心、滋養和合作，感受到它向下進入你的業力輪。它也使你能夠對事情抱持更高和更寬廣的觀點。它促進人與人之間的合作。
6. 放鬆，吸取這個光。

靈魂之星

1. 專注在你的靈魂之星脈輪上，召請大天使瑪利亞爾（Archangel Mariel）打開它，並點亮高頻的紫紅色光球。

2. 從這裡把光送到地球的靈魂之星脈輪——位於印度的阿歌拉（Agra），並觀想揚昇火焰在那裡燃燒著。
3. 想像你的靈魂之星脈輪和已達揚昇狀態的獵戶座之間有一條連結線。
4. 對自己說三次獵戶座之名，感覺獵戶座的振動傳遍你全身。
5. 感受到這個包含著宇宙智慧所有的鑰匙和編碼的紫紅色光，傾注到你的靈魂之星脈輪裡。
6. 放鬆，吸取這個光。

星系門戶脈輪

1. 專注在你的星系門戶脈輪，它是位於你上方一個巨大的、發著金橘色光的球，召請大天使麥達昶來打開它，點亮。
2. 從這裡把光送到位於北極的地球的星系門戶脈輪。觀想揚昇火焰在那裡燃燒著。
3. 想像你的星系門戶脈輪和火星之間有一條連結線。
4. 把能量提得更高，到火星裡已達揚昇境界的面向——耐吉雷（Nigellay）。
5. 當你對自己說三次「耐吉雷」之名，感覺到耐吉雷更高的振動傳遍你全身。
6. 感受到金橘色的光（裡面充滿著和平戰士的神聖陽性特質）傾注到你身上。在你的內在裡，它加強勇氣、建設性的行動、溫柔的力量、激勵性的領導精神，以及保護弱勢的力量。
7. 放鬆，吸取這個光。

成為地球的大使

假如你想從事星際上的工作並成為地球的大使：

1. 找一個你可以放鬆又不會受到干擾的地方。可能的話點上蠟燭。
2. 安靜地坐著，自然呼吸，心中的意圖是成為一個地球的大使。
3. 觀想根從你的腳下延伸，深入地球裡，讓自己根植大地。
4. 請大天使麥可為你披上他深藍色的防護斗篷。
5. 感覺到自己閃亮的氣場向外一直延伸到星體。
6. 連結到大能的六翼天使塞拉芬娜的彩虹光裡，感覺她的光跟你相連了。
7. 在你金黃色的根延伸進入地球的鑽石中心時，向下與地心空間連結。
8. 因為你身為宇宙的存有，握有力量，想像你自己是高大、腳踏實地、強大的。
9. 詢問塞拉芬娜你是否可以在睡眠中做為地球的大使。你可以在心裡說，也可以出聲說：

　親愛的六翼天使塞拉芬娜，我以全部的心和靈請求與祈願，但願我可以成為地球的大使，為你與宇宙服務。

10. 你的意圖被注意到了，大量的祝福也從靈性的階層湧向你。放鬆，吸入它們。

任何時候你都可以做這個觀想。

步驟12

打造你的水晶光體

過去極長久以來我們都一直住在碳基的身體裡，這個身體是在較低的頻率上運作的，這樣我們才能理解這個存在著黑暗與光明兩極的第三次元，體驗這些較低的官能。

在揚昇之路上的多數人目前是在第四次元裡，在這個層次上他們的心輪是開放的，並且完全相信他們是在一個無止境的靈魂旅程上。他們的細胞可以保有高達百分之七十九的光。

在二〇一二年十二月二十一日這個宇宙時刻，一個新的水晶光體在乙太界為那些保有這個程度的光的人而被活化了。那是一個多功能的六角形的水晶梅爾卡巴。它看起來好像是兩個金字塔相疊起來形成了一個三次元的六角星，把我們的能量場放在更高的頻率裡面。

這個水晶光體是一個藍圖，規劃出人類未來在新黃金世紀會變成的樣子。這個藍圖是為了每一個五次元的或位居四次元較高層次者，以及那些靈魂希望他們參與這個新黃金世紀的人而存在的。

水晶光體存在的目的，是因為它可以比碳基的身體容納更多的光。光裡面所包含的是宇宙的愛、知識和智慧。

是故，為了要打造你的水晶光體，我們必須能夠取得更多的光。要做到這點，有下列方法：

- 吃清淡、新鮮和有機的食物。
- 飲用純淨的水。
- 感謝進入你體內的所有東西。
- 規律地做些輕鬆的運動。
- 做那些會讓你喜悅的事。
- 呼吸要深沉，挪出時間做冥想，並與你的高我連結。
- 做本書中的揚昇練習。

在目前的階段我們可以在細胞裡保有百分之八十以上的光，但仍然可以保有肉身。

然而，我們的地球已經揚昇，而且她的諧波一直在快速改變中。在未來的二十年裡，因為這個水晶基質在地球裡已經建立起來，我們將會開始注意到身體內的物質性改變，以便我們能夠適應地球的能量。

在水晶光體的啟動過程當中，身體不再需要那麼多食物，這也是很多人現在所體驗到的。光，就像陽光，在經過新陳代謝作用之後將會成為身體的燃料來源。我們也將能夠收到並吸取這個中央大日的光。

當我們更趨進這些提高的能量時，我們的身體將會擴大成為更好的該有的樣子。在身體上來說，我們的外型將會改變。我們的頭部將會變得更長，就像在亞特蘭提斯和埃及時期的人一樣，那是用來容納擴充的頭腦以及業力輪的能量。我們會變得更高、更瘦，並且更趨向雌雄同體。

接著，當我們在乙太界工作時，我們將會在七次元頻率上運作。我們的水晶光體會被啟動，並完全由十二個五次元的脈輪管理。然後，做為生活在此的大師，我們將有機會取得我們所需要的一切光，來維持最好的健康狀態和環境。

在未來的幾年裡，對於在地球上生活和學習的時候是否要仍然保留這個軀體，我們可以做出選擇。

水晶光體和揚昇過程

了解水晶光體是揚昇過程中一個很重要的部分。它使我們聚焦於揚昇所需要採取的行動，而你的注意力在哪裡，能量就在那裡流動。

為了獲得新的光體裡全部的能力，我們首先必須經歷揚昇的過程，換言之，我們身上的細胞必須能保有我們所能取得的光商（light quotient）的至少百分之八十。在我們細胞裡容納的光量達到這個層次的那一刻，我們就已經揚昇了。要發生這種事，我們的十二個脈輪一定要在更快的頻率上轉動，並且在和諧中一起運作。

一旦揚昇發生了，我們就應該完全負起自己的療癒和保養的工作。我們的能量場會變得更大，有時甚至會達到三十二公里之遠，有些時候還可以環繞地球。

當我們的能量場擴大時，我們必須很警覺地常保它們的清明、純淨和受到保護，因為我們將會和他人共享能量空間，而那些人的振動頻率可能是比較稠密的。我們要靠自己照顧自己的能量系統。

但是，每一個揚昇的人都會在周遭人的內在創造一個細胞層次上的和諧音波，這會啟動他們內在的打造光體的過程。如此揚昇的過程才會向外散發出去。

打造你的光體

1. 找一個你可以放鬆並且不受干擾的地方。可能的話點上蠟燭。
2. 安靜地坐著，自然呼吸，心中期望打造自己的光體。
3. 觀想根從你腳下延伸，深入到地球裡，讓自己根植大地。
4. 請大天使麥可為你披上他深藍色的斗篷。
5. 觀想自己坐在水晶梅爾卡巴——你個人的，包含著六個角的兩個交疊的角錐——的中心。
6. 請大天使麥達昶用七次元的頻率替你點亮它。
7. 然後請他提供一道純淨的光柱，從中央大日往下經過你的脈輪進入地心空間。
8. 觀想它擴展到一個三十二公里的半徑，然後亮了起來。
9. 看到自己像水晶一樣發出純淨和清澈的光。
10. 請你的梅爾卡巴以五次元的頻率在你的周圍穩固下來。
11. 請你的高我和大天使麥達昶把它保持在百分之八十到八十五的光商中，並根據你的需要加以調整。
12. 向大天使麥達昶致謝。

步驟 13

光的發送

揚昇的過程正在加快當中，大天使麥達昶正從「大亞特蘭提斯光池」一波又一波地釋放出很多特別的光能量。這個大池與吉薩金字塔上方的「大揚昇光池」合併在一起，創出一股強大的力量。

在亞特蘭提斯崩落時，最初的光池是由大天使麥達昶保存著，但是現在特別針對揚昇過程，它已經幾度被釋放出來。這些非常高頻濃縮的光被釋放出來的目的，是要讓我們用它來打造我們的光體，在揚昇之道上快速往前邁進。

這個「光的放送」也在我們建構五次元的脈輪柱時產生巨大的影響。這個光從大揚昇池湧出，在星系門戶脈輪被接收後經過脈輪柱往下，然後由大天使聖德芬把它安固在地心空間裡。祈請大揚昇光池的能量，是讓五次元水晶光體永遠保持光亮最好的方法。

在二〇一三年裡，大天使麥達昶和以盧克索為基地的星球揚昇議會，批准了四次具有特定作用的光之發送。這些光被釋放出來是為了因應人類光之工作者所提出的請求，而在每一次光的發送之後能量的級數都提高了。這些光都是配合正在加速提高頻率的光碼以及很多次的星象排列而釋放出來的，這使得二〇一三這一年給很多在揚昇之道上的人帶來很大的挑戰。

第一次的放送是在二〇一三年的九月，它具有一個特別的目的——在四體系統裡把光的百分比提高到百分之八十。

第二次放送是在二〇一三年十月，它為已經準備好的人清除了五次元脈輪柱裡的乙太殘渣碎片。

第三次是在二〇一三年十一月，它為那些已經準備好的人點亮了五次元脈輪柱，並把目標放在海底輪和生殖輪上。

二〇一三年的最後一次放送發生在十二月二十一日的冬至，所釋放出來的光碼溫和了很多，對於每個人在那一年裡所經歷的過程帶來鎮靜和緩和的效果。

你可以祈請大天使麥達昶為你做個人的光之放送，請他讓你的四體系統充滿百分之八十的光。在恩典法則之下請他為你提供特別的光之放送，讓這件事可以達成。它會以揚昇大師之頻率照亮你。一旦你的能量場裡有了這個光，你就有責任去關注那些需要被轉化成更高頻的地方或事件。

從二〇一四年的年初開始，從海利歐斯核心不斷湧出的光一直很強，因此光之放送已經沒有必要，也不再有人提出這樣的要求。這種整合一直是很強烈的，而人們在每天的生活中都必須接收這樣的能量。雖然如此，因為更多人變成是五次元的，也可以接納更高的頻率，因此光之工作者將來再度請求光之放送來幫助大家，也是可以預期的。

不同次元的樣式

目前地球上三次元的樣式有三種。有大批的人正活出他們三次元的實相。他們的靈魂做出了選擇，要創造並經歷他們的想法和信念所反映出來的狀態。我們可以預期二〇三二年之前會有一種光在群體意識裡出現，讓他們可以從一個更高的視野看待生命。然後他們會打開心和靈迎接四次元。這個驟然的轉變將會加速整個地球揚昇的過程。

在此同時，四次元的模式像一個全球性的能量網格一樣已完全被啟動。我們現在是一個四次元的行星，全球的人都開始在培養一種社會意識。這也是一個可以非常有建設性的時期，我們意念所產生的能量幾乎會立即反映回來。在靈性道路上的人應該利用這個時間來建造我們努力要達到的五次元實相。

現在有很多人因為他們所秉持的靈性態度和信念，而生活在五次元模式裡。意念會創造實相，對於正朝著最終的揚昇目標而努力的光之工作者而言，這樣的信念為他們提供了很大的助力。

祈請大天使麥達昶的光

這裡有一個很有效的方法，可以祈請大天使麥達昶「揚昇光池」裡的光：

1. 做好冥想的準備。
2. 安靜地坐著，觀想一個需要純淨的揚昇之光的地方或狀況。你可以選擇任何地方。
3. 祈請大天使麥達昶到揚昇光池把這純淨的光放送到你所選擇的地方。
4. 看到金橘色光從吉薩的大金字塔上方巨大的光池傾瀉而出。
5. 觀想並協助大天使麥達昶把這道光引導到有需要的地方。
6. 拉著大天使麥達昶的手，把這個地區包覆在一種最美好的狀態中。
7. 看見一切眾生被這個光碰觸——快樂、愉快，並且充滿了團結的意識。
8. 祝福他們的揚昇之路，並把你自己心中的愛傾注到能量之流裡。
9. 感謝大天使麥達昶送來這些光。
10. 睜開眼睛，你知道自己為了給眾生帶來最大的福祉已接觸到很多生命。

步驟 14

感激與祝福的法則

地球是宇宙中一個快速學習的層面，而且生活在地球上隨處都存在著大量讓靈性成長的機會。很多靈魂真的是排著隊等候可以來到這裡的機會。

在亞特蘭提斯初始之期，第一批使用肉身的靈魂對於提供給他們的一切都感到讚嘆。雖然曾經經歷了遺忘之帷幕，他們對於自己的生活都懷著極大的感激之心。他們感謝食物、純淨的流水，感謝可以摸著樹，感覺它的紋路和能量的印記。他們感激有喜樂和憂傷的情緒。能夠聞一朵花是多麼神奇的事！品嚐水果是多麼美好的事！讚嘆、快樂和喜悅全都是感激的方式。這些靈魂愈是感激在地球上的生活，灑滿在他們身上的好事也會更多。

但是，在他們一次又一次的轉世之後，地球變得熟悉，然後他們忘了生命的奧妙，因此他們變得沉重，離本源也更遠。

我們所發出的每一個意念或能量都會創造出一個乙太的符號。某些發光的能量會形成完美的神聖幾何形狀，成為一把打開宇宙豐盛之門的鑰匙。感激和祝福是這種發光的能量裡其中的兩種，其他一些更高頻的揚升特質，例如忠誠、無條件的愛和信任也是。

當我們意念裡的神聖幾何圖形完全符合神聖性的意念，宇宙會用大量的豐盛做出回應，順應我們靈魂的願望。

如其在上，如其在下（as above, so below）。假如一個孩子在我們給他禮物之後，因為高興而容光煥發，我們的心會因為快樂而變得更寬廣，所以我們會想要給他們更多的禮物。他們快樂的回應裡的神聖幾何圖形，和我們付出之心的頻率是一致的。但是，假如他們期待收到禮物，認為那是他們的權利，幾何圖形便不再相配，所以我們不再付出。

宇宙的反應也類似這樣。當我們感激萬物時，更多好東西會來到我們身上。因此，例如你有一個小園圃，但你想要一個更大的，你先要把你所擁有的做到最好的地步。感謝其中的一點一滴，這是保證你會從宇宙吸引到一個更大的園圃的方法。你已表現出你值得擁有它，而且你有感激之心。

假如你想做些更有趣的事，不管給你甚麼任務，要把你的心和靈都投入。你的熱忱會點亮你的氣場，招來讓你的靈魂感到滿足的工作。

假如你想要更大的富足，要先感謝你能負擔的起的每一樣東西。向銀行帳戶裡的每一塊錢表達感謝之意。你的感激會吸引更多。

你得到新工作。你有了新生兒。你買了房子。你的反應是甚麼？你願意敞開心，並說「謝謝你，我願意盡我一切力量」嗎？責任是一個禮物，它給你機會去對宇宙做出回應，那是一個表達感激的機會。

真誠的感激是一個豐饒之池。感激你所擁有的一切，更多的東西會湧向你。

有兩個大天使會協助你們擴展脈輪，使你們能夠感受由衷的感激。請大天使夏彌爾擴展你的心，讓你真的可以為所有的經驗發出衷心的感謝。請大天使加百列把你的海底輪和生殖輪的頻率提高到第五次元的程度，因為在你感覺安全、穩妥和信任時你才能夠對你所有的一切發出真誠的感謝。

感激之行

做一個感激之行是一個簡單的方法，讓你打開眼界，看到四周令人驚嘆和完全免費的禮物。你可以真正的走出去，也可以用觀想的。

觀想一個感激之行

1. 找一個你可以放鬆又不被干擾的地方。可能的話點上蠟燭。
2. 安靜地坐著，自然地呼吸，心中期望做一個內在的感激之行。
3. 觀想根從你的腳向下延伸，深入地球裡，讓自己根植大地。
4. 請大天使麥可為你披上他深藍色的防護斗篷。
5. 召請大天使夏彌爾碰觸你的心
6. 出發，在一條陽光普照的路上做一個輕鬆及安全之旅。
7. 一個陌生人經過，你們彼此向對方微笑。在心中發出感激之意。
8. 一隻鳥在樹枝上對著你大聲歡唱。專心聆聽。
9. 一隻狗吠叫著，牠在傳遞甚麼消息？
10. 把手放進流動的水中，享受宇宙之愛的流動。
11. 去感覺你腳下的草，並且留意傾聽大地之歌。
12. 去觸摸一棵樹，驚訝於樹皮帶給你的感覺。留意到樹根在地球周圍形成了一個網絡，把愛放進去。
13. 仰望天空，為宇宙之大感到敬畏。
14. 慢慢地體驗和享受大自然的神奇。

感激物質上的擁有

在此你可以感謝生活中讓你的每一天都更舒服的有形的東西，例如車子、房子等等。

1. 找一個你可以放鬆又不被干擾的地方。可能的話點上蠟燭。
2. 安靜地坐著，自然呼吸，心中想要真正地感謝你在物質方面的福氣。
3. 觀想根從你的腳向下延伸，深入到地球裡，讓自己根植大地。
4. 請大天使麥可為你披上他深藍色的防護斗篷。
5. 祈請大天使加百列把他五次元的鑽石放在你的海底輪和生殖輪上。
6. 打開水龍頭，感謝有乾淨的水。
7. 因為櫥櫃裡的食物而覺得感激。
8. 因為有朋友與家人而覺得感激。
9. 感謝自己有個家。
10. 因為擁有銀行帳戶裡的所有而心懷感激。
11. 說出你生活中一切美好的事物。

祝福法則

祝福的法則其運作的方式和感激的法則是很類似的。不論是接受或是給予祝福，你都必須敞開心。當你打從心底祝福，它會在收受者的能量上產生很大的影響。當你真誠地希望某個人好，並為他們敞開心門，有一個包含著愛的幾何符號的金光會從你這裡流向他們。這些符號覆蓋在對方內在的一些東西上並加以消融，讓他們獲得自由。它們也會點燃你自已的心。

當你敞開心，不吝祝福一個曾經傷害你或對你造成損傷的人，一個不可思議的、神聖的煉金術（神祕變化）就產生了。你所送出的金色能量，化解了你的痛苦以及對方三次元的能量。你可以給出很多最美好的揚昇禮物，這些祝福是其中的一部分。

假如有人曾經傷害你或對你造成損害，你可以先從想要原諒他們開始做起，然後請大天使夏彌爾和加百列幫助你把寬恕變成完全出自肺腑的，慢慢地，它們就會是了。

假如有人使你在財務上受損，祝福他們擁有豐盛，並觀想金錢流向他們的畫面。大天使加百列將保證你損失的錢財會加倍（可能從其他的來源）回到你身上。

假如有人損壞了你的財物，要留意他們內在的原因，然後以自愛、自尊、愛或豐盛，以及你認為他要得到靈魂上的快樂所需要的任何東西去祝福他。把熱忱放進你送出的意象裡，直到你感覺到他們在心裡接受愛與善意為止。你會覺得比較舒服一些，你的光也會更明亮。他們的內在也會產生一些改變。

當你祝福他們擁有恩典所具有的特性時，這些特性裡的愛的編碼，會點燃那些人內在許多潛藏的價值。給予祝福是通向地球和平的途徑。

假如有人曾經傷害過你或你所愛的人，當你願意祝福他時，你已經到達捨棄小我的最後階段，那是揚昇之道上有巨大影響的一步。加害者會在和諧的狀態中感覺到你的寬恕，於是他們的氣場在無條件的愛中被點亮了。有一股愛吹到了他們的心，揚昇之門可能會打開。你提升到靈魂成長裡更高的層次，並且體會到和平更深的意義。

因為意識是在和諧的傳遞中傳播的，你也同時散播了療癒和恩典給與你相遇的人。

祝福

1. 請大天使夏彌爾賜福於你的心。感覺到它慢慢打開了。
2. 請大天使加百列賜福於你的靈魂。感覺到它在擴展。
3. 願樹木都快樂。
4. 願花與植物都能充滿活力。
5. 願動物都有愛。
6. 願戰爭販子心中有和平。
7. 願患病者有充滿生機的健康。

8. 在人們亂丟垃圾或能量較低的地方，願它有神聖的和平與愛。
9. 願孤寂者有友誼。
10. 願貧窮者擁有富足。
11. 願世界上的領袖都有正直的性格。

步驟 15

愛與仁慈的揚昇之道

揚昇之道有很多，但是愛與仁慈之道以它的簡單性而超越了其他的。它是每一條道路的基礎，愛、和平和與喜樂的天使們在我們周遭，讓我們得以保持我們所需的特質。而佛陀意識，意即和平的靈性戰士的意識，是這條道路的精神所在。

有些人過著簡單的生活，他們從未聽說過「揚昇」這個字眼，甚至也沒聽過大天使，但是他們是在榮耀中揚昇的。其中很多人是走在愛與仁慈之道上的。有時候人們住在窮困的社區裡，那裡的人都很慷慨，樂於把所有的東西都與人分享。有些人是大家庭，但為了養活孩子，讓他們生活在愛中，這些人安貧樂活。還有些人走向世界，無私地為更不幸的人服務。在這種心胸寬大的人過世之後，他們的朋友和家人通常會說「他們會對他人所需傾囊相助」，或者「他們會為別人竭盡一切所能」。

我們可以培養一些特質來做為這條道路的基礎：愛、仁慈、體恤、溫馨、用心傾聽、謙和、慷慨、開放和信任。這一切的基礎都是愛的意識和豐盛意識。

行走在這條道路上的關鍵在於問自己：「假如我是天使，我該怎麼做？」這是一條可以培養我們乙太翅膀的道路，這個翅膀也就是從我們的心輪散發出來的光。

愛的意識

所有在我們心中的花瓣全然綻放時，我們就有了愛的意識。我們真的相信每一個人都值得被愛，值得被照顧。我們完全接受每個人原有的樣子。我們的內在保有神聖陰性之光，我們自然地會去聆聽、照顧和同理他人，並用仁慈和智慧去回應所有的人和事。我們了解何謂一體。

豐盛意識

在我們完全相信宇宙會供應一切我們所需時，我們真正掌握了豐盛意識的真義。我們在一種流動的狀態中，堅信在這個充裕之流裡不會有任何間斷。事實上，當我們活在豐盛意識裡時，我們在不求回報的心態下所給出的東西會加倍地回到我們身上。在所有的一切裡我們都真誠地分享、合作。我們的心散發出精神上和財富上的慷慨。這些都是存在於新黃金世紀五次元的群體所必須具備的重要的特質。

如何培養這些特質

神和祂的天使們不會平白給我們這些特質。相反的，他們會送一些人和事給我們，讓我們有機會實踐愛與仁慈。

假如我們需要實踐慷慨，他們會把匱乏的人放在我們的道路上。我們會敞開心胸付出，還是把心關閉撒手不管？我們會斟酌和運用偏見，還是未經充分考量就伸出援手？我們一旦願意或確定了走上這條路的意圖，意料之外的事就會出現來測試我們。

每一次我們選擇以慈悲、謙和、體貼或合情裡的態度去回應他人，就是在為這一條路增添一些光。假如我們實踐和培養愛、溫馨、尊嚴、誠實或慷慨這些特質，我們將會綻放出美麗的光。

透過照顧他人所帶來的揚昇

在我們來到這個世界之前，我們的高我和我們整個家庭成員的高我，以及我們的指導和天使們一起選擇了所有家庭成員的生活狀況。其中有些可能和照顧別人有關，比方說有一些人一生都以愛心照顧殘疾的親戚。有時候這是因為業力的關係，但是從靈魂的層次來看，有愈來愈多的情況，是那個生病的人在為照顧他的人在揚昇過程中提供一個成長的機會。

阿茲海默症

一個人會患阿茲海默症有很多原因。可能跟業力有關，也可能是那個人決定要從人生的責任裡退下來。可能是想要體驗依心而行，而不是聽任頭腦指揮的生活。但是，它還有可能是他想要為照顧者或家人提供一個實踐愛與仁慈的機會。

界限

走在愛與仁慈之道上，當我們在照顧他人時，它常常意謂著我們必須很清楚自己應有的界限。我們必須送出能量，並且所採取的行事方式，意謂著我們有受到尊重和榮耀，而且在我們保持溫暖和開放的心的同時，也要堅守自己的原則，這是和平的靈性戰士的揚昇之道，是佛陀意識。光榮地走在這條路上時，記得請大天使加百列給你明晰和靈性的修煉。

愛與仁慈之道的冥想

你可以請大天使夏彌爾，幫你在最困難的時候仍然保持著開放之心。當你在這條路上時，愛與和平的天使永遠與你相伴，把他們難以言喻的愛傾注於你。

1. 找一個你可以放鬆又不被干擾的地方。可能的話點上蠟燭。
2. 安靜地坐著，自然地呼吸，心中期盼著走上愛與仁慈的揚昇之道。
3. 觀想根從你的腳向下延伸，深入到地球裡，讓自己根植大地。
4. 請大天使麥可為你披上他深藍色的防護斗篷。
5. 把手放在心上，祈請愛與和平的天使。
6. 感覺到他們把你包覆在美麗溫柔的金光裡。
7. 為了能夠光榮地走在這條路上，你可以祈請大天使加百列，要求他幫你找到你道路上的明晰，以及你的界限和靈性的修煉。
8. 感覺大天使夏彌爾在加強你的心的金色中心。
9. 覺察你的界限和神聖的莊嚴性。
10. 觀想有一個人在挑戰你。
11. 看入他們的眼睛深處，了解他們內在隱藏的痛苦。
12. 用愛與慈悲與他們對應。
13. 再度看入他們的眼睛深處，現在你看到甚麼了？
14. 假如你看到恐懼，重複地做這個觀想，需要幾次就做幾次。當你看到的回應裡包含著愛，你先前送出的能量一定是具有愛與仁慈的。
15. 感謝天使們，並睜開眼睛。

步驟16

接納、寬恕與不傷害之道

接納、寬恕與不傷害是天使的特質，它們共同組成了基督佛陀意識的一個很重要的面向。這是基督意識和佛陀意識這兩種能量的融合和擴大。這些都是無條件之愛最重要的特質。當我們在揚昇之道上時，這些都是對待整個宇宙所有眾生必須有的態度，因為我們是這個揚昇過程的一部分，必須整合和展現這些善良寬大的特質。

我們將要進入一個新的黃金世紀，過五次元的生活，這些特質也是其中最重要的核心，當每個人都有這種情懷的時候，世界和平與內在的喜悅就出現了。當這種事發生時每個人都會享有一種自信和自我價值感，動物和人類將會和諧相處。這種恬靜美好的境界愈來愈近了！我們愈練習活出這些特質，愈展望這個美好的未來，它會愈快實現。

接納

接納真正的意思是，承認和如全然接受一切眾生原本的樣子，而不加評斷或期待。當我們被接受時，我們覺得受到重視，因此在展現自己時覺得是安全的。當我們自由地表現出我們的靈魂特質時，我們成長，綻放。我們的氣場會擴展，因為沒有必要隱藏祕密或感受。

當家庭內的成員彼此接納時，所有的人都能無拘束地作自己。這會帶來神奇的效果，因為每個人都覺得安全無虞。這也適用於在國家和文化的層面上。當人們原有的樣子完全被擁抱和接受時，快樂就產生了。

湧入地球的高頻能量潮流現在正在掃除個人的、家庭的和祖先的業力，陳舊的事物正在溶解當中，真誠的愛與接納將取而代之。

接納是所有的脈輪的一個功能，特別是生殖輪。粉紅光正從拉庫美——天狼星已經揚昇的面向——流入那些已經準備好的人的生殖輪。這是對陳舊能量在深層上的療癒。

有一個簡單的方法可以讓自己進入接納和和諧裡：請大天使加百列把你五次元的生殖輪的鑽石藍圖放進你的腹部中。

寬恕

在我們擁有肉身的時候，最大的考驗之一就是無條件的愛。為了能通過這個考驗，我們要能做到寬恕。假如我們能夠了解，除非我們在靈魂的或潛意識的層次上同意了，沒有人能對我們怎麼樣，這會對我們有幫助。

還有，當我們擁有人類之身時，我們有的只是整個大局的一部分。我們勇敢、美好、具有愛心的靈魂在一個更高的視野裡運作，安排了測試，看我們是否願意克服困難，然後揚昇。

我們常發現，要寬恕是很困難的，因為我們所遭受的不當對待，其模式是在前幾世的生命裡已經安排好的，而且已進到非常深的內在。但是緊抓著舊思維和情緒，三次元的七個脈輪裡任何一個的能量流動都會遭到扭曲，只有寬恕會讓我們重獲自由。它會讓我們在身體上、心智上、情緒上和靈性上都得到療癒。那是一種自我之愛的行為，可以釋放我們的靈魂，讓它飛翔。它讓我們用不同的觀點看待事情。

現在是消融陳舊之物的時候了，這樣五次元的脈輪柱才能完全的下來。下面是很有效力的寬恕之祈禱，過去黛安娜把它放在她的《發現亞特蘭提斯》這本書裡：

寬恕的肯定語

我原諒每一個曾經傷害或導致我受損害的人，不管他們是自知或不自知的，是在此生或是前世，是在這個或其他的宇宙、次元或生命層面。

我願意赦免他們。

我請求原諒——為所有我曾經做過的傷害他人或使他人遭受損害的事，不管是自知或不自知的，是在此生或是前世，是在這個或其他的宇宙、次元或生命層面。

我請求赦免。

我原諒我自己——為所有我曾經做過的傷害他人或使他人遭受損害的事，不管是自知或不自知的，是在此生或是前世，是在這個或其他的宇宙、次元或生命層面。

我接受赦免。

我自由了。身上所有的鎖鏈和禁錮都消失了。我是擁有全部力量的大師。

不傷害

要使地球百分之百安全，不傷害之心才是真正的方法。當我們的氣場是完全寧靜的狀態，當我們跟每一個人成為一體時，我們是不會造成傷害的。我們把它散布到周遭，遇到的每一個人或動物都會感受得到，因此跟我們在一起時就會感到安全。和平會吸引和平。不傷害之心吸引愛。

沒有人可以帶著不善的意圖進入我們的氣場，除非是透過我們的恐懼或缺乏自信。但是，假如你是帶著非常高頻率的存有，希望提供他人一個體驗恩典的機會，你的靈魂可能會允許這樣的人進入你的氣場。

鳥類和動物聚集在亞西西的聖方濟各（St. Francis of Assisi）的周圍，因為他散發出的是不傷害之意，它們沒有危險之虞。動物能夠看懂氣場，要判別一個人所散發出的能量，牠們是很好的指標。在亞特蘭提斯的黃金世紀時，所有的動物、鳥類、樹木和植物都是無傷害性的。它們是一直到頻率下降之後才發展出防禦的方法。

你可以請大天使加百列把你五次元脈輪的鑽石藍圖，放進你的海底輪，幫助你體會真正的不傷害。

當你的五次元藍圖蓋過三次元的，它更高的頻率自然把較低的提升到完善的地步。下面的練習是要幫助你走向接納、寬恕與不傷害的旅程。

觀想接納、寬恕與不傷害

1. 找一個你可以安靜並且不被干擾的地方。
2. 觀想根從你的腳向下延伸，深入地球裡，讓自己根植大地。
3. 祈請大天使加百列、烏列爾、夏彌爾、麥可、拉斐爾和約菲爾。
4. 告訴他們你想要把接納、寬恕與不傷害的特質，放進你七個三次元的脈輪裡。
5. 請大天使約菲爾把你頂輪的五次元模板安置妥當，因為接納、寬恕和不傷害的特質而發出燦爛的光。
6. 請大天使拉斐爾把你第三眼脈輪的五次元模板安置妥當，因為接納、寬恕和不傷害的特質而發出燦爛的光。
7. 請大天使麥可把你喉輪的五次元模板安置妥當，因為接納、寬恕和不傷害的特質而發出燦爛的光。
8. 請大天使夏彌爾把你心輪五次元的模板安置妥當，因為接納、寬恕和不傷害的特質而發出燦爛的光。
9. 請大天使烏列爾把你的太陽神經叢的五次元模板安置妥當，因為接納、寬恕和不傷害的特質而發出燦爛的光。
10. 請大天使加百列把你的生殖輪五次元的模板安置妥當，因為接納、寬恕和不傷害的特質而發出燦爛的光。

11. 請大天使加百列把你海底輪五次元的模板安置妥當，因為接納、寬恕和不傷害的特質而發出燦爛的光。

12. 當你的七個脈輪亮起來之後，看到它們往下進入地球。

13. 把你五次元脈輪柱裡的十二個脈輪帶下來。

14. 最後，召請獨角獸把他們的光傾注到你的十二個五次元脈輪裡，直到它們成為一個整體的光柱。

15. 觀想你自己的行為帶著真正的寬恕與不傷害之心。

步驟17

內在的本源之愛

當你最初始的神聖火花（意即你的單子體或我是／神性臨在）離開本源時，它被賦予一個能量球，其中蘊藏著十二次元的天使之光和本源之愛。這個高頻的愛與光之球仍然存在於你的單子體裡。

然後輪到你的單子體把它自己的各個面向傳送出去。它送出了一百四十四個分身。這些就是靈魂，在一個較慢的頻率中運作。這個包含著天使之光和本源之愛的球，被降到七次元的層次並且被做成編碼放在每一個靈魂裡。這些靈魂裡有一部分是投生為人類者的高我。

地球是一個非常特別的地方。為了要投生到這裡，你的靈魂必須是七次元以上的，

因此所有地球上的存有們，他們的靈魂裡都有天使之光，只是多數人都在出生時或兒童早期就關閉了他們和自己的高我之間的連結。

當你達到五次元中較高的幾個層次時，你的梅爾卡巴會和你的靈魂能量結合在一起，意謂著只要你維持在五次元較高的層次上，你的能量場裡就有天使能量和神聖之愛。在這種情況下你可以使用內在的天使之光。

在第三、第四以及第五次元的較低層次，你必須祈請天使的協助和保護。當你熟諳了五次元的較高層次，你可以自行運用天使能量來執行較高的意志行為和保護自己。在這種情況下你可以運用內在的大天使麥可的能量，把它發揮出來，帶來力量和保護自己。需要明晰和淨化時，你可以召請內在的大天使加百列之光。需要療癒與豐盛時，你可以召請內在的大天使拉斐爾的面向。或者請大天使約菲爾給你智慧；請大天使烏列爾為你增添力量；甚或請其他的天使或大天使帶出你內在核心的光，做對自己最有益的事。

當相關的大天使能量被穩當地安置在你的十二個脈輪裡，並且在一個更高的頻率上運轉時，你的光變得非常亮。你也可以把其他大天使的能量安固在你的能量場裡。例如，假如你和動物是有連結的，你可以召請內在的大天使斐利亞（Archangel Phelyai），他在你能量場裡的神聖編碼將會支持、撫慰或保護出現在你面前的動物。你的意念也會包含著大天使的編碼，你也可以把它投射到動物上。

當你和內在的大天使以這種方式相連著，你變成了一個帶著榮光的大師和光之存有。

觀想與內在的大天使連結

下面是幫助你再度把大天使的能量，穩固在你脈輪裡或能量場裡的方法。建議你們先請火龍來把你內在較低的振動加以轉化。

你的脈輪就像彼此連結在一起的齒輪，只要有一個開始轉動得比較快，其他的也一定會跟隨。建議你們從海底輪開始做，一直到星系門戶脈輪為止。當這十一個脈輪都就緒了，把蘊藏著大天使聖德芬能量的地球之星脈輪放在它們下面，接著用聲音啟動地球之星，你所有的脈輪加快旋轉的速度都會以級數增加。你將成為一座燈塔！

1. 找一個你可以放鬆又不會被干擾的地方。可能的話點上蠟燭。
2. 安靜地坐著，自然地呼吸，心中期望連結內在的本源和天使之光。
3. 觀想根從你的腳向下延伸，深入到地球裡，讓自己根植大地。
4. 請大天使麥可為你披上他深藍色的防護斗篷。
5. 召請火龍，請他在你周圍放一道火牆。再請他們從你的地球之星脈輪往上送一道火到脈輪柱，轉化所有較低頻的能量。
6. 專注於海底輪，並召請大天使加百列。感覺到他的純白光充滿你的脈輪，並且被穩固在那裡。讓這個脈輪逐漸變成白金色。

7. 專注於生殖輪，並召請大天使加百列。感覺到他的純白光充滿你的脈輪，並被穩固在那裡。讓這個脈輪逐漸變成粉紅色的光。

8. 專注於臍輪，並召請大天使加百列。感覺到他的純白光充滿你的脈輪，並被穩固在那裡。讓這個脈輪逐漸變成鮮明的橘色。

9. 專注於太陽神經叢，並召請大天使烏列爾。感覺到他金色的光充滿你的脈輪，並被穩固在那裡，讓這個脈輪逐漸變成深金色。

10. 專注於你的心輪，並召請大天使夏彌爾。感覺到他的粉紅光充滿這個脈輪，並被穩固在那裡。讓這個脈輪逐漸變成隱約帶著粉紅的白色。

11. 專注於你的喉輪，並召請大天使麥可。感覺到他深藍色光充滿這個脈輪，並且被穩固在那裡。讓這個脈輪放出深藍光。

12. 專注於你的第三眼，並召請大天使拉斐爾。感覺到他翠綠色的光充滿這個脈輪，並且被穩固在那裡。讓這個脈輪逐漸變得清澈，像一個水晶球。

13. 專注於你的頂輪，並召請大天使約菲爾。感覺到他的黃光充滿這個脈輪，並且被穩固在那裡。讓這個脈輪逐漸變成水晶般清澈。

14. 專注在你的業力輪，並召請大天使克里斯提爾。感覺到他的純白光充滿這個脈輪，並且被穩個在那裡。讓這個脈輪散發出白光。

15. 專注於你的靈魂之星脈輪，並召請大天使瑪利爾。感覺到他的紫紅色光充滿這個脈輪，並且被穩固在那裡。讓這個脈輪發出紫紅色的光。

16. 專注於你的星系門戶脈輪，並召請大天使麥達昶。感覺到他金橘色的光充滿這個脈輪，並且被穩固在那裡。讓這個脈輪發出金橘色的光。

17. 現在把注意力轉移到地球之星脈輪上，並召請大天使聖德芬。感覺到他銀灰色的光充滿這個脈輪，並且被穩固在那裡。讓這個脈輪發出銀灰色的光。

18. 啟動地球之星脈輪時，哼出一個很深的音讓它進入脈輪裡。

19. 感覺到它開始以五次元的頻率轉動地很快，讓這個脈輪柱裡的其他齒輪（脈輪）也可以用相同的頻率旋轉。

20. 當你變成一座五次元的燈塔時，使用音調，或唱或哼出聲音，讓你所有的脈輪在和諧中運作。

你也可以把焦點放在其他的天使或大天使上。當你叫出他們的名字時，他們會開始在你的能量場裡工作，然後你十二個脈輪會轉動，使他們的頻率完全穩固在那裡。

外在大天使之球

接近你的外在大天使有一個容易的方法，就是把自己放在一個大天使球裡。這裡有一個簡單的練習教你做這個球。

大天使球的作法

1. 找一個你可以放鬆又不會被干擾的地方。可能的話點上蠟燭。
2. 安靜地坐著，自然呼吸，你想要用一個大天使球包覆著自己。
3. 觀想根從你的腳向下延伸，深入到地球裡，讓自己根植大地。
4. 請大天使麥可為你披上他深藍色的防護斗篷。
5. 想像一個光球在你周圍形成。
6. 召請大天使麥可進入前面的部分，看到他的深藍色光充滿了這個範圍，帶給你力量、勇氣和保護。
7. 召請大天使烏列爾進入你右邊的部分，看到他金黃色的光充滿了這個範圍，帶給你自信、自我價值和自主力。
8. 召請大天使加百列進入你背後的部分，看到他的純白光充滿了這個範圍，帶給你純淨、明晰和喜樂。

9. 召請大天使拉斐爾進入你左邊的部分，看到他的翠綠色光充滿了這個範圍，帶給你療癒和豐盛。

10. 召請大天使聖德芬進入你腳下的部分，看到他銀灰色（或者是黑色與白色）的光充滿了這個範圍，讓你保持根植大地，讓你可以發揮潛力。

11. 召請大天使麥達昶進入你頭部上方的部分，看見金橘色的光充滿了這個範圍，像太陽一樣地照耀著你。

12. 祈請基督的金光充滿這個球的中心。或者也可以祈請大天使夏彌爾用粉紅色的愛，或請大天使瑪麗亞用藍綠色的神聖陰性之光充滿這個中心。

13. 假如你願意，你也可以召請其他的大天使。

14. 放鬆，沐浴在這個美好和有加持力的大天使之光裡。

步驟18

月亮的影響

月亮的非凡之美久遠以來一直受到敬拜。月亮的能量有不可思議的力量，並且影響著這個行星上所有的生命。除了影響潮汐和個人的能量週期之外，月亮對於目前的揚昇過程也有很深遠和透徹的影響。它吸收了太陽的陽性能量，把它反射到地球上成為一種美好的神聖陰性頻率。在二〇一二年十二月二十一日這個宇宙時刻之後，在我們開始揚昇時，愈來愈多神聖陰性能量從月亮傳送過來，使所有人內在的DNA活躍起來。

在亞特蘭提斯的黃金時期，陽性和陰性能量是完全平衡的。在那個文明衰落時，陽性能量變成了一種主導的優勢。男性控制著一切，並且削弱了女性的權力。從靈性層次來說，女性允許了這種事的發生。

人類的陽性部分是左腦運作，也是邏輯性的。傳統的男性是強壯的並且具有保護性，為家庭覓食，外出狩獵，因此男性比女性對該地區有較寬廣的視野，並在其中找到自我。從形而上學來說，男性擴展眼界，拿定主意，加以貫徹，並探尋知識。左腦使用技術和科學，並且開發各種通訊方法。當陽性能量過多時，社會結構就變成是建構在權力上的、貪得無厭的、有階級的，以及好鬥的。它需要陰性能量的創造性和愛來加以平衡。

陰性的這邊是右腦的、有創造性的，並且是和靈性連結的。傳統的女性角色是建立家庭、懷胎、照顧並扶持家庭，因此女性的特質是智慧、慈悲、忠誠、對種族的責任、直覺，以及接納。從形而上學的角度來看，女性孕育新的想法，照顧它們，直到它們能夠落實為止。當一個社會偏向女性這邊時，它會導致停滯和缺乏動力，因此人們無法發展他們的潛力，這時就需要男性能量的清晰思考、決斷力和行動力。

目前，月亮的能量正在點亮地球上每個人的右腦，目的是要開發所有人的陰性特質。這些特質被接受後，加上有更多的個人和文化平衡地培養陽性和陰性特質，和平與安全之感就會瀰漫在地球上。當陽性和陰性在神聖的和諧中一起運作，有創造性的想法和靈性科技將會產生，並且以最好的方式發展。

月亮大師魯娜女士（Lady Luna）目前正帶著很多人和社會經過啟蒙而進入陰性的面向，讓他們可以真正地表現出像不傷害、無條件之愛與和平這樣的特質。

近幾年來月亮所帶來最大的影響之一是，反射和增強海利歐斯（中央大日）的編碼這項工作，這個編碼是從我們自己的太陽不斷流出的。這些光碼被接收進入細胞裡，使那些自亞特蘭提斯崩落以後一直在休眠狀態的DNA再度活躍起來。我們正日以繼夜地接收這些強烈的程式重新設定，這會不斷持續下去，直到與蓋婭更高的水晶基質達到和諧之境為止。

超級月亮是指新月或滿月時，它在軌道上與地球間的距離可以說是最近的。超級月亮看起來比平常的月亮大也比較亮，造成比平常大的潮汐，也讓我們的細胞和細胞裡的DNA都沐浴在銀色的光裡，受到它很大的影響。

從二〇一二年以來，超級月亮的發生次數已經增加了。二〇一四年曾有五次。當它們和重要的星象排列一致時影響力又特別大。例如，發生在二〇一四年四月左右所發生的巨大突破—豐富—門戶（Grand Cardinal Cross）本位星座的大十字排列，它擴展並加強了照射到地球上和所有眾生身上的神聖陰性光，改變的速度也加快了。

二〇一四年八月十八日一個影響很大的滿月，完全點燃了地球各種水域的基督意識之流。它也啟動了寶瓶世紀揚昇池——一個在亞特蘭提斯時形成的能量庫，現在保存在九次元的頻率中——讓它的能量可以被使用、升級，並傳布到有需要的地方。

當我們地球的揚昇快速奔向新的黃金世紀時，我們得到這樣的承諾：月亮將會給我們滿盈的至高之愛，它是來自宇宙之心更高的能量門戶的。

除了保有最高和最純淨的基督之光，大天使克里斯提爾也透過月亮傳播他的能量。在人們開始打開五次元的業力輪時，他再度回來為地球服務。事實上，業力輪打開時，它看起來像我們自己的乙太體，就在離我們頭部不遠之處。

當月亮逐漸變圓時，我們可以很容易與大天使克里斯提爾連結。他也一直承擔著維護寶瓶世紀揚昇池的工作。當有人祈求這個能量時，它會透過月亮把九次元的能量降低到五次元層次的人可以使用的程度。

觀想連結月亮能量

假如你有一個月長石，白天可以把它帶在身上。盡可能地把它握在左手裡，使它可以連結到你整個身體的能量系統。

1. 先做好冥想的準備：讓自己根植大地，並做好防護工作。
2. 觀想自己在美麗的滿月之下，並召請大能的大天使克里斯提爾。
3. 感覺大天使克里斯提爾的出現像白色月光，充滿你的氣場和能量場。
4. 他牽著你的手，帶你沿著一條被白色月光照得很亮的走道，前往一個有純白色圍牆的莊嚴的建築物。它高到你的眼睛無法看到盡頭。
5. 大天使克里斯提爾邀請你進入這個月亮大廈，於是你進去了。柔和的白窗簾和絢爛的光之結構體在你眼前流動著。距離你的頭很遠的天花板上的正中央有一個出入口。

6. 你坐在這個開口下，月光從那裡流下照在你身上，因此你是在一個由純淨的月亮能量所圍成的光圈中。
7. 感覺到平靜的神聖陰性之光充滿了你體內的細胞。
8. 看到它也點亮你的心智體、情緒體和靈性體，直到你全身都充滿這個能量。
9. 感覺到你自己的每個部分都進入完全平衡的狀態裡，你的陽性和陰性能量融合成為一體，意即基督意識。
10. 請這個光活化你細胞裡的DNA。觀想絞股裡的密碼甦醒過來，閃耀著揚昇之光。
11. 把這個光送往需要做平衡工作的地方。請大天使克里斯提爾照耀該地濃稠的能量，並在它們的上方唱歌。
12. 和大天使克里斯提爾一起離開月亮大廈的時候到了。為這個愛的禮物感謝他與月亮。
13. 睜開眼睛，把這個神聖陰性能量的純淨之光帶入你的生命之中。

步驟19

大天使聖德芬

大天使聖德芬被稱為高大天使，因為據說他的能量可以高達天界。他是大天使麥達昶的雙生火焰，而麥達昶是起始也是終點（the alpha and omega）。他的顏色是黑與白，但常常被看到的是灰色和銀色，這是黑白兩色的最佳融合。這個頻率所包含的是心靈能力的覺知和靈性。代表大天使聖德芬的象徵是黑白兩色的陰／陽圖形，顯示出陽性與陰性能量的最佳平衡。

為了要讓我們所做之事完全符合神聖藍圖，大天使聖德芬把我們的祈禱連同他加入的能量，一起呈現給本源。

大天使聖德芬與地球之星脈輪

大天使聖德芬主管地球之星脈輪的成長，目前這是一個最重要的脈輪，因為我們將要完成揚昇，成為地球第六個黃金世紀的種子族類，而這個脈輪就是未來人類的基礎。

二〇三二年將是第六個黃金世紀的開始。在那之前地球必須重新架構，人類和動物才能在實體上將他們的細胞改變成水晶的形式，這意謂著我們實際上真的可以擁有更多的光，並且是發亮的，然後我們將能夠發展新的靈性科技，並且使用外星智慧和接受天使層界的協助。目前靈性科技已經待命，正等候我們將其模板引進，這一切就可以實現。

大天使聖德芬的乙太能量中心是一個神奇的水晶洞穴，它位於瓜地馬拉美麗的藍色阿地蘭湖（Lake Atitlan）。我們可以在這裡取用他的智慧，並與他一起合作啟動我們的地球之星脈輪。它必須完全啟動才能為我們現在正在開發的十二個五次元脈輪形成一個堅固的揚昇基礎。在我們腳下有一個個人的伊甸園，裡面有我們的潛能和喜樂的種子。大天使聖德芬滋養著這個脈輪，在我們準備好時幫助它開展。當它啟動時，我們前往本源的星系門戶會打開，此外，我們也可以連結到地球七次元的中心——地心空間。

亢達里尼是至關重要的，或生命力的能量。有一萬年的時間，地球的亢達里尼一直被揚昇大師薩南達．庫瑪拉（Sanat Kumara）作為陽性能量保存在戈壁沙漠裡。二〇〇八年瑪雅的長老把它遷移到大天使聖德芬在南美的能量中心，用一種非凡的神聖煉金術把它轉化成陰性能量。整個南美洲都連結著金星，其本質裡有神聖陰性能量，所以在這裡亢達里尼之球充滿著宇宙之心的愛的能量。我們地球的亢達里尼現在是被包含在地球之星脈輪裡的一個「神聖陰性」的藍圖。在新的黃金世紀時，這將是每一個人揚昇轉化的基礎。當一個人內在的亢達里尼升起時，揚昇的過程就真的開始了。

英國的倫敦是這整個行星的地球之星脈輪。二〇一二年這個星球的十二個五次元脈輪覺醒了，它點亮了地球上的網格，讓陰性能量的亢達里尼和倫敦接軌，因此「神聖陰性」是保存於倫敦的已揚昇的面向裡的。

召請大天使聖德芬幫你根植於地心空間的七次元鑽石核心裡，以及你的五次元身體裡。完成之後，它就完成了安塔卡拉納光之橋——從你延伸而出一路到本源的能量之橋。

音樂天使

大天使聖德芬因為了解天地萬物的諧波而被稱為音樂天使，他還和菲空（Fekorm）合作。菲空是一位偉大的音樂大師，他從另外一個宇宙來參與我們的工作，協助地球過渡到新的黃金世紀。他們會讓我們連結到天體音樂，意即天體的運行產生的極其完美的諧波。這會提高我們的頻率，使每個人都可以取得自己神聖的五次元藍圖。

大天使聖德芬是陰陽兩種能量完全平衡的，這也告訴我們，他正用一種完全平衡的方式幫我們根植大地，讓我們可以在全面和諧的狀態中流動。當這些完全整合好時，從我們的振動裡所釋出的音樂將會產生諧波，把我們帶入全然的平和。

大天使聖德芬的五次元透明圓罩

你可以召請這位大能的大天使，在你上方放一個五次元的透明圓罩，這會把你的能量場提升到更高的頻率裡。事實上當你請他這麼做時，他把你自己的地球之星放在你的上方和四周，並在你的腳下把它加以固定。這會使你所有的脈輪在五次元裡排列成行，並打開每個（能量）中心更大的潛能。

這種事很會造成很大的影響。你只能在他人清楚地要求你幫忙時，才能請大天使聖德芬幫他們做，因為假如能量提高得太快，他們可能會覺得無法務實、急躁甚至生病。

但是，你可以請大天使聖德芬的天使們站在你家的柵欄門口，或前門旁邊，把他五次元的透明圓罩放在每個進入者的上方。這會在很短暫的時間裡提高所有訪客的頻率，假如他們進去時心中的意圖是低能量的，這會使他們能夠以不同的方式看待事情，或者讓他們改變主意。

觀想接受大天使聖德芬五次元的透明圓罩

1. 找一個你可以放鬆又不會被干擾的地方。可能的話點上蠟燭。
2. 安靜地坐著，自然地呼吸，心中期望接受大天使聖德芬五次元的透明圓罩，並連結你的神聖藍圖的音調。
3. 觀想根從你腳向下延伸，深入到地球裡，讓自己根植大地。
4. 請大天使麥可為你披上他深藍色的防護斗篷。
5. 請大天使聖德芬啟動你的地球之星脈輪，直到你可以看到它在你下面發出銀灰色的光。
6. 請他引導五次元的透明圓罩，從你的地球之星往上到你能量場的上方。你的氣場現在變成是銀色的，並且是反光的。
7. 花點時間在身體內的每個細胞、氣場裡感受這個共鳴。
8. 感覺到自己根植大地並連結著地球母親的心。然後感受她的能量湧入你內在，並擴大你的透明圓罩。
9. 想像自己雙腳站立著，觀想你的透明圓罩開始膨脹並向外擴展。
10. 看到它經過你的街道、你的國家，穿過海洋，最後包覆著整個地球。
11. 感覺每一個眾生和你融合在一起，就像音樂的共鳴。你和地球成為一體。
12. 現在你可以取得自己完美的神聖藍圖裡的那個音調了。放鬆，讓它在身體的每一個細胞裡響起。

13. 向大天使聖德芬致謝。睜開眼睛。

步驟20

大天使加百列

大天使加百列是大天使能量裡的純白色的來源，因為白色涵括了全部的光譜。他代表著蘊藏在人類心裡一種更優質的純淨。

大天使加百列，目前正照管著這個星球的以及地球上一切有情眾生的淨化。他掌管火元素，高舉著純淨的白色火焰，用它的轉化力量盡可能讓一切事物達到最高的頻率。在與風元素的獨角獸、土元素的蓋婭女神和水元素的波塞頓一起工作時，是他保守著那個預示地球未來的光層次的藍圖。假如你渴望揚昇到更高的層次，你可以祈請大天使加百列協助你清理你自己的，以及地球的稠密能量。

大天使加百列的雙生火焰是大天使霍波。她是鑽石的各介面裡的彩虹，帶來的是新的機會與靈感。當你看到彩虹，內心因為喜樂而跳躍時，她為你打開了新的門，讓你的道路閃耀著光。

大天使加百列與海底輪、生殖輪和臍輪

大天使加百列主管人類和地球的海底輪、生殖輪和臍輪的開展。

・海底輪

五次元的的海底輪是白金色的，當我們達到這個頻率時，我們的生活的基礎是發亮的幸福與喜悅，這一切是立基於對宇宙的全然信任，相信它會為我們提供一切所需。目前，海底輪的淤塞阻礙了很多人的揚昇進程，因為他們對於金錢和權力的看法受到整體意識的影響，這一點是需要改善的。假如我們請大天使加百列來做這件事，他會協助我們清理海底輪。但是，他可能會給我們一些課題幫助我們做清理！

地球的海底輪是在中國北方的山上，我們可以觀想大天使加百列純白的鑽石之光照耀在這個地區的上方，這是我們幫助地球的方法。

地球的脈輪和人類的脈輪之間是一種共生的關係，當有足夠的人清理好他們的海底輪，位於中國的地球海底輪也會亮起來，反之亦然，所以我們是有能力造成一些改變的。

・生殖輪

地球的生殖輪位於檀香山。在五次元的層次上它是很美的淡粉紅色光，充滿了至高無上的愛。

因為五次元能量再度交還給我們，人際的關係若不能為彼此帶來最大的利益，當事人可能會分開，也有可能進入更高的頻率裡。很多的關係都在轉化當中，也有很多的雙生火焰或靈魂伴侶的關係也在重新恢復當中。

在我們的業力之輪完成任務之後，我們會有機會用愛與恩典做出生前抉擇，它會開始轉化家庭的生活。我們可以召請大天使加百列淨化我們的家庭業力，讓我們的家庭重獲自由。

當我們把頻率提升到更高的五次元時，我們的身體必須是完全健康的。在生殖輪的振動提高時，大天使加百列帶來了有關我們內在最健康的性愛和情緒的五次元的藍圖。我們可以請他加快此事的進展，但是你必須知道，過程中可能會出現某些課題。

我們也可以請大天使加百列幫忙提升人類這個脈輪的振動。

・臍輪

在亞特蘭提斯的黃金時期，每個人的臍輪和薦骨輪都是分開的兩個脈輪。但是在五次元的脈輪萎縮並被三次元的取代之時，這兩個脈輪合而為一，但它們現在又要分開了。

臍輪是鮮亮的橘色，也是地球一體化的顏色。當它完全是五次元的，並且光芒四射時，我們將會完全接納彼此以及所有的文化與宗教，因為我們已經整合好了這個星球的基督意識。

這是五次元的社區和美好的城市將要合併的時候，分隔線將不復存在，也不再需要護照。我們會看到彼此內在的神性。我們將會成為一體。召請大天使加百列幫助你保守著這個人類的願景。

簡單性

簡單是最好的。真裡永遠都是很清楚、明確和容易看到的。大天使加百列可以幫我們直指出真理中的簡單性。生命中的各種狀況和課題，往往比它剛開始時看起來更明顯易懂。甚至，假如我們做的事是最有利於一切的，大天使加百列保證將有一個適合每一個人的、簡單的解決方法，會逐漸形成。他拿著真理的鏡子，要讓我們看到過生活最不費功夫的方法。

明晰之鑽

假如你不清楚生活中接下來會發生甚麼事，或者你必須做出選擇或決定時，安靜地坐著，然後請大天使加百列帶給你明晰。他會把事情的狀況中雜亂的部分加以清理，讓你可以看到更高的見解，他也可能給你顯示一個朕兆，或提供你一個可能性。

因為幻相的帷幕已開始升起，人們的想法也變得更困惑，因為前幾世的記憶和情緒正在融入現在的，它們有待被認知、解決，並加以清除。我們稱之為平行滲濾（parallel bleed-through），而當這些想法和情緒出現時，你可能會覺得相當困惑。大天使加百列可以替你把它分辨清楚，然後放一個明晰之鑽在你的上方。你只需要開口提出請求即可。

大天使加百列的乙太能量中心

大天使加百列的能量中心是在雪士達山的上方，雪士達山是位於美國北加州山脈裡一個白雪蓋頂的美麗之山。你可以在這裡接觸到他的純淨、明晰和智慧，並跟他一起啟動你的海底輪、生殖輪和臍輪，再加以清理。

從乙太界的觀點來看，他的能量中心很像一個鑽石。假如你希望在睡眠中造訪該地，請他的天使們接你，並把你的靈體帶到那裏接受你所需要的明晰、淨化或者更高的光。在白天裡想著大天使加百列也會有助益，因為這會幫助你更適應他的振動，你才能為晚上的約定做好準備。

假如你想要在冥想中造訪這個能量中心，建議你做這個觀想：

觀想造訪大天使加百列的能量中心

1. 找一個你可以放鬆又不被干擾的地方。可能的話點上蠟燭。
2. 安靜地坐著，自然地呼吸，心中期望著造訪大天使加百列的乙太能量中心。
3. 觀想根從你的腳向下延伸，深入到地球裡，讓自己根植大地。
4. 請大天使麥可為你披上他深藍色的防護斗篷。
5. 請大天使加百列把純淨的明晰之鑽放在你能量場的上方，置你於最高的光中。
6. 請他啟動你的海底輪，把裡面所有的紅色能量，以逆時鐘方向快速旋轉的方式加以排除，再把閃耀的白金色光以順時鐘方向快速旋轉的方式帶入。
7. 觀想你的生活中充滿了無比的幸福和喜悅。
8. 請他啟動你的生殖輪，把裡面所有的沉重和陰暗能量，以逆時鐘方向快速旋轉的方式加以排除，再把發出粉紅亮光的無上之愛以順時鐘方向快速旋轉帶入。
9. 觀想地球上的每個人都健康有活力，全世界所有的家庭都在愛與合心中連結在一起。
10. 請大天使加百列啟動你臍輪全部的光輝。

11. 觀想自己與大天使加百列手牽手快樂地走在你金色的揚昇之道上。
12. 請大天使加百列把你的鑽石向四周擴大到足以包覆全世界。
13. 你現在可以請他的天使們把你帶到他的能量中心：
「親愛的大天使加百列，我請你，懇求你派遣你的純白色天使來引導我到你的乙太能量中心。」
14. 假如你有具體的要求，現在就提出來。
15. 徹底放輕鬆，觀想自己被帶進在雪士達山上方一個巨大的、閃耀著光的宇宙鑽石裡。
16. 只要有需要，你可以在這裡休息，然後感謝大天使加百列，再回到最初的起點。

步驟21

大天使烏列爾

大天使烏列爾，散發著智慧最亮麗的深金色光，正在不辭辛勞地消融較低的頻率，使人類重獲自由與幸福。只要不悖業力原則，他會去能量沉重的地方把它加以轉化，然後把它帶到本源在那裡把它消融掉。在事情遭到困難時，你可以請他來。

在他巨大的能量場裡有一個像紅寶石的深紅色的光。受到指示時，他會介入，終結這個他們的創造潛力已無法解決的困境。任何時候只要是可行的，他都會為和平而代為說項。

當我們這深紅色的光連結時，我們就成了大天使烏列爾的傳導管道。紅寶石是這道光的物質形式。這個深紅色的光包含了紫色——其中有紅、寶藍和金色。寶藍色給我們力量傳送深度的智慧與知識。大天使烏列爾用很大的能量推動力，透過這個顏色把光傳送給我們，讓我們可以加以吸收。

柔和的金色包含著古代的智慧，當我們專注於安詳與寧靜時，就可以接觸到那些智慧。

紅色給我們體力和耐力去維持這個程度的力量，並把它傳送給他人。它為行動帶來能量和推動力。

大天使烏列爾的雙生火焰是大天使奧羅拉（Aurora）。她有著清晨之光的能量可以彰顯構想，激勵新的開端。有很多光之工作者正在從靈界帶出重要的新訊息，她目前正把自己的頻率提供給他們，並協助他們對這些訊息做核實的工作。她給我們信心相信自己有能力與靈界聯繫，並且確保所有提供給我們的訊息都是從整體合一的觀點出發的。

大天使烏列爾和太陽神經叢

我們的太陽神經叢會把我們周遭的恐懼吸收進來。它是我們的警報系統，就像一個巨大的心靈幫浦為我們留神觀察狀況。它納入較低頻的恐懼能量並嘗試去轉化它。

所有的直覺感受都出現在太陽神經叢裡。時下高級通靈者在從靈界下載重要的訊息時，多數人是透過他們的太陽神經叢去做確認真偽的工作。大天使烏列爾現在正協助他們把頻率提高到心輪，所以未來的確認將會以心輪裡出現的暖意來顯示。我們美好的智慧將成為心輪的核心。

南非是我們這個星球的太陽神經叢，它吸收了全球三次元的恐懼，並加以轉化。太陽神經叢在完全的和諧狀態中會以B調振動著。南非在舉辦世界盃足球賽時，他們用呼塞拉（vuvuzelas）樂器作出B調，目的是要轉化世界的恐懼和緊張。這件事是由大天使烏列爾安排的。

我們這個星球也是宇宙的太陽神經叢，它也是以B調振動著。我們吸進了整個宇宙的低頻能量，這就是地球上有這麼多壓力的原因。大天使烏列爾保有著更高樣貌的世界和平的藍圖。當人們有更高的自我滿意度和自我價值感時，世界和平就會順利地增長，因為這些人都謹守著他們的靈性道路。

當你即將進入和諧與平衡時，召請大天使烏列爾幫你看清是甚麼一直在阻礙它，並幫助你把它化解。最深層的智慧自然就會從你的內在油然而生，在發生事情時指引你找到最好的結果。

在五次元的太陽神經叢裡，我們保有著從我們離開本源起的整個靈魂旅程的知識和智慧。當我們和大天使的整合愈來愈緊密時，我們自然就會開始再度接觸到它。在三次元裡太陽神經叢脈輪的象徵是一個六角星，意謂著把地球帶向天堂，把天堂帶到地球。在五次元裡，所有的脈輪裡都包含著基督意識，因此這個象徵符號變成了一個發光的多次元六角星。當我們觀想它在太陽神經叢裡，同時也啟動了我們的智慧光碼。

地球已經走了一段很長的旅程，也從五個黃金世紀裡得到很多智慧。這些都儲存在地心空間中心的乙太鑽石金字塔裡。當我們的太陽神經叢清理完成之後，我們可以進入金字塔，為地球取得阿卡莎紀錄。我們也有機會取得我們在這個或其他宇宙的整個靈魂旅程中所獲得的一切智慧。而我們所會收到的資訊，其層級是由我們個人的頻率所決定的。

五次元太陽神經叢脈輪反映出大天使烏列爾的深金色光，這個顏色代表的是他神聖的力量、智慧，以及他的承諾——帶來符合「神聖陰性」的新開端。未來的五次元社群都是要建立在這些神聖陰性的特質上的。

大天使烏列爾過去曾和亞特蘭提斯黃金時期的社群合作過。他會把人們聚集在一起，賦予他們彼此密切合作的能力，為最高的利益而服務。

和平天使

大天使烏列爾指揮著一群和平天使。你可以召請他把他們送往任何地方，不論是個人或國家的情勢需要他們的地方，或者是地球上有需要協助的地方。每一個和平天使都很巨大，足以包覆你或照亮整個城市。你可以看到這些天使的顏色，從乳黃金色到深紅金色都有。你可以用意念或口頭的方式派他們到有需要的人或地區那裡，為這個世界和人們帶來巨大的助力。盡你所能多做這種事，但要記得，除非你派遣他們做事，他們就是失業的。

鴿子是和平天使的象徵，你可以觀想它飛到任何需要它的光的地方。但是，和平天使也有透過鴨子、鴿子、山鶉和雉雞行事的。當這些鳥類靠近你時，是和平天使派它來的，你可以稍微暫停，讓和平的感覺充滿心中，大天使烏列爾就會靠近你。

大天使烏列爾的能量中心

大天使烏列爾的乙太能量中心位於波蘭的塔特拉山（Tatra Mountains）。在這裡你可以利用他的光幫助你連結你的初始智慧，並加強你的太陽神經叢。他的能量中心很像一朵巨大的的玫瑰，金色中帶點深紅色，發光、和煦，接納萬物，就像太陽一樣。假如你想在睡眠中以靈性體到這裡拜訪他，你可以在白天就開始做準備——想著他，觀想自己被籠罩在深紅金色的光中。將就寢時，請他的天使們引領你到他的能量中心，沉浸在和平中，俾使你真正的智慧可以出現。

假如你想在冥想中與他聯繫，可以利用這一個冥想：

連結大天使烏列爾的冥想

1. 找一個你可以放鬆又不會被干擾的地方。可能的話點上蠟燭。
2. 安靜地坐著，自然呼吸，心中期盼著造訪大天使烏列爾的乙太能量中心。

3. 觀想根從你的腳向下延伸，深入到地球裡，讓自己根植大地。
4. 請大天使麥可為你披上他深藍色的防護斗篷。
5. 專注於太陽神經叢，把它看成一個巨大的金色玫瑰，花瓣的尖端是深紅色的。
6. 用這些話祈請大天使烏列爾：
「大能的大天使烏列爾，請用你鑲著深紅色光的金色斗篷包覆著我。」
7. 感覺他的能量包覆著你，湧進你的太陽神經叢，促使花瓣綻放。
8. 輕輕地把他深紅色的光裡的紅色、深藍和金色吸入你的太陽神經叢，再呼出它。
9. 知道它在增強你的力量，讓你掌握自己的力量和自己的尊貴性。
10. 感覺到你的靈魂旅程和地球的靈魂旅程裡所有的知識和智慧像一條巨流，等待在你的人生中被揭露出來。
11. 安靜地把和平天使派往有需要的人和地區，你知道這是會帶來改變的。
12. 請大天使烏列爾的金色天使在你睡眠中把你帶到他的乙太能量中心。
13. 向大天使烏列爾致謝，也知道你們的關係是永遠存在的。

步驟22

大天使夏彌爾敞開心輪

打開心輪是揚昇之道上最重要的一步，因為用這個重要的核心做事時，它會清清楚楚地把我們帶入更好的五次元模式裡。

心輪是以一朵美麗的，有著金色中心的粉白色玫瑰作為象徵。心輪的第一個部分有十個花瓣，每一瓣都是三次元的一個啟蒙。它們代表的是我們必須克服的，以及我們的指導靈和高我用來嚴格測試我們的一些特質。較低層的心輪花瓣仍然閉合時還有可能打開更高層的花瓣，這種情形是發生在海底輪和生殖輪仍有尚未完成的課題的時候。

心輪的第二個部分——這是帶我們穿過四次元的部分——有七個花瓣或啟蒙，通常人們學到這些課題的速度比較快。

心輪的五次元部分有十六個花瓣。此時我們已準備好要接受心輪的更高部分，並且最終願意接受無上之愛（黛安娜・庫柏和凱西・克洛斯威爾（Kathy Crosswell）合著的《成道與光球》（Ascension Through Orbs）一書中有更多的資訊）。

依心做事是超越小我的，因為所有的事不僅是為了最高的利益而做的，也是符合整體意識的。當有足夠的人做事是發自心輪，與左腦的理性取得平衡，並且懷著純淨的意圖，五次元的社會將會出現。這個社會裡的每個人都會以心輪為中心，並且做他們喜歡做的事。

打開心輪的三十三個花瓣是一個靈魂之旅，因為在這個回到本源之家的歷程中，它會找到並且探究愛的所有面向。這通常需要花幾世的時間，但在這個時期更純淨的能量裡，人們在揚昇的過程中有機會去探索所有的花瓣。

大天使夏彌爾照管著最初十個花瓣的開放，以及早期的揚昇啟蒙過程。很多人，即使是那些在揚昇之道上進步很快的人，在他們心輪的細胞基質裡仍然包含著未解決的問題的三次元計畫。意即，他們可能仍然受到一些低頻情緒的測試。

我們知道有一個方法可以幫助這些花瓣打開，釋放出情緒的壓力，那就是祈請大天使麥達昶，觀想他的金橘色太陽光注入你的心輪。你的玫瑰就會自然而然地打開，把那些情緒帶進光裡。

在更高層次的花瓣等待啟動時，你可以請大天使瑪利亞讓它們沉浸在她至高之愛的頻率中，這會讓它們柔軟，助長它們開放。

心輪的更高層花瓣裡包含著這些五次元的面向：

• 寬恕整個地球的經驗，那是來自亞特蘭提斯崩落之後的殘留。這部分可以透過召請金色的基督之光，然後把它送回亞特蘭提斯時代的那個時間點來做療癒。這會重新設定那個點的行星基質，讓我們所有的人繼續前進。

• 寬恕自己比寬恕他人困難很多。因為在某個更深的層次上，我們真的知道自己靈魂的莊嚴偉大的本質。假如你常常把宇宙鑽石紫色火焰放在你的上方，你就能夠再度與自己神聖的莊嚴偉大本質連結。安靜地坐著，召請宇宙鑽石紫色火焰。觀想並感覺到自己全身洋溢著純淨透澈的紫光，之後它會讓你擺脫因不完美而自覺的失望。

• 當你敞開心接受五次元的頻率，熱忱溫暖之心自會油然而生。過去的經驗會使你的心失去熱忱而變得冰冷，揚昇的旅程會融化它，讓基督之光可以湧入。當你觀想心的四周這些冰冷正逐漸褪去，基督之光也跟著湧進，這就是在助長這個過程。

• 當你的心因為愛而發光時，你馬上會感到自己敞開和接納一切有情眾生。特意觀想你的心輪發著光，再把它送給所有的眾生。

• 慷慨是你的心給他人的禮物，而給予他人物質上的東西就是一種象徵。無論你的付出是多是少，要確定你的心是開放的。

• 無條件的付出──當你自在地給予，沒有想到任何回報時，這是你心胸開放的表現。當你這麼做時，很快就會感覺到自己的心變得溫暖起來。

• 對人類的愛是來自完全的接受所有的靈魂，不論他們是處於哪一個學習階段。祝福所有的人，不論他們曾經做過甚麼。

• 無條件的愛是純淨之愛的流露，沒有附帶任何條件。要留意自己所付出的愛是流暢無礙的。假如你注意到你的愛中有局限性，請大天使夏彌爾把它融化。

• 無上的愛接收所有較低的頻率，靠著神聖的煉金術的力量把它們送到本源。觀想你的愛在他人的內在裡創造了一個細胞層次的愛之諧音波，然後在一些用來測試你的人或事件中讓它展現出來。

• 與宇宙之心連結是我們神聖藍圖的一部分，我們永遠都在重新帶出它的各個面向。然而只有在我們跨越了心中較低頻的面向後，它才會在我們的日常生活中實現。召請大天使夏彌爾九次元的面向，要求他幫你連結大宇宙玫瑰，意即宇宙之心。

• 宇宙之愛是宇宙的愛之流動，它經過你的身體去擁抱一切萬物。情況允許的話可以到外面星空下，把所有星體的愛吸入你心中，然後再把愛送回去給它們。

• 合一是指完全認同本源，以及深信我們是它的一部分，它也是我們的一部分。想像自己與宇宙的每一個原子融合為一的樣子。你就是一切萬有。

心輪的平衡

在心裡面有一個象徵宇宙的符號，那是一個圓圈，或者是一個陰／陽的符號。這兩個符號可以互換，並且都是透過十二個脈輪來平衡能量的流動。古時候他們選擇使用符號，是因為那些形狀在這個流動裡所造成的影響。這種東西是無法學習的，必須親身體驗才行。

觀想在心輪裡平衡能量之流

1. 感覺或觀想你的心輪裡有一個圓圈或陰／陽符號。
2. 把注意力往上移到宇宙之心，讓愛從那裡流進你的星系門戶脈輪，然後往下經過所有的脈輪，環繞心輪的圓球，再往下進入地球之星。
3. 然後在能量從地球之星往上流動時重複這個過程，環繞心輪的圓球，再往上到星系門戶。

大天使夏彌爾

大天使夏彌爾打從亞特蘭提斯崩落以來一直照顧著人類的心輪，並且了解我們每個人。

他的「神聖陰性」面向是大天使夏綠蒂（Charity）。她象徵的是夏彌爾之光敞開心胸的付出，以及鼓舞人們無私地行事。她的顏色是燦爛的白色帶著些微美麗的粉紅。

大天使夏彌爾的乙太能量中心位於密蘇里州的聖路易市。在美國南部的這個州下面有一個巨大的水晶層。這是大天使夏彌爾在這個地點的上方建立能量中心的原因。在二〇一二年十二月二十一日的宇宙時刻，這個水晶層配合著行星的諧波被啟動，用以提高這個行星的頻率，這使得大天使夏彌爾的愛之能量可以傳播。

你可以造訪大天使夏彌爾的能量中心去接近他純淨之愛的能量，並敞開和擴展你的心。假如你想要在睡眠中以靈體的方式造訪，在白天要花點時間觀想一條粉紅色的繩索連結著自己的心與夏彌爾的心。假如你想在冥想中去拜訪他，你可以使用這個觀想：

觀想造訪大天使夏彌爾的能量中心

1. 尋找一個你可以放輕鬆又不會被干擾的地方。可能的話點上蠟燭。
2. 安靜地坐好，自然呼吸，心中期望造訪大天使夏彌爾的能量中心。
3. 觀想根從你的腳向下延伸，深入到地球裡，讓自己根植大地。
4. 請大天使麥可為你披上他深藍色的防護斗篷。
5. 想像你的心輪裡有一朵美麗的粉紅和白色的玫瑰。
6. 輕輕地從玫瑰吸氣和吐氣，放鬆時看見三十三個花瓣開始打開。

7. 請大天使夏彌爾碰觸你的心輪。你可以感受到這個碰觸，或感覺心中發出光。
8. 請大天使麥達昶把他陽光般亮麗的金橘色光傾注到你的心輪。在花瓣吸收光時，感覺到它們釋出了你內在所有的三次元面向。
9. 請大天使瑪利亞把她純淨之愛的亮光傾注在你更高頻的心輪裡，感受這些花瓣在無上的亮光中綻放。
10. 當你的玫瑰花瓣全然開放時，留意中間的核心部分所發出的金光。
11. 宇宙之心裡充滿著本源之愛的編碼和鑰匙，接受它所發出的那道光。
12. 大天使夏彌爾的天使們帶你去他的能量中心時，感覺到自己被他們圍繞著。
13. 放鬆，吸取愛。
14. 睜開眼睛之前，向大天使夏彌爾、麥達昶和瑪利亞致謝。

步驟23

大天使麥可

大天使麥可是大天使界最為人熟知者。自人類初始以來他一直把力量、勇氣和真理之光照向所有的靈魂，鼓勵他們活在一個更高的層次上。他一直孜孜不倦地保護著地球上人類的頻率，這是我們生活在這個二元對立的世界上非常需要的。他現在的工作是在五次元的層次上啟發我們。當這事發生時，我們的信念系統就會產生變革，然後我們就能夠以內在的力量自我保護。

大天使麥可正照護著加拿大和北美洲，以及他曾在策略考量下在這兩個國家的整個地下所放置的天使之光。這個光被安置在網格內，並且是特別被設定要以一種和諧的方式照亮全地球的光網，使我們的靈性覺醒更加快速。

在輝煌的五次元實相裡，我們相信自給自足，而新的頻率會完全支持我們這個信念。我們會知道自己永遠是安全的，也被我們的內在之光保護著。

當我們開發出個人的力量，大天使麥可永遠都會在那裡護衛著我們。當我們的光足夠強大了，能夠信賴，並相信我們是安全的，我們就沒有危險。

大天使麥可的真理之劍象徵著鼓勵我們把握一己之力、說出我們的真裡，並且帶領他人前進，走入他們自己的高貴之火焰裡。在五次元的層次裡我們是自立自主的，並且用意識創造自己的實相。然後我們會握著自己的真理之劍。

大天使麥可正與我們並肩同行，賦予我們更大的力量。因為我們的頻率已經提高，他更高的能量在我們看來是同樣的顏色，只是比較亮了。所以它不再是深藍色而是寶藍了，其裡面所包含的紅色能量，是我們在做光的工作時需要用來協助我們採取行動的。他目前正在幫助我們把喉輪帶往更高的頻率，讓我們可以完全坦誠。當百分之七十五的人可以做到這點時，覺醒的大浪可以把我們全體推進五次元裡。麥可屆時將賦予未來的領袖更大的權能去建立五次元的結構，用它來把我們帶向黃金世紀。

每個人投生來此時都帶著在前幾世所獲得的某種程度的力量和勇氣，在幫我們重新平衡和重新架構我們的能量場，大天使麥可把那些都呈現在我們的日常生活裡。當他看到我們已經準備好時，就會很快地把我們所需的考驗帶到面前，目的是要把這些能量完全帶進我們的意識裡。然後他會領著我們，帶著他的真理之劍，踏上基督意識之途。

大天使麥可是一個了不起的煉金術士和數學家，他運用所有次元的幾何結構。他的影響力遍及所有的宇宙。他和大天使麥達昶共事，一起創造了神聖幾何結構，裡面充滿著包含特殊聲音的光語，這使得事態更加鞏固，終成為實相。這就是這些大天使們能夠顯化物質的方法。新的星體或行星就是這樣被創造出來的。我們所送出的強大意念，之所以能夠成為實相也是同樣的道理。

大天使麥達昶為我們提供海利歐斯的本源編碼，那是生命之鑰。這些來自太陽的能量正在活化我們。因此，大天使麥達昶帶著本源的意念以及我們強大的意念和願望，把它們呈現在這個世界的實相裡。然後大天使麥可把它的幾何形體加以強固化，使它成為逼真的事件。

阿斯塔指揮官主管著在地球和銀河邊緣巡邏的銀河際艦隊。這個艦隊保護這個地方，使來自本源的光流能夠持續無礙地流過我們這顆行星，而大天使麥可的力量可以確保地球的揚昇過程不受干擾，因此阿斯塔指揮官和他的合作關係是很密切的。

因為大天使麥可握有五次元藍圖的一個面向，基於此，權力和控制將被團結的愛、分享與合作取代，他也會使新的商業結構在地球上出現。在逐漸走向新模式時，從經濟、商業、製藥、教育、健康照顧、工業和政府各方面其舊模式的崩解裡，我們已看到他的影響結果。

大天使麥可的雙生火焰是大天使費絲。當我們連結到她的能量時，她會讓你對生命目的有清楚的了解，讓你擁有全然的信任，因而感覺到被支持，也知道一切都在神性安排之中。

當我們實現了高我的願望，在我們的生命中，內在的大天使能量會變得顯而易見。我們的內在蘊藏著大天使麥可的力量與勇氣的特質，以及愛的和平鬥士的能量。愛的和平鬥士是擁有願景和力量的真正領袖，他們幫助和保護所有致力於生活在一個更高層次的人。

大天使麥可與喉輪

大天使麥可主管所有眾生的喉輪。當我們的喉輪散發出五次元美好的寶藍光時，我們便開始連結水星的智慧以及它已經揚昇的面向——特雷風尼。然後我們可以取得亞特蘭提斯黃金時期的智慧。此外，我們將與在金光裡的天使和大師們交流（這金光裡包含著無條件之愛的基督之光、宇宙的智慧，以及可以和所有物種的動物與外星存有們以心靈感應的方式連結著）。當我們可以和動物溝通時，我們的生活會更加豐富，也可以使動物在牠們的揚昇之道上有著更多的自由。

透過金色光束，我們的喉輪裡面會收到一些下載，它會使我們能夠傳達光語，而光語裡攜帶著有關這個世界的揚昇的資訊。再者，我們也將能夠感覺到天使的能量。

當我們和亞特蘭提斯黃金時期的智慧連結時，大天使麥可將會管理可以供我們運用的那一部分資訊。他會讓我們能夠勇敢地把它傳播給那些已準備好的人，這會大大提高我們說出真理的能力。

大天使麥可的能量中心

大天使麥可的能量中心位於加拿大的班夫（Banff），在山中神聖的藍色露易絲湖的上方。假如你造訪這裡，他會用他的力量和權能照亮你，因此你能保護自己。你可以為你的真理完全打開喉輪，他也會把你的真理之劍放在你的能量場裡。

假如你想要在睡眠中以靈體去造訪這個能量點，想像你自己沉浸在深藍色的光中，無論何時都要憑著力量和勇氣行事。

假如你想要在冥想中造訪他的能量中心，可以用這個觀想方法：

觀想造訪大天使麥可的能量中心

1. 找一個你可以放鬆且不被打擾的地方。可能的話點上蠟燭。
2. 安靜地坐著，自然呼吸，心中期望與大天使麥可連結。
3. 觀想根從你的腳向下延伸，深入到地球裡，讓自己根植大地。
4. 請大天使麥可為你披上他深藍色的防護斗篷，並用寶藍色的光籠罩自己。
5. 他帶你經過不同的次元到達一個閃爍著藍寶石和金色光的乙太城堡。

6. 他在這裡邀請你坐上寶藍色的王座。
7. 感覺你的喉輪打開，並發出寶藍色的光。
8. 注意到這個喉輪的能量連結著水星以及它已經揚昇的面向——特雷風尼。你接受了亞特蘭提斯黃金時期智慧的下載。
9. 感覺自己被籠罩在金色光束的天使和大師們炫目的金色光中。
10. 放鬆，聽取訊息。
11. 把注意力放在一隻動物上，用心靈的力量把愛、感激與自由傳送給牠。
12. 大天使麥可把他的真理之劍交給你，劍發出了閃耀的白光，其中還帶一點水晶藍。
13. 放鬆，吸收他的光和教導。
14. 向大天使麥可致謝。

步驟 24

大天使拉斐爾

大天使拉斐爾指引我們共創五次元的合一和豐盛最美好的願景。他照護人類的豐盛意識。極長的時期以來我們都倚賴外在的源頭，例如大自然和神，來提供我們的生活所需。但是，現在大天使拉斐爾正在教導我們，我們豐盛的源頭是無限的，而且是完全倚賴我們的個人信念的。當我們的頻率與願望的振頻是相符合的，而又和我們的高我是協調一致的，我們的夢想自然而然就會實現。

我們的頻率振動愈快，這些夢想的實現也會更快。因為地球的頻率正在加速升級當中，我們的顯化過程比這個世紀開始時至少快了十倍。大天使拉斐爾正在把我們的注意力帶向一個讓我們能夠創造新實相的速度。假如我們發出想法時帶著足夠的驅動力，不管是正面或負面的，全部都會以物質的形式反映回來。脆弱的意念是存在於我們的氣場和能量場裡的，它可能影響我們的健康。天使般的美好意念會創造出一個美好的氣場和有活力的健康狀態。

大天使拉斐爾和第三眼

大天使拉斐爾也負責管理目前和人們的第三眼有關的大量的工作。

在五次元較低的層次裡，這個能量中心發出暗綠色水晶的光，在我們邁向更高的頻率時，它會變成一個清澈的光啟水晶球。

這個脈輪愈清澈愈開放，我們的直覺洞察力這個天賦就會恢復得愈多，這是一個通則。在它清澈時，我們也可以看到自己的高貴莊嚴性，並且更容易與天使頻率連結。

第三眼是一個很有力量的工具，可以用來在所有的次元發揮顯化的功能。我們在這裡看到我們的願景，發出意念，讓振動在生命裡具顯出來。它是我們揚昇過程中最重要的工具之一，永遠都必須把它用在最好的目的上。

當我們的第三眼是在五次元層次時，我們可以發送一個連繫到木星和它已揚昇的面相——金貝。我們把想要創造的願景向上發射到金貝，它會受到這個大能的行星意識的祝福。然後，在我們準備好的那一刻它會彈回到我們的乙太能量場被具體化。當我們把清楚、受過訓練的心智集中在我們的願景上，奇蹟立刻出現。

當我們享受宇宙的豐盛意識，它會反映在我們個人的富足上。大天使拉斐爾正在教導豐盛和顯化的原則，讓我們可以如大師般地立足於此。當我們的意識與更高的可行性相符時，我們可以為自己提供所需的一切。

地球的五次元第三眼位於阿富汗，而當我們有足夠的人讓他們的第三眼達到清晰和光啟的境地，那個國家就會自然地恢復和平，反映出這個狀態。在新的黃金世紀裡，阿富汗將會是個壯麗的五次元地區。

健康與幸福

大天使拉斐爾和瑪利亞是雙生火焰，他們保有人類完美的健康與幸福的神聖藍圖。大天使拉斐爾照管這個宇宙裡所有的療癒方法，並且支持所有提供療癒的人，無論是手療、遠距療法、諮詢、按摩，或其他身體上或乙太層次上的療法。他也支持被療癒者。

你可以召請大天使拉斐爾協助你自己或他人的身體或乙太構造的療癒過程。然而，如「不干預法則」所聲明的，你不要干預他人的學習課題。當你請大天使拉斐爾給予或送出療癒，他只會在恩典法則下去做。意即，這個療癒只有在相關的人的高我同意之下，以及對所有的人有最大益處時，才會產生。

這位大能的大天使也與多位業力上主合作，因此在他們呈現出我們的業力之時，他可以環繞著我們，將它療癒。

在五次元藍圖裡，所有的脈輪都是清澈而流動的，因此身體流露出的是一種健康的細胞結構。目前的集體意識裡有一種信念——身體在受到某些傷害之後能力會受到限制，以便重新振興。真正說來，唯一能夠限制身體的是個人的信念結構。我們身體的每一個細胞都會對我們念力直接做出回應，因此五次元的藍圖是支持完美的物質性護套（身體）的。在五次元的藍圖裡相信身體是完美的。

為了平衡業力，有些靈魂選擇投生到受損的身體裡，但是現在做這種事的人，大多數是為了要給他人攸關無條件的愛與接納的課題，或者想要挑戰並擴展群體意識裡的信念。

任何天使界的七次元（或更高的）存有都可以做療癒工作，你可以請來大天使拉斐爾或瑪利亞把五次元的藍圖調整到和諧一致的狀態。

大天使拉斐爾也與獨角獸一起幫助個人或全人類達到光啟的境界。他使用翠綠色光，他的存在在地球上是以翡翠寶石作為物質性的顯現。他幫忙製作了「翠玉石板」（Emerald Tablets）——由圖特在古埃及時把它帶到世上。

在三次元層次上，「翠玉石板」講的是人類在黑暗中努力尋求光明的智慧與歷程。這些石板中有一個面向是一直沒有被譯出的，它要一直被保留到我們的意識達到統一的層次為止。之後我們就會有能力了解無條件之愛——在亞特蘭提斯黃金時期臻於完美的基督之光——的語言。這個光被圖特以及大天使拉斐爾、麥可與麥達昶置於翠玉石板的夾層之間，在地球提升到新的高峰時它會被公開。

大天使拉斐爾的能量中心位於葡萄牙的法提瑪（Fatima）。我們可以到這裡造訪他，接受療癒、大量的豐盛與光啟。我們也可以在下面的觀想中與他在一起：

與大天使拉斐爾共創豐盛

1. 放鬆，進入冥想狀態，做好觀想的準備。
2. 觀想或感覺到自己被包覆於於一個巨大的翡翠中。
3. 想像你的第三眼是一個水晶球，並對它吹氣。
4. 為了最高的利益，你想要完成甚麼事？
5. 把這個畫面傳送到金貝，並觀想它被無限的創造之光加持著。
6. 想像這美好的願景變得很具體。
7. 全力地期許它在生活中實現。

與大天使拉斐爾一起開展光啟

1. 做好觀想的準備。
2. 意識或感覺到大天使拉斐爾的手放在你的第三眼上。它照亮你第三眼裡的水晶球。

3. 想一個你個人生命中或地球上的一個狀況。
4. 在你的水晶球裡形成一個以更高的見解看待這個狀況的畫面。
5. 請大天使拉斐爾把這個意象保守在他的天使頻率中。
6. 你知道每一次這麼做都是在開展你的光啟層次，也在練習做高層次的顯化。

與大天使拉斐爾一起做療癒

1. 做好觀想的準備。
2. 感覺身體的每個細胞在翠綠色的光中振動著。
3. 知道它在展現你體內完美的五次元健康狀態。
4. 看到自己因為健康和活力而發光。
5. 請大天使拉斐爾把療癒的祝福傳送給你所愛的人，再送給所有需要的人。
6. 觀想他翠綠色的療癒之光，流向一個為了獲得最高利益而需要它的人或動物。
7. 把大天使拉斐爾的光送到地球各處，療癒這個美麗的星球。

步驟 25

大天使約菲爾

大天使約菲爾幫助我們連上我們的智慧和宇宙知識，並把它傳播給他人。他的雙生火焰是大天使克莉絲汀（Archangel Christine），她是「神聖陰性」面向，包含著基督之光。

大天使約菲爾與頂輪

在揚昇的過程裡，大天使約菲爾負責的工作是開發宇宙中每一個存有的五次元頂輪。

大天使麥達昶根據地球上的每一個靈魂的靈性進展程度，送給他們一個光的下載，這裡面所包含的是他們揚昇過程的編碼。光裡蘊藏的是靈性的訊息和知識。智慧是為了全體最高的利益而使用那個知識的能力。在這個過程中收到光碼時，由大天使約菲爾照管光碼裡資料的開啟。他會透過頂輪幫助每一個靈魂解譯這個資訊，以便我們可以在日常生活中運用這個本源的能量。

在三次元的頻率裡頂輪是淡黃色的，但在五次元它會變成一個明亮清澈，透著金色（基督金光）的水晶。

頂輪有一千個花瓣，這就是「千瓣蓮花」之名的由來。每一個花瓣都包含著揚昇之道上有關我們個人智慧的一個編碼。此外，每一個都有一條線直接連到宇宙的其他部分，例如一個行星或偉大的能量（體）。當我們準備好時大天使約菲爾就會啟動它們。他與其他的大天使或獨角獸一起做這個工作。當我們的頂輪全然開啟，我們就能和整個宇宙以及本源聯繫。

當花瓣打開時，有兩件事會發生。第一，從宇宙經過我們的單子體進到我們頂輪的連結線形成了幾何形體。它們會發出光，所以靈界的主事者（Powers That Be）會視我們為宇宙裡的大師。負責照顧我們的天使團隊就會永不倦怠地監督著我們的進展。

第二，這些打開的花瓣形成一個碗狀，接受從了不起的脈輪裡帶來宇宙的知識與智慧之光。然後再以我們能夠承受的量，把它往下傳到我們身體的其他脈輪裡。

所有宇宙輸入的信息都是從頂輪進入身體的，再由第三眼過濾後把它傳送出去。大天使拉斐爾協助我們提高光啟的程度，俾使我們對於信息的認知都不離本源的初衷。

這個啟動在頂輪裡進行，並擴散到第三眼，在這個過程當中產生跟頭部有關的一些症狀是很普遍的現象，它可能是緊張性頭痛、頂輪發疼、視力模糊，或是耳鳴。在高頻能量開始下降，順暢地經過其他脈輪往下進入地球之星時，這些和靈性上的改變有關的身體能量反應就會平息下來。

這個脈輪若要完全啟動，召請大天使約菲爾和他的雙生火焰大天使克莉斯汀將會有所助益。

當人們在未加思考中行事，或對他人未給予尊重或體恤時，大天使約菲爾和他的天使們會以某種方式把智慧灌輸給他們。假如他們接受了這個光，他們就會對自己所採取的態度和行為做出更好的選擇。你覺得某個地方需要約菲爾的能量，你可以請他把他的天使們派往該處。例如，有人在住宅區的路上超速行駛影響孩童安全，你可以請大天使約菲爾照護這個地區。或者你也可以把他的能量傳送給一些行為不明智者，例如銀行或產業的領導者。

教育

大天使約非爾保有未來兒童的教育藍圖，也協助學校裡的老師。他正在引進兒童教育以及更進一步的成人教育的新模式。在未來，兒童將會跟他們在亞特蘭提斯黃金時期一樣，學習更多，花更多的時間在大自然裡和玩遊戲上。他們將要學習宇宙之法。未來的教育將會尊重和開發每一個孩子的需求、天賦和才能，這樣他們的靈魂才能感到滿足，他們的五次元藍圖也才能實現。

大天使約菲爾也在協助地球上的一些教師，把有關揚升的知識提出來並傳授給他人。假如你受到吸引，也想跟他一起工作，你就是走在教師的道路上，並且可能與上主庫圖彌連結，他是內層界裡的新「世界教師」。

大天使約菲爾的能量中心

大天使約菲爾的能量中心位於中國北方的山脈，靠近長城的地方。假如你想要更接近他的能量，在就寢之前請他的天使帶你的靈性體去他的乙太能量中心。在他和他的天使們照亮你頂輪的花瓣時，他會幫助你連結你的智慧與宇宙知識的傳承。他也會鼓勵你把你的知識和智慧散播給他人。

假如你想要在冥想中造訪他的能量中心，你可以用這個觀想：

造訪大天使約菲爾能量中心的冥想

1. 找一個你可以放鬆又不會被干擾的地方。可能的話點上蠟燭。
2. 安靜地坐著，自然呼吸，心中期望造訪大天使約菲爾的能量中心。

3. 觀想根從你的腳往下延伸，深入到地球裡，讓自己根植大地。
4. 請大天使麥可為你披上他深藍色的斗篷。
5. 想像自己坐在盛開著像聖杯的金色蓮花上。
6. 所有的花瓣都打開，神聖的圖形灑在你身上，讓你沐浴在它們廣大的智慧裡。
7. 有一隻壯碩的純白色獨角獸在你的上方，正在點亮並啟動這些圖形。
8. 在你的能量場吸收了每一個圖形後，智慧更加擴展。
9. 現在召請大天使約菲爾的天使帶領你去他的乙太能量中心。
10. 意識到或感覺到他的很多天使的金光圍繞著你。
11. 發現自己在中國北方山脈的上方，一個巨大的金色聖杯裡。
12. 放鬆，接受大天使約菲爾的光。
13. 當你準備好時，感謝大天使約菲爾，並感覺你金色的氣場裡充滿了智慧與知識。

步驟26

大天使克里斯提爾

大天使克里斯提爾像神之手般地透過宇宙把他的頻率送給我們。當我們需要他時，他會穿過天琴座一個十字形鑽石白色的星門到達昴宿星座，這是他降低到七次元頻率的變頻器。從這裡他經過位於耶路撒冷的能量中心接近地球。他的雙生火焰，大天使馬勒利（Mallory）在伯利恆上方有一個乙太能量中心，他就從這裡進入地球。耶穌經過地球這個地方帶來基督能量，是神聖計畫中的一部分，這個地方已經是基督能量的象徵。

基督之光是一個九次元的意識，從乙太觀點來看，假如它照在我們身上，它會在乙太層次上把我們燒毀。因此之故，克里斯提爾把我們的藍圖保持在七次元的層次上。

大天使克里斯提爾與業力輪

大天使克里斯提爾（Archangel Christiel）主管純白色的業力輪，它位於頂輪上方，而他的光（裡面蘊藏著純淨的基督之光）以一種我們有能力處理的頻率被注入這個脈輪裡。在揚昇過程中，一旦業力輪被啟動了，我們和這位偉大的宇宙天使永遠都是有連結的。

在我們剛進入五次元時，業力輪是有些偏向頭部後方的，但是在五次元較高的層次上，它會移到與其他脈輪完全成為一線的位置。於是我們的脈輪聯合起來成為一座純淨的光之橋。

每個靈魂從被創造出來的那一刻開始，其內在就有小部分的大天使能量。它就像一個磁鐵和翻譯器，使每一個人都有能力連結到天使。當我們準備好時，這個吸引作用就開始運作。因為這樣，三次元的存有們能夠得到天使的協助。我們所有的人在某種層次上和天使之間們都是和諧的。

大天使馬勒利是這個宇宙古老智慧的守護者。他是亮麗的深金色，在他積極地執行某些特殊計畫時，這個顏色會轉成很濃的暗紅色。在亞特蘭提斯黃金時期，高層的男女祭司在大天使克里斯提爾和馬勒利的鼓舞之下，利用九次元的基督金色光束做成了一個能量池供人類使用。人們能夠把這個基督之光能量池的頻率降低，並從中汲取能量作為愛、療癒、智慧和保護之用，並且用愛訂立工作方案。

當業力輪打開和啟動時，它是一個前往天使界的門戶，使我們能夠與金色光束裡的光之存有們聯繫。但是，一旦我們到輝煌的五次元的較高層次，我們馬上就能和他們保持不斷的雙向交流，如同亞特蘭提斯黃金時期的人們一樣。

有靈視力者可以透過第三眼與已過世者的靈體接觸，不論他們在哪一個次元。但是，在我們使用業力輪（這是五次元最純淨的脈輪中的一個）時，我們只能連結到那些維持在五次元頻率的人的靈體。高頻的靈體、大師、獨角獸和天使們經過這個脈輪與我們連結，我們也在這裡接受下載而來的蘊藏著信息與知識的純淨之光。

業力輪連結著已達揚昇境界的月亮。保存在月亮裡的智慧是經過業力輪而集結的。

地球上的業力輪

地球的業力輪是西藏，它保有神聖陰性之光。「大淨光兄弟」（The Great White Brotherhood）的乙太能量中心就在這裡。「淨光兄弟」（The White Brotherhood）和大淨光兄弟是同一個組織。它的名字指的是它的新加入者必須擁有並散發出的白光的純淨性。

西藏的大金字塔是由高階祭司宙斯所建造的，宙斯在亞特蘭提斯崩落時把他的族人帶到那裡。這個金字塔是在大天使麥達昶和克里斯提爾的指引和協助下建造的。很多年前它的物質體被摧毀，但在乙太層次上它仍然活躍著。

假如你以靈性體的方式進入在西藏的大金字塔，你可以進入一個五次元的純淨之光的隧道，前往地心空間的普梭羅哥大圖書館（Great Library of Porthologos）。在你到達圖書館時，這個隧道的頻率已經上升到七次元，把你的能量也一起提高，這樣你才能夠遇見那裡的「大淨光兄弟」裡的成員。

上主梅翠亞／彌勒尊者是「大淨光兄弟」的領袖。其他的大師還包括上主巫斯陸（Lord Voosloo，曾經投生在亞特蘭提斯的高層祭司中擁有最高頻率者）、耶穌、威尼斯的保羅、艾莫亞和瑟若佩斯．貝。假如你願意，你可以進入接受純白色的揚昇火焰，它代表著符合基督意識而達到的最高純淨極致。瑟若佩斯．貝會把它放在你的上方。

造訪大天使克里斯提爾的能量中心

假如你想在冥想中造訪大天使克里斯提爾的能量中心，你可以做下面的練習：

觀想造訪大天使克里斯提爾的能量中心

1. 找一個你可以放輕鬆又不會被打擾的地方。可能的話點上蠟燭。
2. 安靜地坐著，自然呼吸，心中期望造訪大天使克里斯提爾在耶路撒冷上方的乙太能量中心。

3. 觀想根從你的腳向下延伸，深入地球裡，讓自己根植大地。
4. 請大天使麥可為你披上他深藍色的防護斗篷。
5. 想像自己站在山頂，它發出純淨如月色的白光。
6. 用雙手做成一個聖杯，讓大天使克里斯提爾倒入純白色的愛。
7. 用手把能量放入頭頂上方的業力輪。
8. 感受到通往天使界的門戶打開了。
9. 想像自己通過這個門，發著純白光的天使們唱著歌迎接你。
10. 張開雙臂迎接九次元的愛，並體驗天堂。
11. 當你準備好時，通過這個門返回，讓這個門保持敞開。
12. 讓基督之光經過你然後充滿你周圍的人，最後傳遍整個地球。
13. 向大天使克里斯提爾致謝。

步驟27

大天使瑪利爾

一九八七年的諧波匯聚（the Harmonic Convergence）是一個為期二十五年的淨化過程的開端，目的是要為地球二〇一二年的宇宙時刻做好準備。紫色的轉化火焰一直都是開放給人類使用的，雖然並不是永遠都開放給大眾，但在諧波匯聚時大天使薩基爾用一種方式把它引進，讓每個人都有機會使用它。然後他把它連結到每個人的靈魂之星，即使多數人的這個脈輪都還沒有開始運作。他這麼做之後就能夠加速轉化家庭以及與祖先有關的業力，個人的揚昇過程才能順暢。

在過去，假如我們任何一位祖先到另外一個世界時還帶著尚未解決的業力，家庭中的其他成員會承接下來。當然他們的靈魂必定在投生之前就已同意要這麼做，但是有很多未解決的業力一直都存在著，並且對某些家庭造成特有的負擔。有些勇敢的靈魂和有時候沒有經過深思的靈魂，會答應出生到這個家族裡。

自從二〇一二年的宇宙時刻以來，在大天使薩基爾和他的紫色火焰啟動更進一步的業力赦免之後，狀況改變了。天使的介入清理了很多靈魂之星脈輪。因此，他們現在可以燃起強大的火焰，表現出靈魂在它這個旅程裡所累積的知識、智慧和經驗。

大天使瑪利爾與靈魂之星脈輪

靈魂之星是莊嚴的的紫紅色脈輪，散發著我們神聖陰性的智慧。紫紅色是明亮的粉紅和電光藍（或鐵藍色）的混合。美麗的粉紅色確保所有的行動都是發自內心最好的和最純淨的意圖，而電光藍這個顏色保有顯化的力量。這個脈輪的功能是帶出我們的天賦和才能來協助我們、我們的家庭和全人類。這個脈輪是由大天使瑪利爾（Archangel Mariel）負責主管的。他與大天使瑪利亞密切合作，共同保有神聖陰性之愛的紫紅色火焰。目前大量的靈魂之星脈輪正在開啟當中。

靈魂之星脈輪連結著獵戶座，一個攜帶著宇宙智慧的星群。這個脈輪是一個很有效的顯化工具，以至於它的被誤用變成導致亞特蘭提斯遭到破壞的原因之一。現在，為了崇高的目的，這個脈輪再度交託到人類的手上，供他們使用。

與它連結的還有凱龍星（Chiron），它是一個受過傷的療癒者，也是灶神星

（Vesta）和家庭之母。因為它以前被誤用，這些星系正帶著愛把能量發射進來，以療癒所有充滿愧疚的內心。然後天使們將幫助我們平衡我們的陰陽面向，使我們可以達到該有的純熟程度。

大天使瑪利爾的雙生火焰是大天使拉文達（或薰衣草，Lavender），她是「神聖陰性」之愛的高階女祭司面向。她幫助我們了解我們的天賦和才能，並加以善用。她紫色光裡的柔軟正好用來形容能她溫和的能量。她常在我們的睡夢中和我們一起使用這個光——假如我們願意的話——療癒我們的靈魂之星脈輪。她甚至與我們的祖先溝通，讓我們之間可以共享彼此的智慧，並且彼此寬恕。

靈魂之星脈輪裡有三十三個花瓣，它們都是和愛與個人責任這些面向有關的。大天使瑪利爾的工作是特別微妙的，因為在我們願意以負責的態度和最大的正直，使用我們的天賦和才能之前，我們的靈魂之星是不會打開，這一點是非常重要的。我們的高我正與大天使瑪利爾一起照管這件事，確保我們只把力量用在符合最高利益的事情上。

靈魂之星是一個強大的脈輪。這裡有幾個例子說明它的使用方法，以及未來要如何運用它。

- 在生活中若有什麼願望，你可以在第三眼創造一個願景。假如你接著把它從第三眼傳送出去，那就好像用一把火炬把這個畫面放射出去。但是，假如你提高能量，把這個願景往上帶到靈魂之星，把它從那裡投射到乙太界，它的力量便無限擴大了。

你的顯化之光正在活化願景的分子結構。這是有強效的！

- 這個脈輪在古代是用來建造金字塔和其他神聖建築的。最後的願景非常強烈的畫面從這個脈輪放射出去，它的能量改變了那些石頭的重力質量，這些石頭就可以被提起，精確地放在適當的位置上。特定的聲音振動連同靈魂之星的光，一起被用來達到這個目的。
- 為了最高的利益，你可以把其他脈輪的能量往上面提高，以更大的力量投射出去。舉例來說，你可以把粉紅色的五次元愛之光從生殖輪提高，再從靈魂之星投射出去，這會把你的家庭從情緒的綑綁裡釋放出來。或者你也可以把臍輪的五次元鮮橘色光提高，再傾灑到鄉鎮或社區裡，讓居民處在和諧當中。使用某些音調也會有所助益。

當所有人都把靈魂之星脈輪完全善加利用，我們就可以完全的自給自足。此外，神奇和偉大的事也會在這世上實現。

黃金揚昇亞特蘭提斯的藍圖，包括亞特蘭提斯人的靈性科技、他們對大自人的了解、他們在城市裡創造快樂之流的能力，以及使用星體裡的智慧的才智，都存在於一切生命體的靈魂之星裡。當我們以智慧使用它時，它會讓我們有能力創造出未來的美好城市。

大天使瑪利爾的能量中心

大天使瑪利爾的能量中心是在喜馬拉雅山的上方。他選擇了這個地方是因為它有地球上最高的頻率。

觀想造訪大天使瑪利爾的能量中心

1. 找一個你可以放鬆又不會被干擾的地方。可能的話點上蠟燭。
2. 安靜地坐著，自然呼吸，心中期望去拜訪大天使瑪利爾的能量中心。
3. 觀想根從你的腳往下延伸，深入到地球裡，讓自己根植大地。
4. 請大天使麥可為你披上他深藍色的防護斗篷。
5. 想像你的靈魂之星脈輪在你頭部上方發出莊嚴的紫紅色光。當你專注於它時，它會變成電光藍。
6. 看到大天使瑪利爾在你上方發出亮麗的光。
7. 他下來碰觸你的靈魂之星，完全啟動它。
8. 感覺到自己充滿著無條件的愛，同時也知道你對地球是有責任的。
9. 想像你的第三眼裡有一個地方或情況，看起來像是已完全療癒。
10. 想像這個畫面出現在你的靈魂之星裡。

11. 從靈魂之星把這個壯觀的五次元畫面發射出去。
12. 請大天使瑪利爾為了眾人最大的利益幫這個畫面加強能量。
13. 向大天瑪利爾致謝。

步驟28

大天使麥達昶的能量中心

大天使麥達昶的能量中心是在埃及盧克索聖殿上方的乙太界。它是星際光之輪的中心，周圍環繞著十二個分支聖殿，也是十二道光束的聖殿。雖然這些聖殿是暫時存在的固定的裝置，大天使麥達昶的乙太聖殿，卻是從二十六萬年前亞特蘭提斯實驗開始時，就已存在於九次元的覆蓋物。

大天使麥達昶就在這裡照管著地球上揚昇過程的每一個面向。他要確定每一個人都在他們該在的地方，以及光的使用量是對的，並且也用在對的地方。他的聖殿像是一個熙攘的都會，裡面都是更高次元的活動，而且他現在甚至比以前更忙。

我們可以請求去造訪大天使麥達昶的聖殿，除了接受他對於我們揚昇過程的教導，以及有關我們在揚昇過程中的角色、如何散播我們的光的指引，還可以接受他的祝福或揚昇的斗篷。

在我們的揚昇過程中，有很多有效的方法可以建造我們個人的光，而大天使麥達昶是這方面的大師。他是純淨的光，也創造了我們特有的生命裡發光的結構。造訪他在內在層界裡的能量中心，是我們促進靈性成長最有效的方法之一。

十二個分支聖殿

十二個分支聖殿是由星際議會的代表們所管理的。這些結構體系是在二〇一二年宇宙時刻安排就位的，它會一直跟我們這個行星在一起，到二〇三二年揚昇完成為止。它們每一個都反射出十二道光束的光。

從二〇一二年以來，這些光束的頻率都已改變，有幾個只是很細微的，但是有些光束裡的顏色經過融合之後形成了一個更高的能量。

•第一道光束的聖殿

當你可以做建設性的思考，也能夠自我增強，以開放的愛心走上被指定的揚昇旅程時，你可以請求去造訪這個聖殿。它的顏色是燦爛的深紫色。

‧第二道光束的聖殿

當你可以平衡自己的生命，能夠生活在自由與真實當中時，你可以要求去造訪這個聖殿。它的顏色是似太陽光輝的黃色。

‧第三道光束的聖殿

當你可以使用創造性的潛力服務這個星球，你可以請求去造訪這個聖殿。在這個光束中靈性與科學結合在一起，形成了先進的科技與具有愛的創造力，使我們的地球能夠在光輝中揚昇。它重新帶來了當初驅動著黃金亞特蘭提斯的水晶科技的振動。它的顏色是閃爍的粉桃色。

‧第四道光束的聖殿

當你可以帶回「大淨光兄弟」的純淨之光和黃金亞特蘭提斯的揚昇火焰時，你可以請求去造訪這個聖殿。這道光束使你可以隨著心中的真實而振動，然後與天使界連結。它是大天使加百列的本質，也是純淨清澈的白光。

・第五道光束的聖殿

當你可以傾聽大自然中的祕密，讓它們可以以最純淨的方式（因為大自然保有這個層界裡有關萬物的解答）出現時，你可以要求造訪這個聖殿。這道光束放出淺橘色、清澈的白色以及大自然的綠色的光。

・第六道光束的聖殿

當你可以連結到純淨的無條件之愛時，你可以要求造訪這個聖殿。當你真的想要這個愛的顏色慢慢進入你的氣場時，你可以進入這個室內。這道光是以很靈性的粉紫色振動著。

・第七道光束的聖殿

當你可以從天使的角度看待一切時，你可以要求造訪這個聖殿。在你透過一個巨大的鑽石看到透明的白光更高的頻譜時，較低的頻率在這裡被轉化了。你確實知道沒甚麼可寬恕的，因為萬物一體，而且你也知道所有的一切。

・第八道光束的聖殿

當你能夠在強烈的鑽石之光中，敞開自己去經驗宇宙一體的喜樂與寧靜時，你可以要求造訪這個聖殿。從這個光束發出的光流是金色、鑽石色，和發光的黃晶色。

・第九道光束的聖殿

當你的靈魂非常想要快樂地服務，而它成了你最大的鼓舞力量時，你可以要求造訪這個聖殿。你經過一道彩虹光進入大天使麥達昶本身的橘色和金色光，於是你氣場裡無關愛的部分輕輕地流走，被更高的愛取代。

・第十道光束的聖殿

在你的靈魂之旅裡，當你準備好要有一個新的開端時，你可以要求造訪這個聖殿。當你沉浸在這個內部柔和的綠葉色裡時，新的金色門在你的生命中打開了。這會加強你與看不見的元素精靈、天使與獨角獸各王國的連結。

・第十一道光束的聖殿

當你以開放的態度接受愛、療癒與「神聖陰性」的智慧時，你可以要求造訪這個聖殿。當半透明的碧綠色光湧進你內部時，你便能夠以平衡與和諧的態度看待地球上的一切。

•第十二道光束的聖殿

當你收到邀請進入這個聖殿時，一個白-金色的鑽石會被放在你的氣場上方。每一個面都會清理你的能量，使它變得更清晰，也會增加你的光度，於是你可以像揚昇大師一樣的思考、行動、感覺。你被籠罩在基督之光更高的面向裡。

造訪大天使麥達昶能量中心的冥想

1. 做好冥想的準備。確定你是放鬆的、受到保護的、根植大地的，而且不會受到干擾。
2. 呼喚大能的大天使麥達昶，請求造訪他輝煌的「光的中央聖殿」。
3. 你站在巨大、令人讚嘆的金色大門之前，敲門，門旋轉開來。你在腦中聽到天使主人們的音樂。
4. 走過金色大門，你順著一條移動的液狀金色道路走。它閃爍著，照亮了你前進的方向。
5. 你到達一個富麗堂皇的金色大廳，它是以發亮的鑽石和液態光做成花形裝飾，在你面前流動、舞蹈。
6. 大天使麥達昶在等你。他像是你所見過最亮的太陽的中心，但是那個亮度對你的眼睛來說是舒服的。

7. 他很親切的迎接你，並請你坐在一個令人稱奇的金色寶座上。

8. 你坐下時感到上千個太陽的力量照亮了你。

9. 大天使麥達昶想要知道你對自己，以及對地球有甚麼願望。在揚昇的任務裡，你如何看待自己服務人類和蓋婭這件事？

10. 你告訴他你對自己、人類和地球最真誠的願望。

11. 他用關愛的態度把你的願望放在手掌上，用他的光幫它加強力量。

12. 他把這個光放在你的星系門戶脈輪（你頭部的上方），交還給你。

13. 你感覺到你在揚昇道路上大幅加速前進，你生命的各方面也充滿著光。你閉著眼睛坐著，吸收這個美好的禮物。

14. 大天使麥達昶用他的翅膀圍繞著你，為你顯示地球已達揚昇的面向，每個人、動物、樹木、植物和昆蟲，都生活在與他們原生的星球合而為一的狀態中。他們周圍的空氣裡充滿著愛。

15. 向大天使麥達昶致謝，然後離開他美好的能量中心。

16. 睜開眼睛，帶著你的體悟進入正在揚昇過程中的世界。

步驟29

大天使薩基爾

目前大天使薩基爾幫助地球的方式是，以不同的面向展現出紫色火焰的煉金術的神奇力量。打從亞特蘭提斯初期開始，人們剛開始以軀體之身出現時他就開始做這種服務。

在亞特蘭提斯的第一個實驗裡，人們的所需供應完全不虞匱乏。那時候歡樂滿人間。但是他們自己毫無付出，對所得到的一切不知感激。頻率的降低和濃稠立刻變成一種挑戰，因此星際議會給人們紫色火焰作為幫助轉換這些能量的工具。從這第一個實驗到發展出黃金時期的第五個，紫色火焰是被使用最多的靈性工具之一。

大天使薩基爾的能量中心是在古巴上方的乙太界。在亞特蘭提斯最開始的幾個實驗裡，黃金時期以前，這是整塊大陸最東邊的一個地點。

紫水晶女神（Lady Amethyst）是大天使薩基爾的雙生火焰，並且如她的名字所示，她傳送的是非常純淨透明、很溫柔、有撫慰和療癒作用的光。它振動的頻率與薩基爾的不同，但同樣具有轉化的能力。

在他們整個光體裡還有許多不同色調的光，從深暗紫色（可以接觸最低的頻率並加以轉化），到很亮的淡紫色（可以使用煉金術的方法清理需要淨化的狀況，帶來最高的福祉）都有。

龍與紫色火焰

大天使薩基爾與大天使加百列合作，創造並帶來了一種新的龍能量，與目前在揚昇過程中正在協助我們的龍界大軍在和諧中合作。檀香山和安道爾共和國的能量門戶在二〇一二年打開之後，龍與其他元素精靈的數目就增加了百萬倍。大天使們創造出紫色火焰的龍作為活生生、有意識的工具，把某些地區非常濃稠的能量加以轉化，他們的協助常常帶給我們很大的鼓舞，這是其中的一部分。這些都是五次元的龍精靈。

當某個地區需要清理時，四次元的龍就會急忙趕去燒燬最低的能量。紫色火焰的龍跟在它們後面，轉化剩下的部分，讓該地區能夠和諧。最後大天使薩基爾和加百列再加入，把宇宙鑽石紫色火焰安置妥當，盡可能長久地把能量維持在最高的頻率上。

紫色火焰清理地球網格

為了要在地球上建立一個統一的基督意識網格，並促進揚昇的過程，大天使薩基爾轉化低頻能量的工作是最重要的。只有在頻率是純淨和清明時，網格才能在五次元層次上建立起來和具體化。

二〇一四年，為了加速揚昇的過程，在星際議會批准之下大量的紫色火焰被派送給我們。例如，在二〇一四年七月七日，紫色火焰的天使和紫色火焰的龍，在策略的考量下被放置在全球而形成了網格結構。在星際議會的指示下，大天使薩基爾和加百列在各處大量散布了宇宙鑽石紫色火焰的下載。天使和龍組成的網格接著把它引導至迫切需要的特定地區。這過程的效果非常驚人，因為在這之後能量提高了幾倍頻程，多數人在某種程度上都感覺到或注意到了。

在這些有衝突的地區裡，雖然在表面上看來它可能沒有造成任何宣稱的改變，但是在能量上，世界上每個人的意識都已經提升了。到二〇三二年時，人類的頻率將不再支持小我的演出。

人類因為使用這些派送給我們的火焰，而加快了在揚昇過程中的腳步，這是一種非凡恩典的賜予。而同時把紫色火焰和紫色火焰的龍送進遭遇困難的地區，也是我們的責任，這樣我們也才能夠帶來一些改變。

水晶與人類的再生

在地下或海洋裡，帶有列木里亞和亞特蘭提斯智慧的編碼設定的水晶，現在正因為地球的頻率已提高而被重新活化。大天使薩基爾正在轉化這些水晶過去千年來所吸收的能量，然後再點亮它們。這也會大量提高地球的光之層次，並且使陸地上的地球和地球七次元的乙太中心（地心空間）的連結更加穩固。

從海利歐斯，亦即中央大日，照射出來的光碼也在促動這些水晶。此外，水晶正在啟動人類體內的DNA。

大天使薩基爾使用這個紫色工作，因此任何穿戴這個顏色、開這個顏色的車，或坐在一個以淺紫色布置的房間裡都會與他的能量相應。在不自覺的狀態下他們都已收到他的激勵。

我們的樹林與森林保有很多光，但它們會吸引到低頻能量，形成濃稠能量的小囊隱藏在裡面。你可以祈請紫色火焰經過一棵樹往下到它的根，並觀想它經過整個地球的樹根網絡一棵一棵地傳送出去，這是你幫助整個大自然界的方式。一旦這個紫色火焰的流動穩定了，它會持續下去，因為你已經透過那棵樹創造了一個紫色火焰的門戶。

這個原則適用於所有的事物，包括你的家。把紫色火焰能量接引下來到像監獄、學校或醫院這種地方，你真的可以帶來一些改變。

觀想會見大天使薩基爾

1. 找一個你可以放鬆又不會被干擾的地方。可能的話點上蠟燭。
2. 安靜地坐著，自然呼吸，心中期望見到大天使薩基爾。
3. 觀想根從你的腳往下延伸，深入到地球裡，讓自己根植大地。
4. 請大天使麥可為你披上他深藍色的防護斗篷。
5. 想像自己在一個美麗的、閃亮著光的紫水晶洞穴裡。
6. 你面前有一個六角星，它發出明亮的紫色光。去坐在它的中央。
7. 感覺到神奇的大天使薩基爾站在你身旁，他是一個發光的存有，散發著最純淨的光。
8. 大天使薩基爾握著你的手時，紫色光充滿你身上的每個細胞。
9. 專注於地球上某個地方，它需要被轉化成為更好的光。
10. 看到四次元的龍清理著那裡的低頻能量。然後紫色火焰的龍在整個區域旋轉，用純紫色光點亮它。
11. 現在你和大天使薩基爾一起飛翔，去那裡安放一個發出純淨之光的鑽石，希望把新的頻率安固在那裡。
12. 看到整個地區都發出五次元的光。
13. 向龍精靈和大天使薩基爾致謝。

步驟 30

大天使裘里斯

大天使裘里斯（Archangel Joules）掌管海洋。他的顏色是亮麗的深藍綠色，他的乙太能量中心是在百慕達三角的中央，亞特蘭提斯大水晶的所在地。它是個七次元的能量門戶，也建立了本源和地球空心之間的連結。

水

水裡蘊藏著宇宙的愛與智慧。從二〇一二年以來，它也已經被金色的基督之光點亮。各地的水的頻率都一直在提高，大天使裘里斯在他的能量中心監管著這一切所帶來的結果。

因為海洋是貯藏著宇宙之光的大寶庫，藉著潮汐和海流傳布四處，水裡的新頻率在每個地方都產生大幅的影響。

大天使裘里斯和水元素的大師波塞頓（他是亞特蘭提斯黃金時期的高層祭司）有著緊密的配合關係。他了解水跟宇宙星辰有關的特質——它如何淨化、祝福人與各種事件，並加以神聖化。假如你提出請求，他會透過水讓你連結到天體的樂音，繼而取得你完美的神聖藍圖的聲音。然後你可以請他開始讓它在你的梅爾卡巴裡重新恢復作用。

大天使裘里斯和波塞頓一起照顧著地殼板塊。地球的表面是由一連串不斷移動的大板塊所組成的。在物質的層次上，它們之間的摩擦造成了山脈、火山、地震，以及最終的海嘯。在靈性的層次，波塞頓和大天使裘里斯照管這裡所發生的一切。較低的頻率從板塊的中心朝著邊緣滾動。兩個板塊碰觸的地方就是負面性聚集的地方，一定要清理。火山爆發就是一種清裡的方法，目的是要利用火把陳舊之物轉化成更好的頻率，否則就會發生地震。在水裡的火山和地震，也會導致海浪帶著愛的能量洗清陸地上的業力。這整個計畫是很大的，而且在事前幾百年就已詳細規劃好的。

當某些地方的能量被轉化成五次元之後，在水中的一些地形上就會形成珊瑚礁，因此所有珊瑚礁都保有五次元的能量，並且與地心空間有著雙向的連繫：地心空間的智慧從礁石流進水中，同時礁石也把有關海洋的信息傳到地心空間。所有珊瑚礁上的魚類都是五次元的。

大天使裘里斯自然是與海利歐斯和月亮的大師們和天使們共事的。太陽與月亮都影響著地球上的水域。海利歐斯的金色天使和銀色的月亮天使，在月圓和有需要的時候全部都一起出現，為水帶來一些影響，並且把它們最好的神聖的陰陽特質加入水裡。他們一起把充滿著更高的愛的金銀色光網散播在地球上，這些金銀色的愛與光之網會融入水裡，對海洋和裡面的生物的頻率帶來深遠的影響。在某些神聖放送和贈與的輝煌時刻，他們在地球的上方握著神聖陰陽平衡和無條件之愛的神聖模板，讓人們得以在敏銳的瞬間接收到光啟。

在大天使裘里斯和波塞頓的指引下，水的元素大師奈普敦督導著水女神的工作。這些水女神是清理海洋的元素精靈，幾千年來她們和魚類攜手淨化水域。但是，最近因為現代的汙染，這個工作變得難以負荷，所以有一種叫做奇希爾（kyhils）的水元素小精靈被邀請從其他的宇宙來到地球。為了換得在我們地球上的體驗，把得到的知識帶回它們的母星球，他們正在協助銷毀和轉化目前那些複雜的化學汙染。他們的工作是在為水在新的黃金世紀所要擔任的功能預做準備。美人魚持續地照顧著海洋中的動植物。

與大天使裘里斯合作影響著海洋，並把高頻能量加入其中的，還有四位大能的存有：

- 大天使麥達昶把信念和更高的揚昇這些特質注入水中，以幫助我們保守著五次元世界的願景。

- 大天使布提亞里爾保有宇宙計畫的藍圖，並確保一切（包括很多行星）都在神聖的和諧中運行。他透過水，包括我們身體裡的細胞，傳播信息。這影響著我們依照我們生命的神聖計畫而流動，帶來我們內在的天賦和優質，以便我們能做到這點。當宇宙計畫裡的神聖幾何體和我們個人的五次元藍圖一致時，大量的機會就會出現，我們會在片刻間看到自己神聖的崇高性。
- 獨角獸把他們的純淨、光啟和啟迪直接轉移到水裡。
- 大天使瑪利亞透過水傳播「神聖陰性」的愛與慈悲，並在我們能夠接受這些好的特質時，用它來與我們接觸。

此外，海洋和湖泊裡含有來自其他星系的光。就像地表的森林一樣，海洋裡儲存著遠方宇宙的智慧與光，準備在地球的頻率提高時釋放出來。當我們準備好接受任何的鑰匙或編碼，我們在水中時它們自然地就會被轉移到我們的細胞裡。這就是洗澡、游泳和淋浴會帶給我們大量轉化的機會的原因。在我們游泳、洗澡淋浴或喝水時，假如我們祝福水，我們把它的頻率提高到五次元，然後這些大能的存有們就可以用他們的光填滿我們的細胞。

水中生物

大天使裘里斯也做這些與所有的水中生物有關的事。魚類來自雙魚座，它們的任務除了幫助海洋維持它的頻率之外，還要淨化它並使它更清澈。它們的振動頻率是在三次元和五次元之間。小魚在揚昇的過程中是屬於群體靈魂的一部分，這和所有的有情眾生是一樣的。所有海洋生物的揚昇計畫的完成，有部分是要透過引進天使諧波來保持海洋的高頻振動。

個別的魚全都是五次元的。例如來自拉庫美（天狼星已揚昇的面向）的海豚保有亞特蘭提斯的智慧與知識。牠們一直在等待我們做好接受它的準備，而現在，因為各地的頻率都已提高，牠們可以把它轉移給五次元的人類。

鯨魚來自遙遠的十次元宇宙的士基拿（Shekinah）裡的小行星——順便一提，這也是雌性家禽的家鄉！這些大能的存有們攜帶著大量高頻的光與愛，與海洋生物共享。它們維持著海洋的高頻振動，這是一項了不起的工作。

鯊魚來自火星已揚昇的面向——耐吉雷，是海洋的巡邏員。這些動物是好戰的，但牠們也攜帶著和平戰士的特質。

烏龜來自木星已揚昇的面向——金貝，牠散播著更高的光啟和宇宙的豐盛的特質。從昴宿星發出的光束把療癒和歡樂散播到水中。

所有這些個別的存有們都是高進化的動物。除非得到牠們靈魂的允許，人類無法對牠們做出任何事。牠們有意地犧牲自己來提醒我們乾淨的海洋是多麼重要。

與大天使裘里斯連結

下面的練習你可以用觀想的，或者你可能更喜歡在洗澡時，或在河裡、湖裡或海洋裡做。

觀想連結大天使裘里斯

1. 想像自己在清澈的水中漂浮著，你是安全的、放鬆的。
2. 讓金色的根從你這裡往下穿過海洋，使自己的能量能夠根植於地心空間裡。
3. 你是在大天使裘里斯七次元的門戶裡，沉浸在深藍綠色的光裡。感覺到大天使裘里斯跟你是相連的。
4. 說出或用意念祝福水：

「祈願我周圍的水都有愛與智慧。願它們被提升到五次元。」

5. 感覺到身上的細胞像花一樣地開放，準備接受從事水工作的四位大能的存有將要帶給你的能量。
6. 請大天使麥達昶祝福水，你感到他的光進入你的細胞。

7. 呼喚獨角獸，觀想他偉大的發著螺旋光的角把純白色的光傾注到水中。
8. 祈請大天使瑪利亞，感覺到她藍綠色的愛與慈悲之光在你周圍流動著。
9. 邀請大天使布提亞里爾讓你與宇宙的流動協調一致。再往深層放鬆，你便能看見自己神聖的崇高性。
10. 請波塞頓和大天使裘里斯把你五次元的乙太藍圖放進你的能量體裡，並幫你連結到天體樂音。
11. 意識到天使們在你的上方歌唱，感覺到諧波像光液似地遍及全身。
12. 放鬆，請求啟動你的藍圖。
13. 當你覺得一切就緒時，向大天使和波塞頓致謝，回到清楚的意識狀態中。

步驟31

大天使波利梅克——大自然界的天使

大能的大天使波利梅克（Archangel Purlimiek）和九次元的大師潘，保有我們五次元大自然界的神聖藍圖。他的重心是在地球這個宇宙中一個藍綠色的行星，因為我們擁有的是一個如此獨特的物質性生態系統。大天使波利梅克已經在幕後默默地工作了數千年，現在他現身了，正在為地球上的大自然王國領頭開創一個協調計畫。

他的能量中心（他用來與地球接觸的地方）位於非洲的大辛巴威——地球上雙向的次元際門戶之一。其他三個是巨石陣（一個稍微開啟的七次元門戶）、西藏（和平的門戶），以及在指揮官阿斯塔管轄範圍內的祕魯的馬丘比丘。

身體的實驗

我們能在地球上生活並享有這麼豐盛的大自然，這是很幸福的。它原來並不是一直是這樣的。一直到列木里亞的終結時期，那時的存有們都是乙太體，不具物質形態的。在列木里亞和亞特蘭提斯的交會期，原居民們以人類之軀投生，目的是要根植列木里亞時代的能量。他們是以心輪為中心並且是以右腦運作的，有的是對土地極大的愛與對大自然世界的了解。他們被安置在澳洲，俾使他們可以和亞特蘭提斯人以及當時正在地球上展開的其他各種實驗完全分開。

因為這些新人類需要體驗五感（包括味覺和觸覺），除了要支持身體的運作，從本源之心還源源不斷地湧出新的和蘊藏豐富的大自然。很好的樹木和植物被播種。所有可以幫助新人類的東西都供應充足。原居民天生就知道如何把植物作為滋養、療癒、保暖和庇護所之用。

最初在規劃亞特蘭提斯的實驗時，在它的課程內容安排裡，所有自願參加的靈性存有都要擁有身軀。就像澳洲的原居民一樣，亞特蘭提斯人必須給身體食物、水，並加以滋養。他們是素食者，只食用植物產品。在大自然的編碼裡，他們所需的一切都不虞匱乏。對於如何使用樹木與植物，很多需要的資訊都已在他們的意識裡事先做好了設定。其他一切最早的居民所需要知道的，則由亞特蘭提斯的高層男女祭司負起教導的責任。

為了支持在地球上持續進行的實驗，「偉大神聖主管」（Great Divine Director）設計了大自然的每一個面向。這位大能的存有——服務於星際議會，並且全面設想過所有宇宙的神聖計畫——為地球準備了長期的策略。樹木的播種是為了食物、庇護所、醫藥、精神慰藉、氧氣和火等等目的。它們死後的殘骸會鋪被大地，長年累月之後成為未來潤滑地殼板塊的油和作為燃料的煤。植物死後會提供堆肥滋養未來的植物。

此外，每棵樹和植物都會給出一種有益於人類和動物的特質。例如，山毛櫸樹放出一種能量，可以幫助我們原諒他人和療癒我們自己的創傷。人類在需要慰藉或把一些問題想清楚時會自動走進森林裡，很多情況下並不知道樹木對他們的意識造成多大的影響。

剛開始時每個人都很珍視大自然，對所有的一切都覺得感激。他們自然而然地感謝神所賜與的豐盛的水果蔬菜。從能量上來說這是一種業力的交流。

早期的亞特蘭提斯人與乙太界的元素精靈一起支持植物。透過與元素精靈談話，與他們一起關懷植物，他們形成了一種對整個星球有益的共生關係。他們善用月亮的盈虧在最有利的時間播種，以便種子可以成長，作物可以豐收。那時候所有的生物都是以植物為食的，只有在後來人們的能量變得比較低時，動物才成為食物的來源。在早期，萬物豐盛多彩，以植物為食，也促進了所有參與實驗的人其間的和平與融洽之感。

大自然的顏色

大天使波利梅克的振動是美麗的藍綠光。他保有原始的自然世界裡綠色植物的所有頻率。挑選這個顏色的目的，是要把所有的事物都帶向平衡的狀態，並且一直保持下去。它散發出和諧與療癒的美好振動。

在實驗持續進行時，他們決定把顏色帶進來，每一個顏色都以大天使的能量振動著，以便給人類和動物更大的體驗範圍。在需要大天使烏列爾的信心和價值感時，黃花會盛開。為了要帶出純淨和天真無邪，大天使加百列的白花就會出現。粉紅色的花流露出愛。

一直到不久之前人們都還重視花的香味，而這是因為它們在不知不覺中吸入了大天使的精髓。例如，玫瑰的香味帶來了大天使瑪利亞宇宙之愛的鑰匙和編碼。

大自然的和諧

大天使波利梅克和他的數百萬個藍綠色的天使們唱著大自然之音，使萬物都保持在和諧之中。除非有特別的協議存在，假如兩棵植物或樹木都想擁有同一個地方，其中一棵會自動撤退自己的能量，讓對方可以繁盛。這種和睦的犧牲，一直是大自然能夠保持它高能量狀態的原因。

大自然為一切眾生帶來平衡與和睦。它使大家的心和諧、放鬆，並打開全身的細胞。

自從二〇一二年頻率有驚人的上升之後，整個大自然已經變成五次元了。的確，有些植物仍然帶有刺，但這些都已不再作為主動的防衛之用。這些都是時代的遺跡，當時它們是一種生存的策略，終究都會撤回。在它們神聖的本性重新恢復時，植物和樹木嘗試保衛自己時所採取的方式是提高對手的頻率，並以和平環繞著他們。採用這種方式，每個人都安全。

假如有人在沒有必要的情況下砍樹，你可以召請大天使波利梅克來幫忙。他的天使中會有一位趕到那裡，嘗試提高那個砍樹人的意識層次。因為各地的人現在都在提高他們的頻率，天使們在改變人們的態度時常常都能夠成功。

樹木也是有意識的存有，假如你一定要砍樹或修剪樹枝，先在心裡告訴它們，讓它們有機會把它們的能量先撤走。

元素精靈

大天使波利梅克和潘一起指揮著大自然裡的精靈，以及管理個別自然元素的存有們。

例如在森林裡，小精靈（屬於土元素的小乙太存有）照顧著樹。他們是受大天使波利梅克和布提亞里爾之邀來到地球的。半人半羊的牧神（屬於土、風和水元素的混合體）透過光合作用協助平衡森林的能量。他們不常為人所見。

天使們總是為眾生的最高福祉而服務。在大自然揚昇之時，很多大天使都把他們的能量結合在一起來，幫助它發揮最大的潛力。我們這個藍綠色的行星正在變成一個展現自然之愛與和諧的星球。

大自然的編碼

「偉大神聖主管」確保所有問題的答案都以編碼的方式置入大自然裡。假如你心中帶著問題走進大自然，請求它給你答案，你可能會看見某個東西，或者在片刻間靈光乍現，為你帶來新的看法或答案。

連結大天使波利梅克的觀想

1. 找一個你可以放鬆又不會被干擾的地方。可能的話點上蠟燭。
2. 安靜地坐著，自然呼吸，心中期望與大天使波利梅克連結。
3. 觀想根從你的腳向下延伸，深入地球裡，讓自己根植大地。
4. 請大天使麥可為你披上他深藍色的防護斗篷。
5. 發現自己身處一個美麗的林中空地裡，四處都是草和野花，周圍被大樹環繞。
6. 靠在樹幹上放鬆，感覺它的能量包覆著你。

7. 大天使波利梅克像一個亮麗的藍綠光漂浮著穿過樹林。他巨大的光圍繞著你，以便大自然裡的編碼和你的氣場合而為一。
8. 有一棵樹特別突出。特別加以留意，感受它的需要。感謝它出現在那裡。
9. 感受到，或看到顏色從亮麗的綠草以及形形色色的花簇中放射出來。
10. 以更高的視野看待大自然。
11. 向大天使波利梅克致謝，看著他漂浮而去。

步驟32

大天使斐利亞——動物的天使

大天使斐利亞（Fhelyai）是動物天使。他從另外一個宇宙前來地球，在這個時機幫助所有的動物完成他們真正的天命。他的顏色是如金鳳花的鮮黃色，當他全力投入這個任務時會變成純白色。

他和他的天使們守護著動物的一生。當動物生病時，大天使斐利亞的天使會安慰並支持牠。跟人類一樣，動物也需要為死亡做準備。這種事情發生時，只要有需要，斐利亞的天使們將會和牠們在一起，在牠們死亡前鼓勵和幫助牠們。

此外，在每個動物出生或死亡時都會有一個斐利亞的天使在場。大天使愛瑟瑞爾的一個生死天使也是一樣。大天使愛瑟瑞爾的天使們，也會在每個人經歷人生的開始和終結這兩個過渡時期跟他們在一起。人類或動物，在經過不管是初生或死亡的試煉時都不會是孤單無助的。

假如有個動物受到不當的待遇，你可以向動物天使祈求幫助。大天使斐利亞將會盡力把一個很想拯救動物的心願，置入某個人心裡。或者，他也可能嘗試提高主人的意識，讓他們改變對待動物的行為。

大天使斐利亞的天使也鼓勵動物相信牠們自己，因為每個動物的生命都有靈魂的任務，就像人類一樣。例如，貓熊和大能的大天使瑪利亞有非常緊密的關係，他們一起合作幫助人類連接宇宙之心，讓我們能夠敞開心胸接受更高的愛。

大天使斐利亞幫助所有的動物加速牠們的揚昇過程，盡可能地體驗一切。在二〇一二年的宇宙時刻，百分之五十八的動物進入五次元。到二〇一四年它上升到了百分之七十三。整體上來說，動物比人類更進化，並且正積極地在教導我們。假如你在揚昇過程中需要協助，某種動物可能會出現，提供你一個合適的經驗或課題。

新來的動物

跟人類一樣，動物從宇宙各處來到地球以物質性的身體生命。牠們投身來此，為的是要用右腦和用心探索生命。例如來自十次元宇宙士基拿的猴子就是高度進化的存有。但是牠們學習的方式和我們的是完全不同的，牠們使用右腦和心。

因為地球和正在幫助我們揚昇的四個行星、恆星和銀河——昴宿星座、獵戶座、天狼星和海王星——之間有很緊密的連結，很多動物都從這些地方來到這裡，牠們的目的大多是來幫助我們。通常牠們都是以身作則。

昴宿星座是一個星群，它從本源取得藍色的心輪療癒能量，然後把頻率降低再擴散到其他地方。貓熊、綿羊、豬以及五次元的蜜蜂，都是從昴宿星來的。牠們的能量場裡都擁有這個療癒之光，這個光會從牠們身上流向人、其他的動物、大自然，甚至到地球裡面。

獵戶座的十二個大師擁有宇宙的智慧，意即他們在為大家的最高福祉服務時有足夠的智慧去使用知識。熊、貓、長頸鹿、山羊、刺蝟、紅松鼠和兔子都是來自這個星群，所有這些動物的能量場裡都存在著這些宇宙智慧的一部分。例如兔子，牠們和大天使加百列一起用愛和慈悲碰觸人心，並幫助他們用一種更高的視野看待事情；貓可以提高一個房子的頻率，保護它免於被低能量者入侵。

天狼星是一顆恆星，十二個天狼星大師從本源接收了靈性科技和神聖幾何體後，在我們準備好時把它傳給我們。牛、馬、鹿、駱駝、象和狗都來自這裡，幫助我們邁向新世紀。駱駝在牠們的能量場裡保有大量的信息，正待我們能量水平足以接受時，把它用心靈感應的方式傳遞給我們。狗為牠們的主人展示了無條件的愛、忠誠和專一，這些都是讓牠們的心可以保持開放的特質。這些特質使牠們更容易下載知識。

海王星是一個具有高靈性的行星，保有列木里亞和亞特蘭提斯的智慧與知識。海王星的大師們同意耗子和老鼠來到地球，牠們的特殊任務是清裡這個行星上的物質性和乙太的垃圾。這些廢物被清完之後我們就可以更加敞開，找到自己真正的天賦和潛力。

除了從揚昇行星投生而來的動物之外，天竺鼠是來自金星，牠的任務是療癒那些曾經受虐或受傷的人心。

袋鼠和沙袋鼠來自火星已揚昇的面向——耐吉雷，帶來了和平戰士的能量。在列木里亞結束時，澳洲的原住民投生來把列木里亞的光根植於此，而袋鼠和沙袋鼠也在同一時間來到，帶著同樣的使命。不管走到哪裡，牠們都會把列木里亞的療癒和和平戰士之光向下傳播到地脈上。

位於美國黃石公園給動物的門戶

在二〇一二年的宇宙時刻，一個給大自然和動物的巨大門戶在美國黃石公園開始打開，在二〇三二年它會完全開啟。現在從這裡流出的能量是黃色的，和動物大天使的色調是完全一樣的。這個光擴散時，它碰觸著也協助所有的動物，無論牠們在哪裡。它也影響著我們的頭腦與心，讓我們看到宇宙的真理——動物們天生就是很有力量的生命體，必須被榮耀和被尊重，這樣整個地球才能揚昇。

大天使斐利亞的能量中心

大天使斐利亞的能量中心位於英國蘇格蘭，克萊德河灣的聖島（Holy Isle）。他透過這個地方把能量降低，以便使用這個頻率與動物以及與動物有關係的人類共事。你可以請求在睡眠中或冥想中去造訪這個能量中心，使你能更了解動物，對牠們有更多的幫助。

觀想會見大天使斐利亞

1. 找一個你可以放鬆又不會被干擾的地方。可能的話點上蠟燭。
2. 安靜地坐著，自然呼吸，心中期望著造訪大天使斐利亞的乙太能量中心。

3. 觀想根從你的腳往下延伸，深入地球裡，讓自己根植大地。
4. 請大天使麥可為你披上他深藍色的防護斗篷。
5. 祈請有神奇之力的大天使斐利亞，把他燦爛的鮮黃色光吸入心中。
6. 專注於一隻動物，把這個明亮的顏色送給牠。
7. 感覺到這隻動物逐漸放鬆，用心靈感應的方式把信息傳送給牠。
8. 稍作暫停，讓回答出現。
9. 從黃石公園引進巨大的黃色能量，讓它進入你的能量場，然後把它散播給全世界的動物。
10. 向大天使斐利亞致謝。

步驟 33

大天使普米尼拉克與昆蟲

普米尼拉克（Preminilek）主管地球上所有的昆蟲。他來自另外一個宇宙，在他位於緬甸北邊山區的能量中心把能量降低。他以黃綠色的頻率振動著，與大天使波利梅克（大自然天使）合作一起協調昆蟲的任務，並且在它們的靈魂旅程中保護它們。

昆蟲屬於一個大約有一千個成員的靈魂群，跟人類和動物一樣，牠們投生到地球來體驗生命的所有面向。牠們的頻率介於三次元到五次元之間。

五次元昆蟲

五次元的昆蟲——蝴蝶、蛾、瓢蟲、螞蟻和蜜蜂——來到這裡的目的除了學習，還要服務。

蝴蝶和蛾把牠們獵戶座（智慧星群）的能量降低，跟鳥類一樣作為天使們的信使。牠們的能量場裡具有大天使編碼，牠們的出現常常是為了向我們展示生命的神奇，讓我們常懷希望，也為我們帶來歡樂。牠們有時會飛到葬禮的場合，目的是要提醒我們，死亡是一個新的開始，有時會碰觸我們，給我們帶來天使的祝福。

也是來自獵戶座的瓢蟲帶給我們的是快樂和好運。假如你的心在看到彩虹時打開了，你從宇宙裡迎進了大量的能量，讓一個新的門得以開啟。瓢蟲帶來的是相同的訊息。假如你看到一隻瓢蟲而開心地微笑，你的心會打開，吸引好事進來。這就是彩虹和瓢蟲廣受喜愛的原因。

美麗的瓢蟲和元素精靈們一起幫助植物。牠們的支持不只在於像吃掉蚜蟲這種有形的方式，牠們還幫助仙子和精靈塞弗斯（Sylphs）清理植物周圍的能量，以及和其他的昆蟲溝通，勸它們為了最高的利益著想而搬往他處。牠們散播天使的特質，例如愛、和平、和諧與合作。

螞蟻在天狼星，降低牠們的頻率。牠們學習並教導神聖幾何圖形，它們的蟻窩也是以這種神聖原理建造的。神聖幾何圖形在牠們家附近的乙太界形成了天使寶石，這些以光形成的結構體以高頻率振動著，並且產生了神奇的諧波。螞蟻因為利用這種神聖密碼建造它們的蟻窩，因此天使在這些神聖的結構物上方唱歌，發出美妙之聲。

這就是為什麼天使合唱團也在古代的大教堂上方吟唱著和諧之歌。假如一個地方是根據神聖幾何圖形的原理而建造的，它會為進入該地者帶來更高好的和諧。這個振動也會在周圍的農村上方形成一個保護和平的力量。

來自昴宿星的蜜蜂，也是根據神聖幾何圖形建造蜂窩。這些特別的生物，不論身處何處都會提供昴宿星的心輪療癒力，牠們的蜂蜜裡包含著療癒的特性。屬於土元素的小妖精，幫忙確保牠們儘量為最多的花授粉。所有的元素精靈，都喜歡那些發出天使頻率振動的蟻窩和蜂巢，因為高頻率的能量可以幫助牠們進化。

昆蟲的靈性成長

一隻昆蟲的靈性成長和一個人的是完全一樣的！一旦人類開始敞開心胸，更關心他人的福祉時，他們進入了四次元。當昆蟲開始照顧自身之外的生命時，牠們也變成是四次元世界的一份子。蠍子照顧牠們的幼小，讓牠們生活在母親的背上直到可以獨立生存為止。蠕蟲鬆土是一種服務行為，這種無私的精神幫助了這些昆蟲進入四次元。蠍子和蠕蟲是從海王星來的。

每一種昆蟲、鳥類、植物和動物在地球上都有一個神聖的使命。在過去幸福安寧的時代裡，沒有誰會殺死一隻蛞蝓或蝸牛，因為他們知道牠們在維護大自然上都扮演著最好的角色：牠們的任務是吃食腐敗的植物，用身體加以處理之後把它變成未來成長時所需的肥料。同樣地，蛞蝓或蝸牛也絕不可能去吃剛種的萵苣。甚至，當元素精靈和人類以共生的方式相互合作時，假如任何一隻昆蟲表現出想吃不屬於牠們的食物，元素精靈會加以勸阻。

三次元的昆蟲，例如蜈蚣、甲蟲、蟑螂、蝨子、蒼蠅、壁蝨和蚊子，都來自海王星，並且在地球上都各自有該扮演的角色。蜈蚣正在學習協調能力，而牠們以自身為榜樣教導融洽的合作的技巧！

很多昆蟲投生來此服務地球，牠們所用的方式是分解無用的物質，讓牠們可以被回收，再利用在更好的用途上，甲蟲做的完全就是這種工作。蟑螂的特殊任務就是進入最黑暗和最髒的地方分解汙臭的垃圾和糞便，讓養分持續在生態系統裡流動。它們做這些是為了人類和蝙蝠這些動物。牠們同時也清理圍繞在廢棄物附近的低頻精神能量。

因為精神和物質垃圾的數量不斷增加，大天使麥達昶已經邀請其他宇宙的元素精靈來到這裡。風精靈艾薩克來這裡幫忙清理我們製造出來的垃圾，以此換取揚昇過程的加速。這些勇敢的元素精靈們和昆蟲有著合作的關係。

在亞特蘭提斯衰敗時，人們需要被提醒注意衛生、乾淨，以及保持能量的清新和流動。蝨子曾經出現負起提醒的任務。蚊子的出現是提醒人們要保持水的清潔、純淨和流動。壁蝨這種吸血的節肢動物教導我們，我們是生活在一個相互依存的世界裡。它們特別喜歡鹿的血，鹿身上具有信任的課題。

蜘蛛因為是來自一個沒有重力的三次元世界，而且帶著一種我們不熟悉的振動，所以多數人怕牠，討厭牠。牠們在天狼星把頻率降下來，也曾在天狼星的訓練機構裡學習神聖幾何。然後牠們投生來學習地球的課程，再把這個知識帶回到宇宙的家鄉。牠們把用來織網的神聖幾何體教給我們，也讓我們學習專注於工作的耐性。因為牠們來自沒有重力的世界，所以無法理解或相信重力所帶來的限制。牠們織網時心中抱著想要實現的願景，雖然是違反地心引力的，最後還是成功了。牠在教我們，事情不管看起來多麼不可行，仍要保持心中的願景；要克服群體意識信念的侷限。這真是小昆蟲大信息，牠們在生活中給我們設立了榜樣。

蟋蟀和蚱蜢來自天狼星。牠們的嗡嗡和唧唧聲並不只是為了求偶，聲音的振動是在呼喚並感謝元素精靈。同是來自天狼星的黃蜂根據神聖幾何體建造巢穴，同時也在教我們這麼做會有甚麼好處。此外，牠們投生來此是來學習，同時也教我們要為了群體更高的利益犧牲自己。

與昆蟲連結

昆蟲的頻率範圍和人類的有很大的不同，因此對我們來說要對準牠們的波長比對準其他動物的更難。跟那些更進化的昆蟲溝通是比較容易的。

下面是一個拜訪昆蟲天使的觀想：

拜訪昆蟲天使——大天使普米尼拉克

1. 找一個你可以放鬆又不會被干擾的地方。可能的話點上蠟燭。
2. 安靜地坐著，自然呼吸，心中期望去造訪大天使普米尼拉克的乙太能量中心。
3. 觀想根從你的腳往下延伸，深入到地球裡，讓自己根植大地。
4. 請大天使麥可為你披上他深藍色的防護斗篷。
5. 發現自己坐在大自然中一個未被破壞的野外，昆蟲之歌就是那裡的音樂。
6. 一道燦爛的黃綠光逐漸向你靠近，當它碰觸到你時，你發現自己在其中往上升，就好像你被電梯帶著往上一樣。
7. 你發現自己在一個乙太的地方，跟你在開始時去的那個野外完全一樣。
8. 你被昆蟲包圍著，你只認識其中的幾種。牠們看起來很好奇，但沒有傷害之意。牠們都沒有來碰觸你。
9. 你看到元素精靈跟牠們在一起，懷著愛心幫助牠們。
10. 你可能會想要和一個群體靈魂的能量或者一個五次元的昆蟲談話。你可以問牠們為什麼來地球，牠們在學習甚麼，牠們在地球上的感受如何，牠們對人類有甚麼想法，牠們的母星球是甚麼樣子的，或者其他你認為有關的問題。
11. 有一隻昆蟲站出來，注意牠能量場的神聖幾何結構。牠可能想用牠來碰觸你的氣場。

12. 現在溫和的黃綠色光就在你身旁，而大天使普米尼拉克正帶著善意、仁慈的微笑看著你。「昆蟲是形成你們這世界結構的一部分。」他說，「沒有牠們你們就無法存在。你們希望牠們怎麼對待你，就應該怎麼對待牠們。」

13. 他向你伸出手，他的美好的光籠罩著你。

14. 向普米尼拉克致謝，你發現自己回到了出發的地方。

步驟34

大天使波比——鳥類的天使

當初編寫亞特蘭提斯的課程時，每個人都可以看到，也可以連結到他們的天使。鳥類沒甚麼要學的，所以被派到地球上來做為天使們的信差。鳥類的振動頻率介於第三和第五次元之間。那些三次元的是來自天狼星，那些五次元的是從它已揚昇的面向拉庫美來的。在亞特蘭提斯時期它們會為個人傳送信息，或者把當天的宇宙新聞唱出來。亞特蘭提斯的振動頻率上上下下了很多次，到了亞特蘭提斯時期結束時，人們和天使之間已不再有緊密的接觸，所以那個計畫又重新寫過，鳥類於是擔起了更重要的角色。每一種鳥類的氣場裡都攜帶著某種特有的資訊，它會用歌聲或行動把資訊傳授給人類。

大天使波比（Bhokpi）主管鳥類王國。他與大天使麥達昶，一起確保鳴鳥每天天亮時確實把心靈的新聞啼唱出來。清早的合唱曾經是一種很有意義的方法，可以用來傳布資訊——宇宙之流、氣候，以及將要來臨的特殊能量。現在我們的意識已不再了解它，但是，很多動物仍然可以做到這點，對於氣候的改變或即將來臨的困難，事前都能夠收到警訊。

小的鳥類是屬於總數約有一百的群體靈魂。小鳴鳥和很多水鳥都仍然屬於這一類。當群體靈魂揚昇到拉庫美時，這些鳥類就個別化了。下列是一些已經熟諳了生命的一個面向並已經揚昇的鳥類：

- 信天翁，牠在所屬的自然元素中安詳寧靜地翱翔時，教給我們的是萬物一體。
- 老鷹與禿鷹，牠們熟諳了風元素。
- 貓頭鷹，牠保有智慧，並以此教導當地的元素精靈。牠們保有五次元世界的願景，並幫助人們看到應該去做的事。
- 鸚鵡科的鳥，牠們通曉傾聽的技巧，因此可以模仿話語和聲音。
- 企鵝，牠們展現出陰陽，或陰性陽性之間完美的平衡。牠們透過大天使聖德芬與地球之星脈輪連結到地心空間。
- 海鸚／海雀，牠們透過大天使裘里斯和水連結到地心空間，因此可以表現出神聖陰性能量。
- 天鵝，牠們展現出純潔和從容大方的優雅。

歷史的遺產

列木里亞黃金時期為人類留下了兩個很重要的遺產。其中一個是整個大自然界裡深厚的愛。已經揚昇的蜂鳥仍在為我們唱出這美好的能量，提醒我們大自然王國是多麼重要。在蜂鳥引起我們的注意時，牠是在提醒我們要快樂地與大自然連結。

第二個遺產是，各群體裡大家為了最高的福祉，在沒有特定領導人的情況下合作無間的能力。候鳥，例如燕子、雨燕或屬燕科的小鳥，以及其牠各種鵜類，都展現了這一點。我們可以觀察牠們從我們頭上飛過時和諧的景象。一隻鳥飛在其牠同伴之前，然後在完美的銜接下另外一隻出現領頭一段時間，之後再換另一隻。

這就是已揚昇的人類在即將來臨的黃金世紀裡，經營團體或機構所要採取的方法。在沒有小我意識之下懷著為最高福祉服務的願望，人們將會聚集在一起，用心靈感應的方式彼此相連著。在任何必要的時候有一個人會站出來讓共同的目標開始運作。將來在更高的層次裡，整個團體很容易做成決策，確保社會在一個順暢的形況下運作。

候鳥飛在陸地上方時會送出大自然的療癒。牠們自然而然地連接上地脈，把牠們照亮，提高了牠們的頻率。從二〇一二年以來，這些療癒之鳥提高了牠們的頻率，現在正傳送光與療癒進入新的水晶網格，協助牠提升力量和加速聯網。這個服務工作有益於鳥類更快地揚昇到拉庫美。

在列木里亞之前的黃金世紀是穆（Mu）。雖然那時的存有們是乙太體的，也從未有過物質性的身體，他們確實很愛地球以及正在幫助我們揚昇的那四個星體之友——海王星、獵戶座、天狼星和昴宿星。現在來自於所有黃金世紀的代表，都以乙太體的方式存在於地心空間。來自穆的存有們，在這裡被交託的任務是保管這四個揚昇行星、恆星與星座的智慧。它們每一個的心輪裡都保有愛與療癒的藍色火焰。

穆的存有們都了解，山都是活的，也和所有的生命體一樣會發出它們獨有的音調。多數的山之歌都像是天使的歌唱，而且每一個都有它自己的調性。假如山裡蘊藏著高頻率的玉石和礦物，它的音調會更高，更純淨。有些山現在都已走調，把所有這些神聖之地帶向更新的、更高的和諧的時候到了。

穆是恐龍的時代。很像恐龍的鵜鶘保有當時整體的記憶和智慧。

與鳥類溝通

天使留下小的白羽毛作為信號，表示他們就在附近，或者帶給我們希望。他們可以顯化羽毛，但是由於這需要很多的能量，因此常常是一隻鳥會拋下一根羽毛讓它飄到適當的地方。天使和鳥類在很多方面都有合作的關係。

鳥類會在我們可能忽略的地方引起我們的注意。比方說，我們可能會轉身看著掉落在身旁的一根羽毛，而在同時注意到了一朵美麗的花。一隻鳥可能會在天上叫著，就在抬頭時我們看到了一片有天使模樣的雲。

連結鳥類王國的觀想

1. 找一個你可以放鬆並不被干擾的地方。可能的話點上蠟燭。
2. 安靜地坐著，自然呼吸，心中期望與鳥類連結。
3. 觀想根從你的腳往下延伸，深入地球裡，讓自己根植大地。
4. 請大天使麥可為你披上他深藍色的防護斗篷。
5. 祈請發光的大天使波比，當你感覺到他深綠色的光環繞著你時，放輕鬆。
6. 觀想自己在深藍色的海邊，在白雪罩頂的山上，或者大自然裡的其牠地方。
7. 一隻鳥向你飛來，停在你身邊。你感覺到牠在傳送純淨的無條件之愛給你。
8. 當你注意牠時，感覺到自己逐漸成為那隻鳥的身體。
9. 你美麗的羽毛正在長出。注意你有甚麼感覺
10. 留意你的眼睛——它們是多麼銳利和清晰。
11. 慢慢地張開翅膀，你發現你可以在你的內在世界裡上升，然後飛起來。
12. 體驗鳥類的快樂、喜悅、更高的視野以及智慧。
13. 領會作為一隻鳥自由地飛來飛去，高飛或滑行的感覺。
14. 感謝鳥，並且回到自己的身體裡。

15. 有大天使波比美好的光環繞著你，所有的鳥跟你在一起時都覺得很安全。很多都朝著你飛來。
16. 停下來，用一種新的領會去傾聽牠們，你可能會收到牠們的信息。
17. 感謝鳥類和大天使波比。
18. 一切就緒時，回到你出發的地方。

步驟35

大天使布提亞里爾

大天使布提亞里爾（Archangel Butyalil）是一個具有大能的天使，他的工作範圍遍及各宇宙。他與大天使麥達昶一起協調著十二個宇宙的揚昇之流。目前他大部分的重心是在地球，因為我們正在進行一個為期二十年的雙次元的大轉變，我們必須在二〇三二年以前從三次元提升到五次元，這是在宇宙整個歷史裡前所未有的。

導致我們下降到三次元的因素有兩個。第一個是星際議會所做的勇敢的實驗，允許我們有自由意志。第二個因素是，地球是這個宇宙的太陽神經叢，所以它會吸取留在宇宙裡的恐懼，並加以轉化。整個宇宙現在正幫助我們盡快地攀爬這靈性的高山。

大天使布提亞里爾是純白色的光，他的乙太能量中心是在地球之上四個揚昇行星的交會點。因為他的純淨白光非常高超，所以現在才剛開始作與個人有關的事。

他的工作中有一項是讓我們看到自己的崇高性，不只是一個靈魂，而是一個星際的存有。二〇一二年以後他才能夠做到這點，因為他所反映給我們看的我們真正的自己真是太優秀了，會把在地球的三次元實驗期間所設置的遺忘之帷幕化解掉。這個帷幕有七層，在每個靈魂轉世時會被安置妥當，這樣他們才能在不知道自己真正的身分的情況下，好好探索這個三次元世界。

只有在我們的心敞開，而且通過了一個試煉的考驗，證明我們已經準備好了，其中一層才能被移除。但是，有時候被移除的只是帷幕的一部分，最後的部分是要在後來的時日才會發生。獨角獸在大天使布提亞里爾的指揮下幫助移除這些帷幕。地球上每一個帷幕——不管是人類或動物的——的移除，都要經過大天使布提亞里爾的批准。

七個帷幕

七個幻象（或遺忘）的帷幕是：

・第七個帷幕

紅色帷幕是距離我們的第三眼最遠的，也是第一個消解的。當我們的靈魂覺醒了，認知到我們要對自己生命裡的一切負起全責，這個過程就開始了。當我們熟諳了生命的課題，掌握了自己的力量，自然而然的，我們的天使會在我們的獨角獸的督導之下把這個乙太帷幕移除。

現在我們的靈性旅程已真正開始。用一個更高的見解看待我們的存在的意義。我們知道，在想要改變任何事時，我們是有選擇權也是有責任的。

・第六個帷幕

要移除這個黃色帷幕的第一步是，開始承認靈性世界是存在的，也意識到還有其他的世界以及帶著振動的存有們，是和這個世界交織混合在一起的。當我們相信靈性存有——從元素精靈到天使，以及更高的——的存在，並且確信他們一定會協助我們時，這個帷幕會完全消除。這就需要互動，以及在我們真正把自己交託給更高的領域時通過了他們給我們的考驗和測試，這樣我們才能互相幫忙。

・第五個帷幕

這是一個粉紅色的愛之帷幕。這是有關情感的揚昇帷幕，也是最難通過的測試，因為它需要完全的放棄自我。在這個測試裡我們會失去所有心愛的寶物，也必須完全依循心的指引。

當我們有機會原諒其他的靈魂，也能做得到，我們的心輪裡有著對每個人無條件的愛。我們知道我們都是一體的。在這種情況之下，我們自然會祝福那些傷害我們的靈魂、一切事情的發生和最後的結果，這樣才能把一切都帶到一個更高的層次。

・第四個帷幕

假如你真的了解動物真正的身分，知道牠們正在牠們自己的靈魂旅程上，並且有其個別的生命任務，此時這個藍色的帷幕會開始褪去。同時我們也敞開自己，接受並愛大自然和元素精靈王國。當我們開始和動物、大自然以及元素精靈們在精神和物質的層次上合作，我們超越了二元性和分離性。

我們有一個的方法可以幫助地球的覺醒和揚昇過程——用心靈感應的方式或在睡眠中去和某些人對談，那些人需要了解動物、大自然和元素精靈他們，在生命中一個重大的靈性計畫裡所扮演的角色。

・第三個帷幕

當我們和天使們及揚昇大師們在為了地球最高的利益而合作時，深藍色的帷幕會被移除。目前我們都是以大師的觀點在做事，也已經變成大師了。我們現在是用我們的能力在自己所觸所見的萬物中，領悟出一種更高的存在狀態。我們生活在一個真正的萬物合一狀態中。

・第二個帷幕

當這個紫藍色的帷幕被移除時，我們真的可以從萬物一體的角度看待宇宙。我們知道萬物都是相互連結的——星星、樹木、動物，這些都同是地球的組成部分。我們擁有萬物一體意識，並且是完全覺醒的。

・第一個帷幕

二〇一二年之前，如水晶般清澈的帷幕只有在我們過世之後，而且準備好時才會被移除。現在在我們揚昇的過程裡，它正穩定地消失中。在大天使布提亞里爾輕輕地把我們敞開，讓我們接受宇宙「大師自我」最高的榮耀時，他也逐步移除了帷幕。

連結大天使布提亞里爾

大天使布提亞里爾在水裡散布他的能量，而水是遍布宇宙而且是包含著愛的能量的。想要跟他有更緊密的關係，我們可以請他在我們泡澡淋浴時，在水池中或海中時來和我們接觸，用他的能量來為我們體內的細胞作補給。

他偕同「偉大神聖主管」（星際議會第一道光束的大師），一起為那些準備要到塞拉芬娜在內層界的宇宙學校受訓的人撰寫課程。

大天使布提亞里爾帶著個人到塞拉芬娜能量中心，讓他們可以在那裡開始做宇宙的工作，並且立志成為星際大使。

大天使布提亞里爾和大天使麥達昶合作，確保我們揚昇的計畫是依循著神聖意志在進行。但是他主要的目的是管理宇宙的運行，他查看並確保所有行星恆星都在和諧中一起揚昇。

假如你在冥想中連結布提亞里爾的能量並提出要求，他會讓你看到在宇宙拼圖中你尊貴的這一小塊。這時你才會真正知道你靈魂的層級有多高，以及你的存在在地球上是何等的重要。表面上你所扮演的可能不是大角色，但是大天使布提亞里爾會讓你看到你在這個地球計畫裡有多重要。照鏡子看看。

大天使布提亞里爾的宇宙之鏡

1. 找一個你可以安靜又不會被干擾的地方。
2. 想像自己站在一個瀑布下，它的水發出閃亮的白光。
3. 祈請大天使布提亞里爾用他純淨的白光碰觸你的細胞，讓你的每個細胞都被照亮。你感覺到他與你合而為一。
4. 他在你面前拿著一個巨大的宇宙之鏡。
5. 你看到自己在玻璃上的映象。

6. 你逐漸地擴展，發光，直到你可以看見擴展後的自己巨大的樣子，它正不斷地朝著星星伸展。
7. 你可以看到你能量的細絲經過太空向遠方的星系伸展出去，連結到你靈魂的本質。
8. 你的光就是宇宙，跨越時空。
9. 你的呼吸和宇宙的脈搏同步，說明了你和你生命的所有面向都是和諧的。
10. 把這個能量帶到心輪。
11. 呼出這個能量，送給在揚昇路上的人。
12. 感謝大天使布提亞里爾給你這個禮物。睜開眼睛。

步驟 36

大天使愛瑟瑞爾

大天使愛瑟瑞爾（Archangel Azirel）在天使界中是很獨特的，因為他的光是在裡面的，這也是他看起來是黑色的原因。事實上他把一個輝煌的白金色天使保護層給每一個跟他一起旅行的靈體。

他是一個帶著十次元頻率的權天使（Power），被稱為生死天使。每一個動物或人出生或死亡時他的一個天使都會在場。

生和死是每一個投生而來的動物都要承擔的兩個最大的試煉考驗。試煉通常會讓我們在歷經痛苦之後，把我們帶到更高的頻率裡。離婚、遷移住所、考試，以及其他的有壓力的時間，往往都是一種考驗，而大天使愛瑟瑞爾和他的雙生火焰，大天使薩拉

（Archangel Zarah）都會在這些困難的挑戰中支持我們。大天使薩拉保有「神聖陰性」的特質，例如愛、關心和慈悲，她也照顧那些處在捨世到投生的過渡狀態的人之所需。她安慰那些哀傷的人。這些大天使會出現在我們生命中的每一個主要的考驗期。我們可以請他們在我們經歷生死過渡時期或考驗時協助我們，我們會讓自己留在他們的安全保護層或子宮裡，一直到我們覺得能夠安全地面對挑戰，並勇敢地穿越較低頻的限制，走向更高的頻率。

出生

在古老的迷信裡，烏鴉、白嘴鴉和大烏鴉被認為會帶來厄運，或者是在預告危險事件。如同多數的迷信一樣，這是對靈性真相的誤解。這些鳥和大天使愛瑟瑞爾合作，在每一個動物即將生產時會派一隻鳥去叫牠們事先做好準備。大天使愛瑟瑞爾也會派一隻鳥去提醒人們改變態度或提高意識，否則會有業力上的後果。怪不得人們在不祥之事發生前不久看到一隻鳥時，會認為是鳥給他們帶來厄運。假如他們有聽取信息，便可以把頻率提高而免於災厄。這些仍適用於今天，雖然大多數人已不再能意識到鳥類被派到這裡來是做為信使的。

在脆弱的嬰兒即將出生時，莊嚴溫柔的大天使愛瑟瑞爾和薩拉，會把這個新靈魂放在安全的靈性母胎裡帶到地球層面上。在過渡的時刻裡這是一種安全上的防護。

只有在靈魂決定只要體驗這個過程，也許再加個落地，但不要地球的旅程時，這個嬰兒才會變成死胎。母親，常常父親也是，做出很大的犧牲才能使那個靈魂有這樣的機會。跟母親相連在一起讓這個靈魂得以和地球連結，而在進入我們物質世界的那一刻，也給了他們一個很大的上好時機，即使他們沒有留下來。大天使愛瑟瑞爾和薩拉會與嬰兒之靈一起等待，直到他們準備好要回去內在層界為止。

死亡

很多人在接近死亡或在即將死亡的人身旁時，都會有一種意識更清楚的感覺。他可能看到或感覺到黑影而覺得害怕。但那是大天使愛瑟瑞爾可敬的天使們現出的黑色的外在保護層，只有在生死過渡階段的人才看得見其內在的光。

不管是動物還是人類，他們死時大天使愛瑟瑞爾都會來接走每一個靈魂。黃色的動物天使大天使斐利亞，每個動物出生和死亡時他也都會在場。

大天使愛瑟瑞爾會打開他的防護層，大多數的靈魂都會很樂意進入他炫目的歡迎之光裡，安全地被送回家，很多時候會有很多天使和大天使們唱著歡樂之歌陪伴著他們。假如他們要去的是很高的次元，很多尊貴的大天使會在喜悅和歡慶之中陪著他們一起前往。

但是有些時候處在死亡關頭的人或動物，可能沒有進入大天使愛瑟瑞爾的歡迎之光，原因可能是因為仍處在驚嚇中、不知所措、仍然無法放下他們的孩子，甚至還貪戀著酒精毒品或者世間的東西。在這種情況下，元素精靈沃里（wuryl）會被指派來一路陪伴他們，直到他們願意走進天國之光為止。和所有的元素精靈一樣，沃里在二〇一二年以後已提高了他們的頻率，因此那些卡在途中的靈魂可以更容易找到這個光。

假如有人在火裡，或因為火的緣故而喪生，大天使加百列也會來接他們，幫忙療癒他們或提供協助；假如他們是溺斃的，來接他們的是偉大的波塞頓；假如他們因為地震或雪崩被活埋，蓋婭女神會親自出現；假如他們的死亡和風有關，例如颶風，出現的會是獨角獸。

適當的時機

做為一個大能的權天使，大天使愛瑟瑞爾替這個宇宙裡的每個生物保存著阿卡莎（Akashic records）紀錄，因此，在一個安全的出生、死亡或任何一種過渡階段完成之後，他會紀錄下來。他也照管每個出生和死亡之間的協調配合，確保一個靈魂在恰當的時間出現在正確的地方。我們看來是恰當的時機，對於大天使來說未必如此。

大天使愛瑟瑞爾和主管宇宙之流的大天使布提亞里爾一起合作，在嬰兒抓住了某個潮汐，準備用它來把他們帶入他們已選定的生命時，確保他們可以在那一刻出生。同樣的，一個人可能在人們以為他會死亡時還長時間逗留在世，也有些人可能突然死亡，他的早逝令人難以理解。這種事會發生是因為這樣他們才能進入宇宙之流，讓它把他們推向已選好的下一個體驗。有些靈魂在出生或死亡時為了適當的宇宙時刻而一等好幾年。大天使愛瑟瑞爾和在各宇宙中工作的宇宙天使們協調相關事情，確保一個靈魂是在正確的宇宙裡去體驗被神聖引領的下一步。

與大天使愛瑟瑞爾連結

大天使愛瑟瑞爾的乙太能量中心很小，位於英國威爾斯山區的上方。因為他在各個宇宙不停歇地工作，所以很少在那裡。當你在考驗期、出生或死亡期間需要他時，他自然就會跟你在一起，所以你沒有必要去他的能量中心。但是，向他做個祈禱也是無妨的。

向大天使愛瑟瑞爾祈禱

親愛的大天使愛瑟瑞爾，

我為所有正要出世的靈魂祈禱。請讓他們順利出生，請在他們的母親生產的過程中幫助她們。打開全家每個人的心，加強所有人的關係，他們才能支持這個新生兒。

我請你讓所有的靈魂堅定，幫他們為通過考驗以及已經選擇要在這一生經歷的主要的過渡期做好準備。

請跟所有即將死亡的人在一起。讓所有人看到你燦爛的光，在你帶他們回家時他們才能感到安全和舒適自在。

請安慰所有哀傷的人。

在天恩下我如此請求。

誠心所願。

步驟 37

六翼天使塞拉芬娜

六翼天使是十二次元的天使，他們圍繞在神性（Godhead）的周圍，並且在本源的意象中歌唱著。這種殊勝的存有們共有一百四十四個，而一直到過去幾年來他們之中才有幾個開始和人類接觸、共事。塞拉芬娜（Seraphina）就是其中一個。跟所有的六翼天使一樣，她所唱出的音調可以形成我們最大潛能裡的幾何結構。

在她輝煌的恩典中，塞拉芬娜幫我們加強了我們與自己的單子體以及本源的連結。她把她的高頻光和曲調；透過永遠把我們和本源連結在一起的金色揚昇之線，傾灑在我們身上。因為她的協助，這條線被擴展和加強成為一條寬廣堅固的橋，我們的安塔卡拉那之橋，她還確保它的功能正常，一路通到我們的單子體。接著她用歌聲幫助把它安固在適當的地方。一旦我們的安塔卡拉那橋安置好了，我們與我們的單子體之間的交流會變得純淨和清楚。然後我們可以直接從單子體，意即我們十二次元的面向，取得有關揚昇之道的教導和指引。

對於那些含光量達百分之八十以上的人，塞拉芬娜會對著他們的周遭吹吐聲音，幫助他們在把周圍五次元的梅爾卡巴安固好。她不只把這個作法用於個人，也把它用來建造世界。這是造物者真正的能力。

當你很清楚自己想要創造甚麼，而你的目的也是為了最高福祉，你可以多了解塞拉芬娜，或者注視著她的光球／能量球，然後把焦點放在你的願景上。假如你能加上唱頌「嗡」的聲音，效果會更好，因為它是創造之音。這麼做之後她就會來協助你成為一個創造的大師。

塞拉芬娜的學校

塞拉芬娜就像一道包含多種顏色的彩虹，肩負著多種任務。她管理著一所龐大的星際訓練學校，這學校是專為有能力並且也想要為宇宙服務的人而設的。目前有數十萬個人在從事星際層次上的服務卻不自知。要做這樣的工作，你的十二個脈輪必須是打開而且是在運作狀態的。然後你在睡眠當中，去那個訓練學校接受——與塞拉芬娜以及某些揚昇大師共事的——光之存有們的指導，包括迪瓦庫（Dwjhal Kuhl）、上主巫斯陸和大天使麥達昶。

當你立志進入塞拉芬娜的訓練學校，她會把幾何形的高頻課程用鳴唱的方式傳送到你的能量場裡，以便你能夠更了解未來的服務工作。在這個過程當中，她和她的團隊會持續地監督你學習的每一個步驟。

除了做為星際大使之外，你也終將成為一個內層界的教師。你的靈魂自我可能在學習如何在行星的領域裡工作，而同時你的單子體自我／神性自我，在星系管理事務中也擔任一個很大的任務。這包括為太陽系工作（其中又包括那個領域裡有關星星的振動的管理），甚至是跨越不同宇宙的工作。舉例來說，假如一個像地球這樣的行星正在快速地進入五次元，它周圍的三次元幾何結構必須先解除，之後更高頻率的才可以建立起來。目前地球上有一種狀況是從未發生過的：三次元的地球結構正被保留著做為一個學校——給那些想要繼續在這個層次上學習的人。同時一個新的五次元學校，已經在更高的水晶基質上建立了。那些已經是完全五次元的人，發光的能量正在快速提升每個人的頻率，這個工作會在二〇三二年整個地球進入光輝的五次元以前完成。目前這個五次元水晶基質的學校，是由塞拉芬娜的彩虹光支持的。

塞拉芬娜的指引

有些新的水晶小孩是由塞拉芬娜作為他們的指導。她把自己的頻率降低以便與這些小孩接觸，然後再很快地把它提高。對於家長來說，這未必是容易處理的事，因為他們的頻率必須一直維持在五次元的層次。但是在靈魂層次上這些工作是父母所做出的選擇，最終也會加速他們自己的提升。

當一群擁有對的頻率的人群聚在一起時，塞拉芬娜會用類似她在她的星際學校所用的方式，在他們的上方唱歌，並用很清澈的高音調把資訊傳送到他們的能量場裡。這裡面有一個幾何形狀的光，其中蘊藏著編碼和資訊，可以激發出他們自己潛藏的知識。塞拉芬娜現在帶給我們的音調，正快速地提高人類和地球的揚昇，而且每個月都在提高。

所有樹木、動物、昆蟲、元素精靈、水以及土地本身的氣場，都打開來接受塞拉芬娜所給予的如鑽石的清澈之光。有一個不斷升級的過程正在進行當中，這會讓一切有情眾生都覺得疲倦，甚至難以負荷，因此休息和調整生活方式是非常重要的。

樹木、植物和動物群，正在準備配合它們最近達到的五次元頻率而採用新的方式。比方說，它們正在調整它們花粉內的基因密碼來改變它們彼此間的溝通。

在亞特蘭提斯的黃金世紀裡，樹木和植物並沒有釘狀物或尖刺，之所以沒有需要，是因為萬物都沒有傷害之心。目前它們必須在它們五次元的世界裡處理三次元頻率的事。假如你們給它們認可和感激，這會給它們一個很大的助力，因為這會幫它們優雅地完成死亡的過渡階段。

連結塞拉芬娜

在準備做這個冥想時，要記得你是在做一種高頻的事，因此要確定你的身體是純淨、順暢的。要喝足夠的水。

冥想——造訪內層界的塞拉芬娜

1. 在你最喜歡的冥想地點安靜地坐著。讓自己根植大地，並祈請大天使麥可的保護。
2. 祈請大能的塞拉芬娜。
3. 塞拉芬娜的能量頃刻間會連結上你的，你會注意到自己的感知已經改變了。你覺得它很像乙太的蜂蜜。
4. 在一個難以想像的學校或大學裡，你站在校園的地上。通往燦爛金光建築的路徑在你面前鋪陳開來。它們通往不同的方向，在你面前改換顏色。
5. 塞拉芬娜站在離你最近的那條路徑的邊緣，一個美好的存有正在發出最不可思議的愛與光。她手裡拿著一本書，裡面記滿了你靈魂的成就，以及你仍然渴望的成就。
6. 你移身去站在她身邊，你們一起走向一棟建築物，那是以不斷變化的金光做成的，令人驚奇萬分。在行進當中她告訴你，你想做為星際大師，這就是訓練的開始。
7. 你們一起進入金色的建築物，你看見宇宙在你面前展開。行星和星星在你眼前誕生。

8. 塞拉芬娜手裡拿著一顆新星，發出宇宙的神性之光。她把它交給你。你閉著眼睛，接受了這個不可思議的禮物。

9. 塞拉芬娜站在你面前，開始唱歌，但不是用一般的聲音。你感覺到生命裡每一個細胞的頻率都提高了，因為她的音調改變了你這個生命。

10. 你體內的每一個細胞現在有一套密碼和教導。塞拉芬娜把手輕輕地放在你的頂輪上，用一個光之促動啟動了這些密碼。

11. 你向塞拉芬娜致謝，開始和她一起離開這個宇宙建築物。她告訴你，你將來可能會需要的一切都會在夜晚你睡覺時提供給你。她的祝福是這個宇宙裡最好的禮物之一。

12. 你回到冥想地點，深呼吸，之後你的洞察力就不一樣了。

13. 睜開眼睛，微笑。你正在成為星際大師的途中。

步驟 38

亞特蘭提斯藍星封印的冥想

目前能量正在快速地改變當中，導致很多人向來所採用的保護方法也在崩解當中。亞特蘭提斯藍星封印的冥想是一種保護力量的冥想，可以用在個人，也可以保護空間，例如房子、學校或車子。它適用於每個地方、每一個人，但是若要發生效用，我們一定要相信，一旦我們祈請它，它將會清理你的個人空間，並且會無條件地保護和支持我們。

我們也可以把這種能量用在他人身上和其他的地方。但是，只有在恩典法則之下以及向當事人的高我提出請求之後使用，才是恰當的做法。

這個冥想效果非常好，也有火龍的協助，而火龍是四次元的能量清理專家。一旦我們祈請它們，它們會依照我們指引的方向，到那裏燒燬所有較低頻的振動和頻率並加以轉化。它們特別擅長燒壞真正卡住和濃稠的能量，而且很樂意這麼做。

我們所使用的亞特蘭提斯科技稱為藍星封印，是由圖特所提供的，而他在化身於在亞特蘭提斯和埃及那段時間裡，也每天使用它來保衛他的空間和能量。它是經過他的靈魂之星脈輪被啟動的，然後把這個保護場放在他周圍，而這個保護場是由大天使麥達昶把它固定在九次元的。不管他在哪裡，它都會隨著移動，好像一個使用亞特蘭提斯的六角星神聖幾何圖形的個人力場。

在圖特和大天使麥可的藍光協助之下，我們現在也可以使用這個以最重要的神聖幾何圖形做成的保護場了。為了我們的利益，任何我們所選擇的正向能量，都可以放在這個保護標誌裡。它可以是我們的氣場或能量場，房子或辦公室或其他地方。然後在我們提出請求時，大天使麥達昶會在我們的氣場裡保持著藍星封印，直到我們請他放手為止。

最後，大天使聖德芬會經過我們的地球之星脈輪，把我們根植於地心空間，確保能量上是完全穩定的，也確保我們不會在沒有「避雷針」的情況下收到太多的能量。要在氣場裡放多少是由我們決定的。

這個冥想只有在我們的十二個脈輪都打開並且啟動後才能使用。一旦開始運作之後，它會給我們機會開始更深入地使用這些脈輪，也讓我們對它們的潛力和力量有些所解。我們愈專注在它們上面，使用得愈多，效果就愈好。

我們也可以使用這個冥想，把我們要求的頻率固定在我們的能量場裡，保護它們不受干擾。當我們使用它時，圖特會啟動並加強我們的靈魂之星脈輪，促進我們的揚昇。

這個冥想很短，而且容易用運用。

祈請接受藍星封印

第一祈請

1. 說：

「親愛的火龍，我（名字），祈請你把我的氣場、身體和能量場裡較低的頻率做徹底的清理。我特別請你清理所有的（例如疲憊、焦慮、憂慮、貧窮意識、負面乙太能量、負面力量，或者你所知道的正在影響著你的能量、空間和光的任何東西。）」

陳述要明確。火能會清理你想要清理的任何事物。

2. 安靜地坐著，觀想他們用熊熊的火焰燒燬你所有的「東西」。
3. 當你感覺已收拾乾淨，覺得平靜時，請他們停止。
4. 向他們致謝。

第二祈請

1. 說：
「大能的圖特，我現在祈請你啟動你的藍星封印。」
2. 在你頭部的上方，靈魂之星脈輪的部位，明亮的藍光將會啟動。
3. 觀想一個藍光圓頂從上面下來，圍繞著你。
4. 你站在一個明亮的藍色六角星的中心，這個圓頂圍繞著它。這是你的保護力量的幾何圖形。
5. 召喚巨大有力的大天使麥可，請他把你選擇的任何能量置入這個封印裡。這裡有幾個非常強大的能量是最適合你取用的：基督的金光、宇宙鑽石紫色火焰、你與單子體的連結、大天使麥達昶的揚昇能量、你最喜歡的大天使或者揚昇大師的光，例如大天使加百列的鑽石白光、大天使拉斐爾的翠綠光、觀音的愛之淺粉紅光、上主庫彌卡具有深度轉化力的藍綠光。只要你提出請求，他們會給你任何你想要的一切。
6. 把你所要求的其他正面的東西加以擴大，例如：繁榮昌盛的意識、神性、容光煥發的最佳健康狀態、快樂、活力、自信或其他美好的特質。一定要用正面的語詞提出請求。
7. 請圖特和大天使麥可增強並支援這個封印。
8. 感謝他們兩位。

最後的祈請

1. 說：
「大天使麥達昶，我祈請你把我的藍星封印與你的九次元頻率連結在一起。我請求你現在降下一個光柱，經過我的單子體、每一個脈輪，然後進入地心空間，由大天使聖德芬將它根植於此並加以護持。請確定一個乾淨、持續的能量之流已經建立，被護持，直到我請求把它釋放為止。謝謝。」

2. 一旦你向他提出這個請求，大天使麥達昶會從九次元的面向，經過你的單子體臨在往下傳送一道高頻光束，然後它會行經你的星系門戶、業力輪、靈魂之星、頂輪、第三眼、喉輪、心輪、太陽神經叢、臍輪、生殖輪、海底輪，最後到達地球之星脈輪，再進入地心空間。

3. 大天使聖德芬接著會將它根植於此。你的每一個脈輪現在都完全敞開了，以五次元的頻率振動著。你永遠都被祝福，完全受到保護。

步驟39

業力的豁免

在列木里亞終結時，一個小的、精選的靈魂團體曾向本源請願，希望能夠以實體的形式體驗生命。當他們的請求被應允後，這些存有變成亞特蘭提斯第一個實驗最早的參加者。有了這個物質性的身體，他們被賦予自由意志，經過了遺忘帷幕以便忘卻他們神聖的自我，很多人很快地發現，要跟本源連結變得很困難。

他們的經驗形成了目前人類的基本血統的基礎。那些在更高的領域觀察的人知道，地球生命的經驗創造出一個因果論的過程，而它需要一個靈性的業力法則來使它運作。因此，在下降到兩極對立的三次元的那一刻，我們就受到業力法則的規範。這種設計是要讓我們體驗自己曾經對別人做過的事，那是地球學校裡所提供的基本學習工具。所有的意念、言語和行為都會吸引相同的能量回到自身。好的、溫馨的、愛的想法、言語和行為都會得到相同的回報。正向吸引正向，負向吸引負向。

在亞特蘭提斯時期，地球上的每個人都在不同的頻率下探索生命時，儘量做最多的體驗。但是在這些發生的同時，每個到這裡來的生命，包括大師們，都造成了業力。我們的每個意念、言語或行為都會被這個嚴謹的法則評量。

我們現在已達到了一個點，此時我們全都已準備好要走出業力之輪，光榮地進入五次元。為了要做到這點，我們必須把長久累世以來所累積的業力清除乾淨，趕快學好相關的課題。需要清理的不只個人的業力，很多家庭也攜帶著世世代代所累積的祖先的業力。國家的業力也存在於整個國家裡。

業力委員會

業力委員會管轄並監督全世界每個人業力的運用。它包含十二個高度發光的存有。下列是他們的名字和所象徵的光：

- 光束 1：偉大神聖主管
- 光束 2：自由女神
- 光束 3：娜達女士
- 光束 4：帕拉斯雅典娜

- 光束5：維士達神（Elohim Vista）——造物天使
- 光束6：觀音
- 光束7：波西亞（Portia）女士
- 光束8：耶穌
- 光束9：約西亞王（Josiah）
- 光束10：亞伯拉罕
- 光束11：彼得大帝
- 光束12：錫耶納的凱瑟琳（Catherine）

十二個成員裡面有三個女神已經站出來，協助光之工作者加速他們的揚昇旅程，目的是要讓他們不必再從事他們投生到地球來所要做的服務工作。這三位女神是觀音、波西亞女士和娜達女士，而我們將要在冥想中要求她們神聖的業力赦免。

業力赦免的冥想

1. 找一個你可以放鬆又不會被干擾的地方。可能的話點上蠟燭。
2. 安靜地坐著，自然呼吸，心中期望向業力委員會的女神請願，祈求赦免業力。
3. 觀想根從你的腳向下延伸，深入地球裡，讓自己根植大地。

4. 請大天使麥可為你披上他深藍色的防護斗篷。當他用他的力量和純淨之愛圍繞著你時，意識到他的光與你同在。

5. 召請巨大的火龍，請他將所有濃稠、卡住的頻率消除。感覺到他們熾熱的火焰消融掉對你無益的一切。

6. 一旦你感覺到明朗和清淨時，用如下的祈請召請業力女神：

親愛的業力女神，觀音、波西亞女士和娜達女士，「純淨之愛的寶瓶世紀的神聖陰性」的代表們，我（名字），現在為了（在這裡陳述你的請願）向你請求業力的赦免（假如你不知道要請求甚麼，女神們會知道你需要清理的東西）。我以光之名保證，我會用這個自由全面開始承擔我的神聖任務，服務一切萬有。

7. 現在三位業力女神出現在你第三眼的水晶球裡。

8. 發出美麗粉紅光的觀音牽著你的手，一起走過一個裝飾華美的庭園，你感到鎮定、燦爛與祥和。

9. 在行進當中，觀音問你想要清理哪些業力和境遇，在心中告訴她。

10. 你們走下幾個台階，那裏擺設了四個位置。波西亞女士走向前，她散發著燦爛的金光和代表恩典的純銀光，指出了你的位置。

11. 娜達女士微笑著說道：「親愛的靈魂，我們已經看到你在地球上的生命歷程，我們也一路關注過去你在很多行星、銀河與其他次元曾經體驗過的的每一次生命。你對地球的服務是很傑出的，我們也聽到你想要清除業力的請求。我們已經答應你的請求，使你不再受到各種限制的綑綁，條件是你必須把你的課題學到一個足夠的程度，承擔起你的責任。」

12. 波西亞女士站起來。她輕輕地把手放在你的頂輪上，你感覺到一個美好鎮靜的振動流過你，一直到腳。這個振動不斷地傳送著，經過你的身體、情緒體、心智體和靈性體，經過你的氣場和能量場，經過你目前這一生的時間線，並經過你祖先的業力，消融了和你有血緣的所有人的有意識和無意識的行為，經過你曾投生過的國家的人的行為，經過時間和空間，經過從你靈魂誕生的那一刻起，你在所有不同世界和宇宙所體驗到的一切。

13. 安靜地坐著，留意到赦免的銀光充滿了你身體的每個細胞，你可以很清楚地看到這個光。

14. 觀音站在你面前，穿著美麗的東方式長袍。她的肩上披掛著一條粉紅色的龍，安靜地睡著。她把右手放在你的心上，你感到純淨、無條件之愛的振動流遍全身，療癒你生命的每一個部分。這個不可思議的美好能量之流，消融並寬恕了每一個低頻的意念、言語或行為。

15. 當她把手收回時，你感到心輪的三十三個花瓣像一朵純白玫瑰一樣地打開。你意識到這個能量也穿越了你一直身處其中的時間、空間和實相。

16. 三個業力女神現在都站起來了。你也一樣，並且感到光芒四射，輕如羽毛。

17. 當你感謝她們時，她們把手放在她們的心輪上，表示對你的尊敬，並與你道別。
18. 她們帶你回到台階，走向回程。你獨自返回，回到你的神聖空間。
19. 知道你有大量的神聖的祝福。女神們已經從阿卡莎紀錄裡消除了你的業力結果，讓你可以輕鬆地進入五次元。你可以在高我關愛的指引下無牽絆地去服務。每一個意念、言詞和行為，仍然會給你造成新的業力，但是你已經可以前往寶瓶世紀，與了不起的光的團隊共事，在地球上創造星際的歷史。
20. 眼睛繼續閉著，召請大天使麥達昶讓他的光柱往下，經過你的幾個脈輪進入地球之星。
21. 請大天使聖德芬幫你的根穩紮於蓋婭以及地心空間。
22. 向她們致謝。
23. 睜開眼睛，輕輕地舒展身體，並微笑。在熟諳揚昇課程的道路上你已經自由了。

步驟40

接受大天使的斗篷

因為地球的頻率上升地很快，大天使麥達昶和聖德芬，很樂意把一種特別的能量斗篷（其中包含著特定光碼），送給那些已經準備好的人。所有曾經在這裡生活過的高階男女祭司，現在又轉世再來，假如你曾經在這個世界的任何地方的文化中有過這樣的身分，你自然就會收到這些大天使的斗篷，但是你要先提出請求。

假如你未曾做過高階祭司，但是仍然渴望為這個世界服務，你的靈魂必須決定你是否要穿這件光與力的斗篷，所以，放鬆，並且相信，假如你想要收到斗篷，你這麼做是對的。

麥達昶的斗篷

大天使麥達昶是一位強大的大天使，正帶領地球進入揚昇，為了能穿上大天使斗篷，我們必須先做好揚昇的基礎工作。是故，我們必須打開十二個五次元的脈輪，而在我們披上斗篷之後，它會讓它們都保持開放的狀態。在我們與它的能量和諧一致時，它也會給予保護，免於三次元能量的影響。

當我們準備好在能量場披上這件斗篷時，服務的願望就會升起，因此我們自然地會幫助在揚昇之道上的其他人。這勢必會加強他們的能力，讓他們可以看到自己真正之所是，並知道他們有能力做甚麼。

當我們披上麥達昶斗篷之後，我們也能夠接近地心空間。我們可以進入大水晶金字塔去連結那四個揚昇行星、恆星和銀河系——昴宿星、海王星、獵戶座和天狼星，把它們的智慧吸取到我們的能量場裡。

金色與銀色的斗篷

金銀色的斗篷帶給我們圓滿的平衡，這對揚昇的過程是很重要的，它平衡了我們的陽性和陰性——高階男祭司／女祭司能量、我們的智慧和力量、付出與接受的能力，以及在直覺與事實中，以最好的平衡方式做出決定的能力。它讓我們了解和睦，給我們自我強化之感。它也賦予我們勇氣去愛。我們的斗篷一旦開始啟動，它會形同一個晶瑩的粉紅色光場，代表更高之愛。

當我們穿著斗篷時，我們會像磁鐵般地吸引人、動物和各種狀況。因此，我們可以吸引，比方說，最好的家、適合的伴侶，或者符合我們靈魂目的的工作。

穿著金銀色的斗篷會把我們帶入更高的頻率，與萬物和諧的狀態。這意謂著我們可以與周遭的一切融合為一，在我們的能量與四周的能量一致時，我們甚至還可以消失。

我們也可以吸引天使的聲波，用它來淨化身旁的空間和人。然後一切都可能發生，因為我們進入了宇宙的神奇與奧祕裡。我們可以為他人或其他團體披上這個斗篷，讓它們也能感受到這種神奇。

最後，當我們穿著斗篷時，我們可以往下接觸到七次元的地心空間，取得地球的知識與智慧。也可以往上到達七次元的天使界，獲得啟迪。

大天使聖德芬是主管地球之星脈輪的，大天使麥達昶是主管星系門戶脈輪的，他們會一起在這個冥想中給予你們這個金銀色的斗篷。

我們把取得這個禮物的過程分成幾部分，你們可以分開做，也可以一起做。

接受麥達昶的斗篷和金銀色的斗篷

1. 用這些話祈請光輝的大天使麥達昶：

「親愛的麥達昶，我恭敬地請求，祈求賜予我你金橘色的揚昇斗篷。」

2. 以一種接受的姿勢坐著，你可能會意識到或感受到——大天使麥達昶把這個斗篷放在你的能量場裡。你的氣場裡充滿了金橘色的光。看到自己發出熾熱的光，就像金橘色的太陽。
3. 穿著麥達昶的光之斗篷，你現在已經可以踏上地心空間的旅程。所以，放輕鬆，做好啟程的準備。
4. 發現你自己往下滑行，愈來愈深入地球。
5. 當你進入七次元的頻率時，你可能可以看到地球特別的光。感受這種寧靜和喜悅。
6. 你可能會看到不同文化的代表們，或者已在地表消失的動物，甚至蓋婭女神的天使們。

進入水晶金字塔

1. 在地心空間裡，你的面前是一個巨大的乙太水晶金字塔。你帶著好奇和敬意朝它走去，它放射出神奇之光。
2. 走進去，坐在中間那個等著你的王座。你被籠罩在寧靜、安全、啟發與愛之中。你的麥達昶斗篷，使你能夠在能量場裡保持著將要從下列星體下載的光碼：四個揚昇恆星、行星和昴宿星群、獵戶座、天狼星和海王星。放鬆，深呼吸，準備接受這個靈性禮物。

3. 意識到有一個通往昴宿星的能量門戶。本源把療癒直接傳送到昴宿星，然後昴宿星的大師和天使把它往下送到地球。

4. 柔和的藍色療癒之光經過這個門戶傾注下來，籠罩著你，它充滿了你的心。有關健康和生命力的光碼，現在正在下載進入你的內在。

5. 把注意力轉到通向獵戶座——更高智慧的星群——的門戶。你的能量場裡所保有的資訊與知識，可能已經事先設定在那裡，等待使用在你的生命中，或者用它來影響他人。獵戶座的大師可以直接接觸到本源的智慧。他們可以告訴你，是否能夠把你的知識使用在最高的利益上，以及如何使用。感覺到純淨的白光，從獵戶座能量門戶傾注到你的靈魂之星脈輪裡，加強你與更高智慧之間的連結。讓這個光流進你的氣場，用本源的智慧碰觸你所擁有的一切鑰匙和編碼。放鬆，你知道在你做決定時，真正的智慧會給你指引。

6. 現在專注在通向天狼星的門戶，宇宙裡很多更高的知識都可以在天狼星找到。你光輝的未來所需的靈性科技被保存在這裡，等待被下載。現在敞開自己，接受更高的知識和靈性科技的符號和光碼的輸入。

7. 調頻到通向海王星的門戶，這是一個保有亞特蘭提斯和列木里亞更高智慧、真相和光的行星。打開當時所使用的知識、智慧、天賦和力量所需的一切鑰匙和編碼，現在都等著要用光語歸還到我們的能量場裡。在你準備好時，海王星的大師們會啟動它們。黃金揚昇亞特蘭提斯現在離你更近了。

8. 你的能量場已接收到一股很強大的光和力量。放鬆，讓光持續傾灑一陣子。
9. 保持開敞，以便接受大天使麥達昶和四個揚昇行星、恆星和銀河系裡的大師的祝福。置身於你真正的大師能力的榮耀中。
10. 在離開地心空間中央的大金字塔時，要非常留意你金橘色的麥達昶斗篷。在你通過這個七次元層面，並確認你會幫助他人增強他們的力量，使他們能走上揚昇之道時，感謝大天使麥達昶。
11. 假如你現在想停止，那麼你就感受自己帶著愉快和好奇心走著，經過七次元，然後降低能量，直到你發現自己已到了最開頭的地方。或者你也可以繼續放鬆，以便得到金銀色的斗篷。

接受金銀色的斗篷

1. 你現在即將接受大天使麥達昶和聖德芬給你的金銀色的斗篷。表明你願意披上這個斗篷：

親愛的大天使麥達昶和聖德芬，我恭敬地請求，祈求你賜予我代表完美的平衡和有磁鐵般的吸力的金銀色斗篷。我保證我會用它的力量來做對所有人最有益的事。

2. 看到，感受到，或者想像大天使麥達昶站在你右手邊，大天使聖德芬在左邊。

3. 在你上方，他們拿著一大片金與銀色的光，它看起來很像發光的絲綢。

4. 他們輕輕地把這金銀色的斗篷掛在你身上，並小心翼翼地拍它，讓它進入你的氣場。

5. 當它與你的能量場整合在一起時，你的心打開了，發出柔和的粉紅光。當你變亮時，深呼吸。

6. 此刻你的能量是完全平衡的狀態。意識到你的光向上延伸到七次元，往下到地心空間。

7. 你可以吸引對你有益的東西。看到或意識到你自己吸引了所有對你有最高利益的東西。花些時間享受一下這個。

8. 大天使麥達昶和聖德芬給了你金銀色的斗篷，向他們致謝。

9. 意識到你披著自己的金銀色斗篷走著，穿過七次元。

10. 然後把你的能量調降下來，直到你發現自己已回到起始點。現在你的能量場裡有著麥達昶斗篷和／或金銀色斗篷。懷著愛與感激使用它，因為你真的是有福分的。你是光的使者。為了替這個在能量場裡的斗篷加強力量，任何有必要時都可以做這個冥想。這一刻它們正在保護你的更高的光。

步驟 41

默哈瑪與十二個脈輪的啟動

在黃金亞特蘭提斯時代，當時的頻率是很高很純淨的，很多偉大的存有們和各種不同的能量都做出貢獻，共同形成了一個特別的光池。用一個譬喻來說，它就像一群人，其中的每一個都提供了原料一起做成一個巨大的水果蛋糕。然後他們可以一起享用蛋糕，從中攝取養分。

這個共享的能量綜合起來形成一個高頻的群體意識，稱為默哈瑪（Mahatma）、偉大的大師、能量，或者綜合體的化身。其中一部分的能量包括：佛陀、基督、和平與寧靜之精神、白色揚升火焰、十二道光束、銀色光束、麥達昶、獨角獸和愛之女神等等的能量。愛之女神能量本身包括：觀音、聖母瑪利亞、娜達女士、波西亞女士、庫彌卡、藍道、巫斯陸上主和維納斯女神等的能量。此外，它還保有人面獅身的能量，它是這個宇宙裡具有創造力的神力。

默哈瑪是目前我們所能接觸到最高的能量，大天使麥達昶把它保存在九次元。它加速了揚昇之路，並且幫助建造通往本源的安塔克拉那橋。它被創造出來的目的，是要幫我們破壞並清理無用的心智的、情緒的或靈性的固有模式，並且讓控制我們健康和靈性健全的腺體保持強健和活躍。當我們有尚未處理完善的問題時，默哈瑪幫我們提高了相關的能量，讓我們可以超越這個挑戰。

我們可以把這個金白色能量傳送給他人，假如他們願意使用它，這個能量會產生很大的效用。

當亞特蘭提斯的振動下降時，這個全能、高振動的光曾經被濫用，因此這光池被封鎖，不允許我們再取用它。在一九八七年的諧波匯聚時，它開始一涓一滴地流回我們手中以供使用。在二〇一二年的宇宙時刻，我們掙得了打開水門的權利，它現在甚至以更高的頻率大量地流向我們，供我們祈請、使用和沐浴於其中。

因為默哈瑪是這麼特殊的高頻金白光，它的頻率經過我們的單子體被降低，變成最適合我們的振動的能量。

我們可以用它來建造我們的水晶光體，為新的黃金世紀做好準備。把它引進我們的細胞後，它會點亮它們，提高它們的頻率，讓它們可以維持在某種光的層次上，那是光明的未來所需要的。

當我們把默哈瑪能量往下引進，經過我們的能量場和身體，它流進了地球，協助我們的行星揚昇。請常用它，因為這對於我們的以及地球的揚昇都是很重要的。

默哈瑪能量與脈輪

更高的默哈瑪可以啟動十二個脈輪，這是它籠罩每一個脈輪時所能做的事。

- **星系門戶**

默哈瑪在這裡啟動我們的靈性頭腦模式，並將它與廣大的宇宙大師高我，以及一切萬有連結。

- **靈魂之星**

默哈瑪在這裡啟動並連結我們的五次元頭腦，使我們能夠憶起我們身為大師所擁有的天賦與才能。

- **業力輪**

默哈瑪啟動五次元的頭腦，用以加強我們與靈界的關係，並把我們熟諳的範圍擴展到靈界。

・頂輪

在這裡我們的松果腺吸收了從本源流向我們的光碼，其中包含著我們能夠接受的宇宙知識與智慧。它發出的光形成了我們的光體。它保護我們的DNA結構，不僅是因為尊重我們靈魂的選擇，也要維護我們靈性的天賦和才能以及力量的編碼，以便我們在準備好時可以使用。松果腺也幫助我們保持最好的神聖平衡。褪黑激素是在這裡製造的，讓這個靈性能量可以在物質世界裡成為具體的存在。

・第三眼

這是腦下垂體所在之處，腦下垂體也被認為是主腺體，因為它送出的激素或化學傳令員，可以控制很多其他腺體的運作，例如那些與製造尿液、生長激素和排卵有關的腺體。腦下垂體是永生的腺體。當它處於完全平衡與和諧的狀態時，我們可以隨著宇宙的豐盛而流動。

我們可以請默哈瑪能量重新設定這個腺體，產生回春激素，讓我們的身體、情緒體和心智體永保青春。它保持平衡時，我們也在平衡的狀態裡。

・喉輪

位於喉輪的甲狀腺控制我們的新陳代謝和抗體的製造。默哈瑪能量可以協助這個腺體，以最好的方式平衡我們身體的新陳代謝，讓我們精力充沛。同在這裡的副甲狀腺使我們能夠吸收鈣質，平衡鈣質的量，使我們的骨頭等等常保強壯與健康。

在靈性層次上，當這個脈輪在完全的和諧狀態中，它會讓我們開始了解所有的物種，並以心靈感應的方式與他們溝通。它也保有一些我們的亞特蘭提斯力量。

・心輪

我們的胸腺就在這裡，它控制免疫系統。當它在平衡與和諧中運作時，我們是強壯、健康和心胸開放的。我們可以請求默哈瑪能量平衡我們的胸腺，讓我們保有生氣盎然的健康狀態。

・太陽神經叢

在這裡的胰腺處理糖分以及身體上、情緒上和心智上的養分。它分泌胰島素和消化酵素，使我們能夠吸收情緒上和心智上的清新甜美。當它在一種和諧的狀態，我們表現出自我價值和智慧。這個默哈瑪能量，將會包含著更高智慧中的振動面貌和印記。這個智慧終將造福我們。

・臍輪

默哈瑪能量在這裡幫助啟動生殖器官已揚升的五次元面向，並讓我們看清楚可供我們用來創造的力量。這個面向會在該成為父母的時候與一個新的靈魂溝通，並接引他進來。它保有一個偉大的建造者強有力的陽性力量。它也開始把（經過我們的冥想而促成的）顯化的鑰匙和編碼放到適當的位置。

・生殖輪

在這裡我們的性腺、卵巢和睪丸控制著身體的性器官和生殖器官。默哈瑪能量刺激我們的腺體，幫助我們的性激素以最好的方式運作，並讓我們引進無上之愛。假如我們的任何一個腺體被割除，默哈瑪將會在乙太的腺體上運作，讓它們行使同樣的功能。

・海底輪

在較低的次元裡，這是我們對於「戰鬥或逃跑」（危及生命）的狀況做出回應的地方。默哈瑪能量照亮我們，並給我們力量走在信任、信仰、靈性修煉和至喜的道路上。

・地球之星脈輪

默哈瑪能量在地球之星脈輪幫我們把潛能根植大地，並加以啟動。它也啟動我們靈性紮根地球的工作，以及與蓋婭女神之心的連結。它幫助我們重新找回自己的五次元藍圖，一個完美生命神聖的景象。

召請更高的默哈瑪能量

1. 祈請輝煌的默哈瑪能量：
「我現在祈請默哈瑪能量流經我的身體和整個能量系統，加快我和地球的揚昇過程，讓我可以運用我的生命為神性服務。」
2. 你可能意識到，感覺到，或看到一股金白色的能量往下流動，經過你的單子體進入星系門戶脈輪，充滿了聖杯。
3. 任美好的金白色光往下傾灑進入你的靈魂之星，充滿其中。
4. 讓默哈瑪能量現在流進業力輪，充滿其中。
5. 讓默哈瑪流進你的頂輪。觀想你的松果體像一個小球，讓金白色的默哈瑪能量在它的周圍流動，讓球鬆弛下來，變得柔軟、飽滿、完整、平衡、充滿能量，並且是活躍的。
6. 讓金白光往下流到你第三眼（在你鼻樑的後方）的中央。觀想你的腦下垂體像一個小球，讓默哈瑪能量鬆弛它，以便這個球變得飽滿、完整、平衡、充滿能量，並且是活躍的。在心中請它分泌可以讓你回春的激素，讓你的身體、情緒體和心智體都變得年輕、自由和流動。觀想自己完全健康，充滿活力，態度開放並有包容性，快樂，充滿喜悅，對一切都抱持開悟的見解。敞開自己接受宇宙的豐盛。

7. 放鬆，專注於喉嚨的中央。觀想你的甲狀腺像一個小球，讓金白色的默哈瑪能量在它的周圍流動，讓它愈來愈放鬆。感受到它吸取了金白色光，變得飽滿、完整、平衡、充滿能量，並且是活躍的。想像這個光照射到所有次元的存有們，以便建立彼此間的溝通。

8. 讓金白色的能量向下進入心輪，加強你的免疫系統。意識到你的胸腺像一個小球吸取金白光，變得飽滿、完整、平衡、充滿能量，並且是活躍的。感受到你的心敞開，對每個人都發出光與愛。它發出的能量變得非常強大，使你一直延伸，連結到宇宙之心——金星。

9. 讓默哈瑪能量往下流進你的太陽神經叢，包覆著胰腺，讓它變得飽滿、完整、平衡、充滿能量，並且以對你最好的方式活躍著。在你最深的智慧和自我價值開始出現時，感覺到舊事物也在被清洗。感受自己的崇高性。

10. 讓默哈瑪能量湧進你的臍輪，並感受到金白光能量與你明亮的橘色脈輪融合為一，啟動它更高層次的潛能。

11. 感受到默哈瑪能量融入淡粉紅光的生殖輪。這個光圍繞著你的生殖腺，使他們變得飽滿、完整、平衡、充滿能量，並且以對你最好的方式活躍著。它正在啟動無上之愛，並讓它充滿這個脈輪。

12. 這個金白光充滿你的海底輪時，放鬆。感受到這個能量環繞著你的腎上腺，讓它們變得飽滿、完整、平衡、充滿能量並且活躍著，能夠以鎮定和清楚的方法對挑戰做出回應。
13. 現在這個能量往下移動，充滿你的地球之星脈輪。觀想金白光圍繞著你的陰陽符號，然後充滿它。
14. 它流進地球，在你下面形成一個大默哈瑪光池。
15. 讓能量體上方的默哈瑪流過你整個能量體，你的情緒體、心智體和靈性體。它破壞所有老舊的振動，讓你可以接觸到更高的潛力。它在建造你的水晶體，為新的黃金世紀做好準備。
16. 觀想默哈瑪能量流到世界各角落，破壞老舊的一切，讓新的模式出現。
17. 觀想地球被默哈瑪的金白光籠罩著。
18. 觀想這個金白色光柱形成一條橋，從你的星系門戶通往本源。
19. 邀請大能的六翼天使塞拉芬娜在你的上方歌唱，把默哈瑪能量紮穩在你的內在和你的安塔克拉那橋裡。

步驟42

共造寶瓶時代的揚昇光池

星際議會的成員是亞特蘭提斯的締造者，透過高階的男女祭司完成工作，這些祭司們都是主要的建造者。不論何時都有十二個男女祭司，他們被稱為艾爾塔（Alta）。在建造陸地時，他們接受議會原則上的指示，然後在地球上做出實際上的決定。

圖特是第一批被派到亞特蘭提斯的一個高階祭司。他也是最後一批裡的一員。星際議會給地球的靈性法則讓他銘記在心，這些法則最後都濃縮在「如其在上，如其在下」（或天上地下相互照映，如一無二）這個法則裡。

偉大的高階祭司圖特知道，我們的星球裡有非常豐富的金屬和礦物，地球裡的金屬形成流動，造了成磁場。在他的亞曼提神廟（Amenti temple）裡冥想時，他看到地球是一個水晶球。水晶球周圍是純金的幾何形通路，代表著後來地球上的地脈。在無數的交叉點上每一個都放有一顆鑽石，這個球體將會被集中的雷射光點燃。

收到這個意象後，圖特把它放在他的紫水晶骷髏頭裡，再從那裏把它傳送給其他高階男女祭司手中的水晶骷髏頭。他們跟他一起保守著這個意象，直到地脈系統在乙太界建立起來。然後星際議會再把這些地脈烙印在地球上，環繞地球形成一個能量網絡。

艾爾塔會定期地把他們的靈性能力聚集在一起，表現出能量的非凡能力所造成的偉大事蹟。他們是煉金術和具顯的專家，並且一定會確保他們所做出來的事都是符合整體利益的。他們的服務範圍涵蓋很廣，從提供食物，到藉著控制重力而建造出不可思議的建築。

在崩落之後，這些知識被高階祭司拉（Ra）帶到埃及，使用在建造吉薩大金字塔上，這是亞特蘭提斯黃金世紀強大威力的歷史遺跡。把這個亞特蘭提斯的知識帶到地球的高階男女祭司，也用同樣的方法在地球上建立了六個宇宙金字塔。艾芙蘿黛蒂（Aphrodite）監督在瓜地馬拉的馬雅宇宙金字塔的建造，這個金字塔現在還存在。剩下的四個雖然實體已被摧毀，但在能量上仍然是活躍的。宙斯監督西藏那一座的建造。波塞頓監督的是希臘的那一座，現在在雅典巴特農神殿下面。圖特監督的那一座現在在馬丘比丘的下面。阿波羅監督的是美索不達米亞的大金字塔。

在亞特蘭提斯的黃金時期，很多發光的存在體對於我們現今仍然可以使用的默哈瑪能量都是有貢獻的。大天使麥達昶和圖特現在也在協調建造一個新的九次元的光池。最開始時一群非常投入的靈魂，全部都是亞特蘭提斯黃金時期的高階男女祭司，他們組成了一個「滿月療癒光池」。然後每一個大天使和很多外星人以及大師們再把他們的光加入其中，於是產生了一個全新的能量聚合體：寶瓶世紀揚昇光池。它現在被保持在吉薩大金字塔上方大天使麥達昶的揚昇之光旁邊，由大天使克里斯提爾和麥達昶養護和看管。大天使克里斯提爾在它的上方歌唱著，維持它的純淨和高頻率。它已演變成大天使克里斯提爾的顏色：乳白色、彩虹色和銀月石的珍珠色。

默哈瑪和寶瓶世紀的能量，雖然是以相同的方式產生的，但它們在振動上的特質是不同的。寶瓶世紀光池會保留當初那些光池共創造者的責任，並且這個光池也會永遠存在。

使用寶瓶世紀揚昇光池

寶瓶世紀揚昇光池看起來像一個巨大的湖，發出閃亮的明月彩虹光。大天使克里斯提爾不斷地把他的光投射在上面，把它保持在九次元的頻率上，這個頻率使它得以維持液體的結構。它看起來的確很壯觀。

使用它的方法很簡單，你只需要提出要求即可，就跟想要取得任何靈性的賦予和工具時一樣。你可以用它來增強個人的光、打開脈輪、清理靈性上遺留的殘餘、幫你處理靈性道路上的各種課題，以及其他很多事情。你也可以把它送給他人和傳送到其他地方，它會帶來很好的效果，而且假如事情的狀況需要改變，它會顯示出一個有更高振動的替代方法。

你可以使用它，並透過下面的冥想加進你的能量。月圓時候是做這個冥想最好的時間。

向寶瓶世紀揚昇光池祈求

我，（名字），光之子，祈求寶瓶世紀揚昇光池傾灑充分的能量，進入我的水晶基質裡，並加以整合。

我願意讓結合的四體、能量場和梅爾卡巴都接受這個祝福，在服務人類、蓋婭和一切萬有時散發出神聖的揚昇自我之光。

現在實現。

觀想造訪寶瓶世紀光池

1. 找一個你可以放鬆又不會被干擾的地方。可能的話點根蠟燭。
2. 安靜地坐著，自然呼吸，心中期望造訪寶瓶世紀揚昇光池，並把你的光加入其中。
3. 觀想根從你的腳往下延伸，深入地球裡，讓自己根植大地。

4. 請大天使麥可為你披上他深藍色的防護斗篷。
5. 祈請大天使克里斯提爾。請求他把你的業力輪徹底照亮，並將它與天使界連結。
6. 觀想你自己就坐在明亮的滿月下。夜晚的湖水輕輕地劃過你的腳趾。
7. 當水碰觸到你時，它們把白色亮光的火花快速傳送到你的整個身體。
8. 在水邊，大天使和已揚昇的大師們開始聚集在你周圍。放眼所及，他們都站著，彼此距離約一臂之遙。
9. 你們全都舉起手，手心向上，無數的業力輪同時發光，像有成千個月亮。能量開始從你的手中流進湖裡。
10. 當它充滿高頻能量時，看著湖逐漸地變得愈來愈亮。
11. 在一段短時間後，每個人都停止了。池裡明亮的月色能量開始圍繞著你們。它慢慢地、輕輕地進入你的心輪，然後你所有脈輪結合在一起形成了一個光柱。
12. 這個光從你腳下的地球之星脈輪延伸，往上經過海底輪、生殖輪、臍輪、太陽神經叢、心輪、喉輪、第三眼、頂輪、業力輪、靈魂之星，最後到星系門戶脈輪。看著它從你的頭的上方延伸出去，向外經過宇宙，直到抵達中央大日。
13. 在你腳下，你的地球之星送出很多光絲，將你與大地之母融合為一。
14. 請你內在的寶瓶世紀揚昇能量，碰觸並點亮所有你想要它在更高頻率裡振動的事物。
15. 睜開眼睛，深呼吸。你知道在共創這個最神奇的光時，自己曾出了力。

步驟 43

瑪利亞的斗篷

宇宙大天使瑪利亞

瑪利亞是一個偉大的宇宙天使，她穿梭於宇宙間散播慈悲、愛、智慧與療癒。她指揮數以百萬計的天使，他們跟她一起把召請她的人，籠罩在「神聖陰性」的特質之中。

「瑪利亞」是來自拉丁文mare，意思是海或海洋，而大天使瑪利亞的振動是很柔和的碧綠色光束—— aqua 的意思是「水」，而 marine 的意思是「關於水」的意思。水這個元素在整個宇宙裡散播著愛。水除了在河流和海洋裡，也在大氣裡，在你身體的細胞裡，而瑪利亞的愛也在各處的水中。

在亞特蘭提斯的黃金時期，大天使瑪利亞以純淨透明的碧綠光出現。但是在能量衰敗時，為了要與人類較低的頻率接觸，她把自己的光變得比較稠密，並且以較深暗的藍色出現。她現在則又再度以比較淺的藍光出現。

大天使瑪利亞總是與獨角獸一起出行。這些大能的存有們組成了一個美好的團隊，在她所到之處照亮她的路徑，並加以淨化。

聖母瑪莉亞

以貞女之身生下耶穌的聖母瑪莉亞是一個高度進化、非常純潔的創始者與大師。她投生而來是負有特別目的——生出這個要把基督之光帶到地球的生命體。她的心輪大開，因此在那一世裡守護她的大天使瑪利亞能夠透過它綻放光明。

因為這樣，很多人都認為聖母瑪莉亞是一位天使。

聖母瑪莉亞在列木里亞時期的名字叫瑪拉（Ma-Ra），是列木里亞的第一創始者。在亞特蘭提斯時她的名字叫艾希絲（Isis），以童貞之身生下了荷魯斯（Horus）。人們總是看到她和美麗、發出純白光的獨角獸在一起。

乙太能量中心

宇宙大天使瑪利亞和聖母瑪莉亞，在法國的盧爾德都擁有她們的乙太能量中心。大天使瑪利亞的能量中心是在一個九次元到十二次元的光球裡，它的光是從碧綠到純白色。在這裡我們的細胞都沐浴在「神聖陰性」之愛裡。

聖母瑪莉亞的能量中心是九次元的，像一個城堡，它的牆發出碧綠的光。她的數百萬個天使在裡面唱頌著「阿」音，幫每個人敞開心輪，並用愛碰觸他們。

不管你造訪的是哪一個，你都會被籠罩在純淨的愛中。

聖母瑪莉亞和宇宙大天使瑪利亞，都撫慰每個地方的人。她們救助孤寂者、悲傷者和寂寞者，幫他們敞開心再度抱生命。她們把藍光放在孕婦的氣場裡，讓嬰兒出世時可以感受到被包覆在愛中。她們藍色的能量也保護著即將出生的靈魂。這個特別的能量會陪著這個靈魂大約兩年，給他們希望和鼓舞。

這兩位瑪利亞都會派遣她們的天使和獨角獸，去幫助需要愛與支持的孩童，對於那些因為牽掛著兒女（即便這些孩子都已成年）而提出祈求的母親，他們也會做出回應。

假如某一個靈魂在即將進入那道光而需要協助，你可以召請聖母瑪莉亞或大天使瑪利亞，因為她們和她們的天使會帶著那個靈體，用一種關愛的方式引導他們走到另一個世界。

宇宙大天使瑪利亞的斗篷

當你的心輪打開了，變成五次元的，它可以連結到宇宙之心。然後，假如你提出請求，宇宙大天使將會把她透明的淺碧綠色斗篷放進你的氣場裡，這個斗篷充滿著愛、慈悲、同理心、智慧和療癒力的能量。

為了取得這個，你必須保證用這些能量去碰觸他人，讓他們籠罩在這個能量裡。當你穿著瑪利亞的斗篷時，你可以與她一起工作，協助她履行她的任務，因為你將會長出巨大的乙太光的翅膀，使你能夠在地球上散播神聖陰性能量的祝福。

因此，假如你已準備好，並想要得到瑪利亞的斗篷，你可以請獨角獸來碰觸你，打開你的心，然後請大天使瑪利亞把她發出碧綠光的斗篷放入你的氣場裡。

接受宇宙大天使瑪利亞的斗篷

1. 找一個適合的地方，讓自己根植大地，並請求大天使麥可給你藍色的防護斗篷。
2. 感覺到自己身處美麗的山谷中，在藍天下休息。山谷裡有一個瀑布，水經過石頭和綠色蕨類植物往下流。
3. 讓自己在這個寧靜的地方盡情放鬆。感覺自己光腳走在草地上，在兩腳放鬆時也同時舒展你的腳趾。

4. 在心中召請獨角獸。注意到有一隻很漂亮的純白色的馬靜靜地、溫順地向你走來，他的角發出螺旋狀的光。

5. 這隻獨角獸向著你低下頭來，從角裡發出的光碰觸到你的心，感覺到它在打開。

6. 現在祈請大天使瑪利亞：

親愛的大天使瑪利亞，我恭敬地祈求，請賦予我你那充滿著愛、智慧、慈悲和療癒力的碧綠色斗篷。我保證我會把它的光傳播給他人，並把「神聖陰性」能量穩固在地球上。

7. 留意到偉大的大天使慢慢靠近你，她的四周圍繞著幾百個天使和獨角獸。你可能會聽到他們在前進時還一面唱著歌。

8. 這偉大的天使以無限的愛與喜樂看著你。她明亮的藍眼睛看到你的靈魂，她無條件地愛你。

9. 她把你包覆在她柔軟美麗的羽翼裡。讓她閃耀的淡碧綠光完全充滿你的氣場。

10. 她把這個光輕拍進你的能量場裡，在你周圍形成了一個柔軟光滑的斗篷。

11. 花些時間感覺一下這美麗的斗篷，把給你的愛與智慧吸入。

12. 向她致謝。

以瑪利亞的斗篷施予療癒

1. 專注於你心輪的後方，感受到到碧綠光流出，形成了翅膀。在你的能量從心輪湧出時，感覺到它們慢慢長大。
2. 想像你現在有一對巨大的碧綠色翅膀，它們展開並向外伸展。花些時間撲翅幾下。
3. 把遭遇困難的人包覆在裡面，撫慰他們並加以療癒。瑪利亞的光會透過你接觸到這些人。
4. 讓你的翅膀再變得大，以便能夠穿越你的鄉鎮、城市或地區。把這個地區裡的每個人和動物都包覆在裡面。感覺到他們愈來愈柔軟和放鬆，進入你的安全羽翼之下。
5. 讓你的翅膀變得很輕很巨大，以便在你們整個國家的上方展開。讓愛與智慧碰觸到政客、銀行家、商人、醫院、學校或任何其他的團體。感覺到所有的低頻能量正在消解，被更高的愛取代。
6. 現在你的翅膀向外延伸，穿過這個世界，變得愈來愈大。讓愛與智慧、慈悲與療癒都碰觸這些人的心：世界領袖、經營管理國際貿易或國際組織者，或者做出會影響全球政策的決策者。
7. 送出瑪利亞之光碰觸所有的動物和鳥類，帶給牠們愛、療癒、撫慰和希望，碰觸每一個人的心，讓他們能夠尊重和榮耀動物。

8. 讓瑪利亞的光流過你的心碰觸水塘、湖泊、河流和海洋中所有的水生動物，帶給它們愛、尊重、療癒、撫慰與希望。

9. 讓瑪利亞的光流過你的心碰觸世上的每一棵樹木和植物，鼓舞它們，讓它們充滿愛。

10. 觀想一個碧綠色的光柱在你面前形成。它從地球延伸到天上，在底部有一個升降機。請求大天使瑪利亞的天使們把那些被困住的靈魂，人類也好，動物也好，那些需要協助前往另一個世界者都帶來這裡。

11. 你可能留意到很多天使把一些靈魂帶到這個光柱，正在進入巨大的宇宙光升降機，在大天使瑪利亞的天使們的包圍之下，這個升降機像個光球正往上升，載著很多人和生命體在愛中回到家。

12. 當你散播瑪利亞斗篷的光時，注意到這個世界的平衡從陽性變成陰性的，愛與和平的，從這個改變中帶來新的模式。

13. 你現在是一個愛與療癒的特使，是一個可以用能量改變世界的人。

步驟44

獲得與隆與豐盛的工具

我們所摯愛的這個星球正遭逢巨變的衝擊。這是第一次發生這麼快速的進化，當這種情況發生時，我們都必須活出自己的本性。

這其中的變化過程是很簡單的。為了使這個轉化能夠發生，我們必須放鬆，相信宇宙會提供我們一切世俗生活所需，所以關鍵字是「放下陳舊，迎進神性」。但是在此同時，我們必須負起責任，提高自己的能量。

金錢和豐盛包括了我們的心中想望的一切，它們是很多人現在在地球上很大的課題。頻率正在改變，而代表豐盛（包括財務和幸福這兩方面）的能量流動也在改變之中。

在五次元裡我們都是大師，我們所發出的頻率應該要能使宇宙給我們一個純淨的回饋。這意謂著我們必須提供自己的生活所需。在五次元這是非常重要的。在我們的頻率變得純淨之前，我們送給宇宙的信息可能是混雜不清的。

這個舉例可以說明事情運作的方法。你一直住在一間小屋（第三次元），也完成了加蓋（第四次元）。而你現在想在上面建造一座大廈。但是你仍然住在這間舊屋裡，直到你把它完全拆毀，建好那間大的為止。

「顯化」是我們天生的權利，它被包括在我們五次元的藍圖裡，而現在是取用它的時候了。在這個過程中，大天使們為了幫助我們而給我們兩項很有效的工具：胡那（Huna）祈禱，以及大天使拉斐爾與梅林的興隆模板冥想。

胡那祈禱

建造新事物時，我們可以用胡那祈禱來召請專家的協助。它是很有效力的顯化工具，用正面的言詞直接向本源表達願望，讓我們可以得到想要的興隆與豐盛。假如在使用這個工具時我們的動機是純正的，其結果會是很不可思議的。監督這個過程的是大天使拉斐爾。

胡那祈禱已經有幾千年的歷史，是由卡胡那的印地安人在亞特蘭提斯崩壞之後，遷往夏威夷時所設計出來的。他們想要引進更純淨的光流，為他們帶來所需的豐盛以便打造新生活，而高階祭司荷米斯「憶起」了這個方法——操縱能量，把它帶到更高的形式。

因為胡那祈禱的強大力量會形成宇宙之流，使用時的心態必須是很正直誠懇的。

求取豐盛的胡那祈禱

這是一個求取豐盛的胡那祈禱的範例。只要你的陳述是正向的，你可以依自己喜好加以修改。你必須用力大聲說出，並帶著純正的意圖做這個祈禱，持續三十天。在每次祈禱結束時，坐著，掌心向上接收你努力換來的神聖的祝福。

親愛的大天使拉斐爾和神聖本源，

我，（名字），光之子，從我發光的心輪祈求在（所請求的事物）立即提供神聖的豐盛。

我完全廢除我過去的局限性，並且自我敞開，接受來自本源的天賜禮物。

我完全敞開自己，接受無限的顯化能力，用它來找到我的本源的使命。

奉摯愛的本源之名，我完全接受並以感激之心收下現在給我的一切。

感謝。

順心所願。

重複三次。然後說一次：

我親愛的高我，

我現在從我發光的心輪請求你將這個請求，連同我已完全啟動的顯化能力，告知本源。

順心所願。

運用意圖所具有的一切力量，把這個祈禱輕聲地說給大天使拉斐爾和本源聽。坐著，雙掌向上打開，大聲地說：

我現在命令祝福如雨般灑下。

因為能量已經加速，你可能會發現不到三十天就已經收到給你的祝福。假如你在做完胡那祈禱時還沒收到，就停下。給宇宙一些時間處理你的指令。假如這樣仍無法把你想要的事物吸引過來，你可以就這個問題冥想，找出內在可能的原因。也有可能是宇宙有更好的東西等著要給你！

魔法大師梅林和大天使拉斐爾已主動表示出幫忙的意願，與你共創所需要的改變。你可以做這樣的冥想：

大天使拉斐爾和梅林的興隆模式冥想

1. 召請大天使麥達昶點亮你的星系門戶脈輪。它是明亮的金色。
2. 召請大天使瑪利爾照亮你的靈魂之星。它是燦爛的紫紅色。
3. 召請大天使克里斯提爾照亮你的業力輪，看到它發出亮麗的白月光。
4. 召請大天使約菲爾把金色光液灑進你的頂輪。
5. 召請大天使拉斐爾碰觸你翠綠色的第三眼，並啟動它。
6. 召請大天使麥可照亮你的電光藍或鐵藍色的喉輪。
7. 召請大天使夏彌爾啟動你純白色的五次元心輪。
8. 召請大天使烏列爾照亮你金色的太陽神經叢。
9. 召請大天使加百列碰觸你鮮橘色的臍輪、淺粉紅色的生殖輪，以及鮮亮的白金色的海底輪，並啟動它。
10. 最後，祈請大天使聖德芬點亮你的旋轉的深灰色地球之星。
11. 接下來，祈請來自海利歐斯核心的揚昇光柱，看到它往下經過你已經敞開和啟動的脈輪。
12. 在它進行當中，祈請寶瓶世紀的揚昇能量和更高的默哈瑪能量跟它融合在一起。
13. 當你到達生殖輪和海底輪時，祈請揚昇大師梅林和大天使拉斐爾。

14. 請他們把這些脈輪裡的貧窮意識模式消除，把它變成更好的光。
15. 感覺到這個能量在你的脈輪裡消散，於是它們變得純淨和清明。
16. 三次大聲做出聲明：

「我，（名字），聲明自己不再有貧窮意識的協議、模式或實相，不管它是來自這一生或前世。我以光之名鄭重宣誓，要吸引純淨的豐盛來到我這裡以及我的地球。」

17. 觀想你自己和梅林與大天使拉斐爾手牽手，祈請列木里亞金色的火龍。
18. 把集體意識裡舊模式的能量，繞著地球順時鐘方向旋轉，加快速度。
19. 注意看著火龍，轉換這個能量成更好的光。
20. 做完之後，反時鐘方向再重複這個過程，仍然和梅林以及拉斐爾保持連接。
21. 最後，看到這個能量在地球上每個人的生殖輪和海底輪裡被提升。
22. 看到他們的十二個脈輪發出它們揚昇顏色的光。
23. 跟梅林與大天使拉斐爾一起，把一個新的五次元興隆與豐盛的金色光環放在地球周圍。這是一個能量池，每個人都有全部的權限可以使用它。所有的人都是一體的。
24. 向梅林、大天使拉斐爾、火龍和你自己道謝。

步驟45

昴宿星的心輪療癒

昴宿星（The Pleiades）是一個七次元的已揚昇星群，被認為是療癒之星。它跟其他的揚昇行星、恆星和銀河系一樣，與地球緊密地連結，有十二個大師（高度進化的生命體）主管這裡的能量。

偉大的大天使瑪利亞透過金星帶來愛、慈悲、同理心和「神聖陰性」的粉紅光，也透過昴宿星用她碧綠藍的心輪療癒能量碰觸人們。她指引和守護聖母瑪莉亞，假如你召請大天使瑪利亞或聖母瑪莉亞，她們將會給你們適合的一切能量。

藍色昴宿星玫瑰

昴宿星的大師們直接從本源接引藍色的心輪療癒能量，進入巨大的藍色乙太玫瑰，這個玫瑰是一個轉換器，可以把能量降低到他們七次元的層次。他們取得這個能量後以明智和審慎的態度使用它，把它分布到它們認為有需要的地方，也給需要它的存有們。他們懷著愛心做這個服務。

藍色玫瑰跟人類的心一樣有三十三個花瓣，這是基督意識的數字。它的中心是純白色的本源之光。

源自於昴宿星或者透過昴宿星降低能量的人，他們的氣場裡都保有療癒能量。從昴宿星來到地球的動物和昆蟲，在牠們的能量場裡也保有這個藍色療癒之光的一部分，以便在投生來此之後可以把它散播出去。

昴宿星的光之存有們，所使用的靈性科技，是超乎我們目前在地球上可以理解的任何事。藍玫瑰是一個神聖幾何圖形工具，它的用途很多，例如療癒，其中還有一項是，它讓我們能夠清理我們的脈輪，並使它們加速轉動。

醫療協助

在我們走向五次元的頻率時，昴宿星人目前照管著推動地球上醫療知識的藍圖。在二〇三二年時整個系統的進化程度，將會超乎我們目前的認知。所有的療癒都會是靈性上的療癒，就像在亞特蘭提斯時期一樣。振動上的療癒將會被使用在未臻完美的靈魂上，這也會影響到身體。

目前，昴宿星人可以透過我們所使用的電流下降到三次元，然後他們可以操控它的流動。假如有人提出要求，他們是透過醫療設備在運作的，舉例來說，假如有人在洗腎，而他們也為了最高的利益而祈求療癒，為了幫他們提高頻率，昴宿星人可以透過電力接觸到他們。

在亞特蘭提斯的黃金時代，他們利用電力的方法，是經過金字塔型的水晶把陽光傳送到銅管裡。這個工作還需要有元素精靈（能夠與該水晶配合者）的合作才能完成。用這個方式產生的電力，它的頻率是很高的，昴宿星人使用它來維持一個人最初始的神聖健康的藍圖。

使用電腦

假如你要求他們使用電腦或電話所發出的振動，來協助你平衡能量場，昴宿星人會答應。

使用水晶

昴宿星人重新帶來他們的能量時，石英水晶是最好的導體。你可以用昴宿星玫瑰在石英水晶裡作好編碼設定，需要時把它放在身體上，啟動它。水晶的天神會記錄信息的頻率，以便水晶的持有者可以在任何想要的時候使用它。

地球之星脈輪裡的藍色玫瑰，可以把藍色的根往下延伸，而形成一個與地心空間之間永久的連結。它給你一個聯合性的藍色療癒光柱，從你的脈輪系統往上，經過星系門戶和單子體再進入安塔卡拉那橋。當它全面運作時，會擴展你和昴宿星之間的連結。

觀想與昴宿星玫瑰連結

跟任何其他的靈性禮物一樣，我們必須祈請才能獲得藍色的昴宿星玫瑰。然後昴宿星的天使會把它放在我們的脈輪。因為這朵玫瑰是一個非常有效的療癒工具，昴宿星的天使們建議你，一開始時先請求一朵放在心輪。它會在這裡旋轉，就你可以承受的程度帶進昴宿星的療癒能量。你可能會感覺到它從心輪往下流到雙手，以便你可以用它碰觸身上的任何有需要的部位，或者把它傳送給他人。在你的身體適應了心中的這朵玫瑰之後，你可以再要求一朵，放在你的其他脈輪裡：

1. 找一個你可以放鬆又不會被干擾的地方。可能的話點上蠟燭。

2. 安靜地坐著，自然呼吸，心中期望與藍色的昴宿星玫瑰連結。
3. 觀想根從你的腳往下延伸，深入地球，讓自己根植地球。
4. 請大天使麥可為你披上他深藍色的防護斗篷。
5. 連結昴宿星的大師們，請他們把你放在藍色的光球裡。
6. 祈請昴宿星玫瑰，並觀想它出現在你的面前。
7. 請他們把它放在你十二個五次元的脈輪裡，完成後，讓自己放鬆。
8. 觀想這道藍光與你星系門戶的金橘光融合在一起，這會自動的開始療癒你與神聖之間的連結，修補你與本源之間的能量通道上的破裂處。意即假如你的安塔卡拉那橋的階梯有破裂，昴宿星能量會加以修補，便於你往上接觸到中央大日。
9. 觀想這道藍光與你靈魂之星的紫紅光融合在一起，這會把療癒送給你靈魂上的關係，包括你與祖先的，以及與仍然在世的人之間的關係。
10. 觀想這道藍光與你業力輪的白光融合在一起，這會緩和你與靈界之間的關係，並成為一個吸引天使能量的明燈。
11. 觀想這道光與你頂輪的透明金色融合在一起，這藍色的療癒之光將會流經你千瓣蓮花的花瓣，從這裡開始療癒和宇宙間的關係。
12. 觀想這道光與你第三眼透明的綠色光融合在一起，這朵玫瑰會在這裡療癒那些使這個脈輪無法完全啟動的能量，從而促發直覺洞察的能力，讓你能夠與其他行星系統的存有們溝通。

13. 觀想這道藍光與你喉輪的寶藍光融合在一起，它在這裡透過最好的言語共鳴，促使更多人做真實的表達。它也使你能夠透過言語得到療癒，然後與其他物種溝通。

14. 觀想這道藍光與你心輪的純白光融合在一起，使你可以在任何時候都散發出療癒，除非你有意關閉它。

15. 觀想這道藍光與你太陽神經叢的金光融合在一起。它把頻率提高到五次元，並維持在那個層次上，以便你能保有自己的信心和自我價值。

16. 觀想這道藍光與你臍輪的橘色光融合在一起，讓你可以真正地包容和接受一切眾生。有了這朵玫瑰，當你的肚臍綻放出有包容性的陽性能量，它也同時發出溫和的陰性療癒之光。

17. 觀想這道藍光與你生殖輪的粉紅光融合在一起。藍色的昴宿星玫瑰幫這個脈輪做好準備，使它能夠帶來無上之愛。這會為你所有的關係增添美好的療癒能量。

18. 觀想這道藍光與你海底輪的白金光融合在一起，並為海底輪賦予靈性上的意義，也使五次元無比幸福的頻率穩固在這裡。

19. 觀想這道藍光與你地球之星脈輪的黑白色融合在一起，現在你可以看到它變成一個鮮明的藍色聯合光柱，往下進入地心空間，往上到達中央大日的鑽石核心。

20. 向昴宿星的存有們致謝。

步驟46

啟動煉金術與神奇魔法的靈性法則

在亞特蘭提斯的黃金時期，高階的男女祭司把信息從星際議會傳給魔法士（Magi），之所以被稱為魔法士，是因為他們可以施展神奇魔法，換言之，因為他們了解靈性和物質法則，所以能夠善用宇宙的特質。他們是高度進化的薩滿／通靈術士。高階男女祭司想要傳達的信息，是從波塞頓聖殿裡的大水晶下載至個別聖殿的水晶裡的。每個聖殿裡的魔法士，會進入深度出神狀態把信息從水晶裡提取出來，然後把適合的部分傳遞給人們。

魔法士的訓練和心智的控制有關，這會使他們可以用離地漂浮（levitation）、意念傳物（telekinsis）、瞬間移位與顯化的方式展現魔法。他們學習使用聲音與光的頻率施行療癒。最後他們學習飛行，以及與其他星系的溝通。這裡面牽涉到極困難的靈性法則，以及對意念與情緒的控制。

他們使用全部的力量服務人們，而使他們能夠保持力量的是他們純淨無私的奉獻。直到有一個魔法士利用大亞特蘭提斯光池做個人之用，那個偉大的文明才開始瓦解。純淨的意圖是真正的煉金術和魔法裡最重要的因素。

魔法和奇蹟起始於靈性和更高的心智領域，然後能量慢慢滲入物質界，在那裏造成煉金的轉化效果。例如，任何時候我們跟隨自己的直覺並採取恰當的行動，我們跟神聖的真實是協調一致的，奇蹟於焉產生。

有史以來最偉大的煉金術師是聖哲曼，他曾有一世化身為梅林。他了解永恆不變的靈性守則，並且運用它施行魔法。他非常清楚所有的能量彼此都是相關的，而且一定要用在最高的福祉上。在操作魔法時，任何較低頻的能量會加倍回到送出能量者，相反的，對於付出純淨之愛的人，大量的祝福會灑滿他全身。

我們可以祈請聖哲曼和大天使薩基爾協助，將我們、他人或事情的狀況，保守於有轉化作用的宇宙鑽石紫色火焰裡。把陳舊的事物消融之後，它會使我們到達較高的層次，以便產生魔法和奇蹟。

大天使加百列是純淨與清明的純白光天使，它主管蘊藏著更高創造力的臍輪。當我們的意圖是正當的，他會教我們如何打開更高的創造力的門，而這也是通往魔法和煉金之道的鑰匙。我們具有創造力的眼界會發宇宙的回應，產生物質性的顯化。

打開通往奇蹟之門

不管何時我們如果能放棄小我，為他人做出帶來最大福祉的事，我們是在打開通往奇蹟的門。假如我們能看到另一個人神聖的完美性，我們純淨的眼界會有助於情況的更新。假如一個療癒師把他的當事人都看成是神聖的完整個體，美好的療癒就會產生。當我們對沮喪的人心懷純淨的同理心，我們的愛在他們的內在創造了絕妙的化學作用，帶來身體和情緒上的轉化。這是靈性法則的運作。

當我們對他人發出真正的正向和帶著愛的想法，我們是在用五次元的能量點亮他們。這會提高他們的頻率，讓他們能夠覺得安全，於是他們可以在更深的細胞層次上放鬆下來，之後這會讓他們的態度產生不可思議的改變。這些也都適用於其他情況，不管是與他人交談、幫人按摩，或為他人施予療癒時。

每個種子裡都包含著將開出的花朵的神聖藍圖。為了要達到這種完美，它需要某些物質上的條件，例如水、光和營養，但是一切尚不僅於此。假如我們心中對這個植物最大的榮耀有一個最好的意象，我們的純淨能量會在它的內在創造出一種煉金術的轉化反應，讓它能夠發揮最大的潛力。元素精靈會加入，幫助完成這件事。植物、樹木和其他的生命體都會對純淨的愛做出回應。

對待我們自己的方式也是一樣的。相關實驗顯示，DNA會對我們送給自己的正向能量做出反應。它向外伸展、放鬆及連結遺傳密碼，讓我們可以接觸到神聖的天賦與才能。在我們成為施展奇蹟與神奇魔法的專家時，我們身體的整個化學作用會改變，甚至根深柢固的業力和基因模式都會轉化。

不管形勢有多困難，只要人們對可能發生的最好結果有共同的展望，就會產生煉金術式的反應，繼而產生好的結果。於是，在所有的人齊心合力之下，不可思議的發事生了，他們體驗到眾人合一之感。這是黃金亞特蘭提斯的祕密之一。

有幾項特質會導致發生奇蹟：真實、堅定的信念、無條件的愛、正直、誠實、榮耀，以及某些其他五次元的特性，這些都會轉化宇宙的能量。

煉金術與人際關係

・第一部分

1. 花些時間放鬆，讓自己根植大地，在你氣場的周圍罩上防護斗篷。
2. 想一個不是很受歡迎的人，可以是鄰居、同事、俱樂部裡的朋友、你小孩學校裡的一個家長、親戚，甚至一個陌生人。
3. 祈請大天使加百列把純白光照遍你全身，請大天使薩基爾用紫色火焰環繞著你。

4. 陳述你最崇高的意圖，想像他們神聖完美的景象。
5. 想像他們容光煥發，健康和幸福的畫面。

• 第二部分

1. 接下來的二十一天，和他們相處時，把他們當作是受歡迎的、被人喜愛的、受到重視和尊敬的人。
2. 帶著微笑向他們致意，就像你真的很重視他們。
3. 注意你自己的和他們的態度轉變。
4. 二十一天之後，繼續對其他的人做這個練習。

療癒事件的狀況

1. 在從容中放鬆，讓自己根植大地，在你氣場的周圍罩上防護斗篷。
2. 想一個需要改變的狀況。
3. 祈請大天使加百列把純白光傾注到這個狀況裡，請大天使薩基爾用紫色火焰環繞著它。
4. 陳述你最崇高的意圖，想像這個狀況被轉化成神聖完美的樣子。
5. 用你具有創造性的想像力，觀想所有相關的人處在一種和諧的關係中。

步驟 47

基督意識的門戶

在我們這個行星揚昇時，有一個非常明確的能量改變也同時發生。要在這麼短的時間裡從三次元的實相進入五次元的實相，需要很多能量上、結構上和煉金術上的操作。多數這種工作的完成是要在更高的領域裡建造新實相的藍圖，然後把它運用在我們目前這個行星的能量上，因而造成必然的改變。

根據星際議會，初始的建造工作已經完成。大天使麥達昶和他非常投入的合作團隊已經把地球帶入了四次元，因此三次元的世界正在崩解當中，並且籠罩在一種更高的頻率裡。當這個過程加速時，地球上的靈魂覺醒的速度也會加快。每一個地球上的眾生現在都生活在一個更高頻的光流中。這個過程真正的基礎，是在耶穌投生來時開始打下的。當他揚昇時，他打開了一個基督意識的金色門戶，讓這個新的更高頻的結構，開始與地球上較稠密的能量整合在一起。

過去的兩千多年裡，很多揚昇大師在精神上一直都致力於使這股能量保持流動。他們和大天使麥達昶，以及揚昇團隊，一直都在把基督意識的能量注入——到全球三次元的地脈網格裡——一些特定的點中。這些就是三十三個神聖的宇宙能量門戶，它們全都在二〇一二年的宇宙時刻開始打開，並將持續地給地球灑下愈來愈多輝煌的基督之光，一直到二〇三二年為止。

使用數字密碼

大天使麥達昶已經提供了資訊來更進一步地協助這個過程。用來啟動較小的基督意識門戶的數字編碼，已經公諸於世了，目的是要讓光之工作者能夠創造出他們自己的高頻基督之光的門戶。這是一個有強大力量的禮物，只有在與星際議會商討之後才能給予。

藉著使用這些古老的數字密碼，一個擁有愛與正直的高振動的人可以使用這些門戶。

有一個最初始的密碼，它可以啟動每個人內在的基督意識梅爾卡巴，那就是13-20-33。當你帶著意圖說出這數字時，數字會適當地調整基督之光後讓它直接進入四體系統中。它會用純淨的基督之光加強這個系統，照亮氣場和五次元的梅爾卡巴。

第二個密碼是12-22-33。當你帶這愛的意圖說出這個數字時，它會在這個數字的使用者所指定的地點，啟動一個基督之光的門戶。這是一個美好溫和又有效的方法，因為它會立即提高周圍所有事物的頻率。

在作第二個祈請之前一定要徵求星際議會的許可。不管使用在哪裡，這個能量都會立即產生效果。

創造基督意識門戶的冥想

1. 做好冥想前的準備。你將要為自己和地球做的是一種高頻率的工作。
2. 祈請星際議會的耶穌大師，告訴他你將會以最正直的態度使用基督意識的門戶。現在開始，你工作時他會照顧你。
3. 安靜地坐好，閉上眼睛，說道：

   「13-20-33，基督意識的梅爾卡巴，啟動。」
4. 你的身體和能量場會立刻充滿純金光。你直接連接到基督的金色光池。把這個能量吸入你的整個存在裡。
5. 觀想五次元梅爾卡巴在你周圍擴展，把它碰觸到的一切都點亮。
6. 觀想一個你想要置入基督之光的地方，可以是你的家，也可以是你附近的或距離很遠的地方。能量會立刻開始運作。

7. 說道：

「12-22-33，基督意識的能門戶，啟動。」

8. 看到一個很強烈的純金色光點照亮了你所選擇的地點。
9. 大能的大天使克里斯提爾和耶穌大師擴展這個光，慢慢地把它加入到原有的振動裡。
10. 看到它所碰觸到的一切，都因為無條件的愛而發亮。
11. 請求讓你的門戶為了基督意識能量而成為完全敞開的出入口。
12. 祈請金色的列木里亞火龍守護它，並讓它永保它的完善。
13. 向耶穌大師、大天使克里斯提爾，以及金色龍致謝。
14. 睜開眼睛，微笑。你與神性是共同創造者，使用基督意識門戶協助我們地球的心輪。

地球的心輪

英國的格拉斯頓伯里是地球的心輪。更高的層界從這裡驅動著最強的頻率，讓它進入地球的基質裡。確保這個能量流能夠維持高頻、純淨與清澈的工作已經完成。愈多人對這件事保持關注，能量的流動就愈快。

冥想——從地球的心輪散播光

1. 在冥想時花一點時間觀想格拉斯頓伯里的突岩。
2. 看到純金光從宇宙之心往下傾瀉，經過突岩，進入地球。
3. 留意這個金色光線從這個點進入突岩周圍一個美麗的六角星裡。
4. 看到這個光繼續擴展，進入地球的地脈裡，進入地球周圍一個明亮的金光網裡。
5. 為了把這個能量流穩固在地球的心輪裡，請說：

「12-22-33，基督意識能量門戶，啟動。」

6. 祈請大能的火龍和大天使麥可的團隊，以及狼神阿努比斯（Anubis）永遠為格拉斯頓伯里保持著更高程度的完善。
7. 向他們致謝，睜開眼睛，你知道自己在地球的神聖計畫上已經出了力。
8. 用正向、快樂和美好的意念加強這個意象。

步驟48

保有純白光和揚昇火焰

純白光裡包含著所有的顏色。當我們的氣場裡有這個顏色，我們會處在完全的寧靜裡。這意謂著我們沒有傷害之心，因此是非常安全的。沒有任何事或任何人可以碰觸和傷害我們。

有幾個大能的純白光存有或能量體，他們把這個光照射到地球的能量場裡。我們可以祈求其中一位或他們全體，使我們能夠在細胞層次上收受白光。在我們準備就緒時，我們的心智體、情緒體和身體就可以將它吸收。這些存有們包括：

上主梅翠亞

上主梅翠亞在一九五六年成為「世界之上主」。他直接從本源接引愛，經過宇宙之心把它降低下來給那些發著光的人。因為整個太陽系——包括地球——的負荷過重，他的工作是提高人類的意識，把它打開，以便接收宇宙的神性心智（universal god mind），這樣我們才能輝煌地度過新的黃金世紀。

他是「淨光兄弟」和默基瑟德教團（Order of Melchizedek）的領導人，這些組織保有並傳播純淨的白光。他投生於地球的目的是要把佛陀的能量帶來這裡，讓人可以接觸到第五、第六和第七次元。從二〇一二年以來那些已能勝任的人都可以接觸到九次元。他也曾化身為印度神克里斯那。

在耶穌攜帶基督能量，以及在十字架上時，守護他的是上主梅翠亞。目前他在幫助那些為未來帶來靈性科技的人，也促進世界的療癒。

你可以在他的乙太能量中心（位於中國北京的孔廟）冥想，在過程中與他連結。請他把你包覆在基督之光裡，並使你更加敞開，以便保有更多的光。他也會把基督之光放在你的太陽神經叢，讓它充滿寧靜和個人的自我增強之感。

上主默基瑟德

上主默基瑟德又名「永恆的光之主」。他是一個群體能量，為這個宇宙保守著基督之光和古代的智慧，並且直接從本源接受教導。亞伯拉罕、摩西、以利亞、大衛和耶穌都是默基瑟德教團裡的高階祭司，因為地球上需要他們的光，所以他們投生而來。

你可以與默基瑟德在他位於太平洋關島上方的乙太能量中心連結，接受大量的教導。

大天使加百列

大天使加百列是純白色的天使，協助所有的情況和人們穿過幻象，把他們帶入更高的次元，為他們帶來明晰和純淨。鑽石是他在地球上的能量的具體代表物，它象徵純淨、永恆、明晰、真實與榮耀。

獨角獸

這些高頻率的純白色存有們的能量振動，是在七次元和九次元之間，他們為那些所碰觸到的人帶來愛、光啟、喜樂和靈魂的目的。他們的角是從他們的第三眼發出的螺旋光，當他們灑下大量的光給我們時，所給予的是具有神奇力量的祝福。

亞特蘭提斯的白色揚昇火焰

純白色的揚昇火焰是在黃金亞特蘭提斯時期創建的。它為揚昇過程的藍圖保守著最高的頻率，裡面還包含著永恆之光與和平的鑰匙和編碼。瑟若佩斯・貝是這道白色火焰的守護者。當我們準備就緒時，他將會在大天使加百列的支持之下讓我們的能量場保有這個火焰。

宇宙天使布提亞里爾

強而有力的宇宙天使布提亞里爾散發的是純白光。他主管宇宙之流的移動（包括我們個人的宇宙之流），並和六翼天使塞拉芬娜共事。他也協助我們看到並接受自己的高貴性，讓我們可以揚昇進入更高的頻率裡。如前所述，他會幫我們連結到星際議會，讓我們親自在那裏祈求光。

我們可以在宇宙天使布提亞里爾的能量中心與他連結。這個能量中心位於地球上方，四個揚昇行星、恆星和銀河系——海王星、昴宿星、獵戶座和天狼星——會合的中心點。他經過埃及的金字塔把能量降低，讓我們也可以要求在大金字塔上方的乙太界與他會面。

保有純白光

假如你能放鬆，讓光被吸收，接下來的冥想會把純白光帶入你的身體和能量場裡。它給你一個機會成為白色揚昇火焰的共同守護者，並為默基瑟德教團服務。

觀想保有純白光

1. 放鬆，讓自己根植大地，披上大天使麥可的防護斗篷。
2. 當大天使加百列把你包覆在他純白色的翅膀裡時，讓自己沉浸在其中的溫柔裡。
3. 一道閃亮的純白光逐漸向你靠近，你美麗的獨角獸從裡面走出來。他散發著和平、愛與喜樂，並低下頭從他盤旋的光之角把閃著白光的祝福傾灑在你全身。，
4. 大天使加百列輕輕將你舉起放在獨角獸身上，你們很快地升高，經過了內在層界的很多次元，直到一個純白色的和平之宮出現在你面前。
5. 當你降落在中庭時，你注意到那裡的花園裡種滿大量的白色香花。從獨角獸身上下來聞花香。
6. 瑟若佩斯．貝逐漸走近，他身穿白衣，攜帶著純白色的火焰。當瑟若佩斯．貝把火焰放在你的能量場上方把你照亮時，它開始擴展，變得非常巨大。
7. 大天使加百列把你舉起放回壯碩的獨角獸身上，並坐在你後面跟你一起穿過宇宙到達地

球上方，四個揚昇行星和星體交會的地方。

8. 巨大的純白色大天使布里斯提爾在這裡等待你。僅是與他同在就會使你充滿白光，使你的生命過程更加平靜。
9. 大天使布里斯提爾拿著一個巨大的宇宙之鏡。你仔細地看著它，自覺地或不自覺地，你看到了莊嚴偉大的、擴展的、宇宙性的自我。
10. 大天使加百列和獨角獸跟你一起回到你的出發點。
11. 大天使加百列把它閃閃發亮的鑽石放在你能量場的上方。
12. 你是純白光。

步驟49

亞特蘭提斯的金色火焰

亞特蘭提斯的金色火焰，一直都被很神奇的大天使麥達昶保存在乙太界。它是一個非常有威力的工具，特別是用在把土地上的新地區轉化成高頻的地方時。

亞特蘭提斯在最初始時是一塊巨大的陸地，覆蓋著整個大西洋。在它存在的時期裡上升下沉了五次。每一次這塊土地從海裡浮現時都是嶄新和已經復甦的，但每一次在嘗試一個新的實驗時它的面積會逐漸縮小，形狀也會改變。計畫的設計也隨著每一次的嘗試而改變。科技必須重新開發；建築要重建；靈性生活的方式和工具，要從乙太界被提取出來運用在物質界裡。這個過程的監督工作，是由資深的祭司團「艾爾塔」在星際議會的直接指導下進行的。它需要耐性、投入和堅毅，在第五個和最後一個實驗之間，達到五次元層次的生活只維持了一千五百年。

這是一個很巨大的突破，證明這樣的純淨可以在日常生活中培養出來，只要遵守靈性的「一的法則」。這是亞特蘭提斯最主要的法則，其中包括了「如其在內，如其在外；如其在上，如其在下」的基本原則。

亞特蘭提斯的金色火焰，是在第二個實驗時送給「艾爾塔」（Alta）的禮物。單靠個人的頻率來提高土地的振動是不夠的，所以他們把工具給艾爾塔讓他們可以生存，也讓他們可以運用物質來滿足他們的需要。

金色火焰透過上主巫斯陸和大天使麥達昶，交給埃及的拉與圖特之後馬上被派上用場。在有人直接祈請之後，它被使用在陸地和水中，把某些地區的原子組成的和能量組成的底層結構，提高到選定的五次元八度音階，並將它維持在那個程度上。這個能量繼而在和諧中點亮了地脈並將它啟動。

在這個過程之後，已經設立的能量點也會與之達到諧和一致。然後土地上的網格系統上會布滿大量的石英水晶。透過運用太陽能就可以讓這個特定地區維持在高頻率，於是這些地區就成為亞特蘭提斯裡祥和的區塊。

這個工作完成之後，每一位高階男女祭司都會獲得金色火焰的一部分，交由他們自由裁量運用。和很多其他的靈性天賦一樣，它也是讓萬物保持和諧的一個非常重要的工具。

到了最後一個實驗的末期，亞特蘭提斯陸塊分裂成五個分離的島嶼。「艾爾塔」據有波塞頓之島，上面矗立著大波塞頓神殿。其他島嶼上的生活各有不同，差異很大，有些地區甚至連力量強大、曾經一度用金光籠罩整個亞特蘭提斯的「艾爾塔」，都視為禁區。他們確實對「艾爾塔」懷有敵意，因此造成了至今我們仍然可以看到的分隔和疆界。

當時在運作的力量比我們目前接觸的要大很多，因此在任何可行的地方都必須劃定疆界來維持純淨的振動。亞特蘭提斯的金色火焰，曾被用來劃分出高頻的地區以防能量的腐敗。鮮藍色旗幟上加一個金色火焰的標誌標出了這些地區，於是那些持有這個光的勇敢的高頻存有們知道這些地區是安全的。

除了這個重要的工作，亞特蘭提斯的金色火焰還有很多不同的功能，甚至可以用在資源或物力上，例如食物。亞特蘭提斯的食物，特別是在黃金時期，都是使用祝福來使它儘量保持純淨。它確實是可以發出光的。

使用金色火焰

新近以來，隨著地球的振動提高，光之工作者的責任層次也跟著提高。生活在地球上的大師們是帶領揚昇潮流的靈魂。他們走在變革的前面，並且把儲存備用的工具和資訊重新取出。亞特蘭提斯的金色火焰在二〇一三年十一月歸還給人類，供大家取用。全球立即開始使用它，並且在為水祈福的儀式中把它傳至地球各處的水系統裡，因此地球上的海洋都閃耀純著金光。

這個古老的金色火焰具有極大的力量，目前在大天使麥達昶的同意下發送出去。這裡有些方法你可以用來祈請它，用它來幫助我們的地球：

- 祈請大天使麥達昶、圖特和上主巫斯陸把金色火焰放在你的能量場內。完成之後你就可以保有這個振動，並透過一種細胞的諧音波傳給你周遭的一切。
- 把金光傳送到你認為需要亮光的地方。它會作用在需要改變的能量結構上，例如政治或教育體系。
- 祈願水、食物、土地、樹木和植物都有這個能量。
- 觀想金色火焰在全球擴散，它會把基督意識的能量之流傳播到它碰觸到的一切。
- 在水晶裡做好程式設定，讓它在特定地區啟動金色火焰。這些場所可以是你的家、你造訪的地方，甚至是一些建築物，例如醫院。
- 水系統是散播這個神奇能量很有效的途徑。你可以用下面這個方法增強地球上的亞特蘭提斯金色火焰，為大眾帶來最高的福祉。

運用亞特蘭提斯金色火焰的觀想

1. 找一個你可以放鬆又不被干擾的地方。可能的話點上蠟燭。
2. 安靜地坐著，自然呼吸，心中的意圖是要使用亞特蘭提斯金色火焰。
3. 觀想根從你的腳往下延伸，深入地球裡，讓自己根植地球。
4. 請大天使麥可為你披上他深藍色的防護斗篷。
5. 找一個你最喜愛的冥想地點，可以是在家裡，或外面一個靠近溪流或河川的地方。
6. 選一塊石頭或水晶，把它放在流動的水裡，例如溪流、海洋或瀑布。
7. 召請圖特——亞特蘭提斯的統治者和高階祭司，以及與他共事的大天使們。
8. 圖特和大天使麥達昶、加百列、烏列爾、薩基爾和約菲爾前來協助，把高頻的光傾灑在你身上。你的周圍可能還有其他的大天使和大師，尊崇他們。
9. 用愛與純淨的意圖祝福你的水晶，請跟你同在的存有們也這麼做。觀想它所發出的光裡有很多不同的頻率。看到這些光融合在一起變成斑駁的金色光。
10. 把石頭或水晶放入你選定的水源裡。確定這個水是流動的。閉上眼睛，想像這斑駁的金色光充滿液體中的每個分子。
11. 祈請亞特蘭提斯的金色火焰。請它點燃古代的能量，把你斑駁的金光照得更亮。
12. 看到水發出如太陽般的光。

13. 現在能量開始快速移動。觀想它流過水道進入湍急的河流，再向外流入廣闊的大海。
14. 到達大海後，看著它更加迅速地擴散，直到它覆蓋了整個地球。
15. 坐著，深呼吸，看到全球的水域都是柔和、金色，也是五次元的。你知道這個能量將會被帶到每一個排水口，每一個家庭，以及生活在地球上的每一個個體。
16. 睜開眼睛，知道我們這個星球已經完全受到護佑。

步驟 50

基督的金色光束

基督意識是一種無條件之愛的能量。它形成了一道金光，每個人都可以把它用在不同的目的上。它包含著愛、智慧、療癒力、保護，以及用更高的頻率照亮萬物的能力。當有人祈請基督的金色光束時，它會從保存在天狼星的基督意識光池裡，以九次元頻率被接引下來，然後下降到被需要的層次。但是它不能降低到五次元以下，因此只要接收到了，我們就會被籠罩在五次元的光中。

這道光包含著無條件之愛。這個愛會完全接納受光者原本的樣子。當我們散發出全然不加評斷和接納的能量，它會消融這個能量收受者的所有障礙物和自我懷疑，使他們得以從一個更高的視野看待和感受一切。它也會打開他們的心輪，開啟他們通往豐盛意識的大門，於是他們變得更放鬆、慷慨和願意付出。當我們的內在擁有這個光，我們可以碰觸到他們比較深遠的層次。你也可以把它傳送給個人或某些地方，提高任何狀況的頻率，它同時也是一個可以與人分享的禮物。

基督的金光是一種很有保護作用的能量。只要我們在任何一個前世使用過它，它便已經存在於我們氣場的光碼裡，並且被設定成為徹底保護我們的力量。假如是第一次使用，它會在大天使克里斯提爾的協助下，很快地在你的能量場裡建立起來。

當我們的氣場裡有基督的金光時，它會把我們附近所有的能量都帶向最高的面向。它會為我們吸引高頻的能量，並使我們的能量場與高我保持共鳴。它具有基督意識的智慧，在面對各種人際關係和事件時，它讓我們從更高的視野做出決定。

基督意識與地球心輪的開啟

在亞特蘭提斯崩落之後，流入地球的基督之光大幅地削減，一直持續到星際議會做出一個計畫為止。偉大的先驅耶穌被派到地球，他身負的任務是提高這個星球的基督意識。他在極大的困難中完成工作，同時再度啟動基督金光，讓它可以透過他揚昇後所創造出的門戶再度照耀在地球上。

地球的心輪最近在英國的格拉斯頓伯里打開了，流入的基督意識已經大幅增加。阿瓦隆（Avalon）——格拉斯頓伯里的舊名——附近的神聖地脈的幾何體，現在與遍布在地球各處的五次元的水晶基質正在和諧共振中，使帶著光的存有們得以在地球上建立永久的基督意識，進而影響所有揚昇中的存有們的心輪開放程度。這是從亞特蘭提斯黃金世紀以來第一次達到這樣的狀態。基督意識現在是地球上一個永久性的固定物，而不再像在亞特蘭提斯時代一樣只是實驗的一部分。

基督之光是一個與三十三共振的頻率。只要說出三十三就會吸引基督之光到你身上。假如你再加一個三變成三百三十三，它會加強能量。

二〇一二年的宇宙時刻在地球上開始打開的三十三個宇宙門戶都攜帶著某個層次的基督之光，再加上其他個別的特質。這些門戶打開時，它們透過地脈和乙太界散播著九次元的心的能量，建立五次元的行星梅爾卡巴。

在某些地方，心的能量（它想要自由、愛與平等）比他們國家的政治系統所能允許的更快地打開人心，有時候這會導致與現有的生存方式產生衝突。勇敢的靈魂不得不面對初始階段的困難，但是它終將使基督之光在那裏更自由地四處傳播。

在這個星球的某些地方，基督之光的建立過程是溫和很多的，它的運作與神聖揚昇計畫是和諧一致的。

很多人現在愈來愈留意到出現在照片裡的光球／能量球以及其他的能量體，這使我們注意到一個事實：任何一個投生到地球的靈魂，都有一個天使或基督金色光束陪伴著。這麼做的原因是，一旦你身的體有過地球的經驗之後，你對他人會有惻隱之心。因此之故，當你用靈體在四處游歷時，你可能會試圖幫助地球上的某些人而阻礙了他們學習課題的機會。甚至偉大的大師們也不免如此。某個天使或基督金色光束於是被指派跟隨著所有的靈魂，確保他們不會干預任何人的業力。

祈請基督金色光束

祈請金色光束時，說道：

「我現在祈請基督金色光束徹底地照亮我並保護我。」

重複說三次。

送出基督光球的觀想

1. 放鬆，讓自己根植大地，做好冥想的準備。基督金光會保護你的氣場。
2. 祈請大天使克里斯提爾和薩南達大師。請他們為你取得基督金光。
3. 觀想這個純金色光的頻率，從九次元層次的基督金色光池傾灑下來。
4. 感覺它往下經過你的單子體，慢慢地滲透整個更高的靈魂體，用純淨的無條件之愛點亮它。
5. 基督金色光束現在進入了你的星系門戶，打開它，徹底活化。它往下流動，經過你的靈魂之星、業力輪、頂輪、第三眼、喉輪和心輪。它在這裡稍作停留。

6. 感覺它在擴展，直到心輪的三十三個花瓣完全打開。

7. 它接著往下流動，經過太陽神經叢、臍輪、生殖輪和海底輪，最後進入你腳下的地球之星輪。你的十二個脈輪整個系統現在都打開了，充滿著，也散發著純淨的基督之光。

8. 伸出雙手，兩掌相對。

9. 觀想這道基督金光從你打開的心輪往下經過手臂，然後從手出去。

10. 能量開始形成一個球。灌注更多的能量到它裡面，逐漸擴大兩手的距離，直到這個球的威力和大小達到你想要的程度。

11. 帶著愛與心中的願望，把它送給你想要祝福的事件、人們或者動物。

12. 看到大天使克里斯提爾帶著這個基督光球離去，把它輕輕放在你想要的地點。

13. 睜開眼睛，知道你已送出一個非常有效的祝福。

你知道自己永遠是被愛的、受到保護的，你的四體系統、氣場和梅爾卡巴裡都包含著基督之光。

步驟51

樹木的智慧

大天使波利梅克是大自然的天使，他管理著這個世界的樹木，小精靈則幫助照顧它們。

樹木是來自本源之心，生長在我們這個星球的古老生命體，在它們的本質裡帶有神聖之愛的密碼。此外，每一棵樹都特別被賦予一些特質來幫助人類、動物、元素精靈和昆蟲。當我們坐或站在一棵樹的氣場內時，這些特質的神聖幾何體被下載到我們的氣場裡，我們的頻率透過諧波的移轉而被提高了。假如能夠對樹木敞開心，吸取它的能量，我們會在細微之處感到有所不同。

例如，人們會直覺地意識到穩固、結實的橡樹裡包含著力量、勇氣、耐力和剛毅，站在橡樹下你就可以接收到這些特質。假如你同時也祈請大天使麥可，請他把深藍色的光經過樹帶入你的內在，這會加強你從橡樹獲得的力量。假如你需要額外的力量或勇氣，以戰士之姿站在橡樹下，腳跟在地上平放站穩，然後感覺大天使麥可的能量流進你裡面，並想像自己正在克服困境。假如你無法找到實體的橡樹，可以用觀想的！

樹木保存著一個地方的歷史，而森林保存的是古代的智慧。當我們準備好時，它們會把相關的訊息傳授給我們。

有時候一種被單獨栽種的特別物種，長成了一個龐大、有力量的存在體，它的存在把整個地區籠罩在它的高貴和光裡。例如現在仍可以看到的巨大雪松樹，它影響著在它們的能量場裡的一切，為他們增添力量，並讓他們意識到自己是屬於某種比他們更大的東西。

山毛櫸樹做療癒的方式是打開人們的心，讓他們可以做到寬恕。假如你祈請大天使夏彌爾並觀想他粉紅色的能量灌注下來，經過山毛櫸樹進到根裡，愛與心的療癒力將會透過樹根網絡傳播，即使樹與樹間有一段距離。每個被它們吸引來的人都會感覺到被它們的善心所滋養。

你可以做的部分是祈請並觀想任何一種高頻能量往下流進樹裡。這會改善一棵棵的樹和那個地區。例如，你可以透過森林地裡的一棵樹啟動宇宙鑽石紫色火焰，於是你提供的禮物將會散播出去，直到它轉化了那個森林裡所有的低頻能量。

你可能也會想要把包含基督能量的默哈瑪、基督金色光束、新的揚昇光束或任何大天使的能量帶到一棵樹裡，並讓這個光四處蔓延。

樹木的特質

紫杉木總是被種在墓地或神聖之處，因為它們在該處附近安置精神上的保護，使靈魂可以在那裡安息，而神聖的場所可以免於被打擾而保持它們的光。

另外有一種樹，它英勇地捍衛那些生活在它保護之下的生命，那就是山楂。它可能又小又雜亂，但卻有很大的力量。假如你的家或農場有山楂樹的樹籬，祝福山楂樹，並感謝它，因為它非常努力地在阻擋低頻能量。

樹木還有一些其他的特質：

- 白蠟木：這種優雅的樹保有「神聖陰性」的特質。
- 栗樹：這種巨大的樹教導我們豐盛的意識，並且鼓勵我們玩樂。
- 榆樹：這種敏感的樹，會協助我們以平衡的方式把握自己的力量。
- 冷杉與松樹：這些樹幫助我們再生，提高我們的精神。只要我們允許，它們會提高我們的頻率。
- 冬青樹：這種有刺的樹教導我們，人會有不良行為是因為他們曾經受過傷害，所以鼓勵我們不要批判他們。

• 紅木：這種極好的樹提供可靠性與信任。
• 懸鈴木：這是一種很敏感的樹，它可以注意到人類的脆弱性。它把它的能量和我們的融合在一起，再把能量提高，幫助我們改善情緒。
• 白楊木：這棵高大的樹教導的是可靠性和依賴。
• 白樺樹：這棵易遭損害的樹幫助我們敞開心。
• 柳樹：這可愛的樹教導我們有關彈性的事，以及它很大的用處。

水果與蔬菜

樹木長出的水果含有種子，也就是它的生命力和精華，往往也是濃縮的養分。除了滋養我們之外，它也把樹的天賦特質帶入我們的細胞裡。香蕉會帶來智慧；蘋果帶來健康；栗子帶來蓬勃與常理判斷；櫻桃帶來愛；草莓帶來快樂；梨子帶來鎮定。

在大自然的設計裡，每一種水果和蔬菜的成熟期，是被設定在當地居民和動物最需要它的時候。

森林

森林是我們這個行星的肺臟。透過光合作用它們輸送氧氣給全球。在整個宇宙裡氧氣是攜帶本源之光的一個元素。美好偉大的神聖計畫確保每一個生命體都吸入氧氣，即使是魚類，它們經過鰓從水中萃取氧氣。我們的每個呼吸都會把本源的光直接送到細胞裡。同時，空氣裡含有的水滴都保有神性之愛。所以，假如我們好好地呼吸，我們就會收到本源的愛與光。呼吸愈深，我們的平靜感和連結感愈強。嬰兒仍然和本源連結著，他們本能的呼吸就是深而緩慢的。

在森林中漫步有助於我們的復甦和療癒，因為我們正在重新恢復與本源之間的連結。當我們準備就緒時，樹木，特別是松樹，會把我們帶進五次元。

森林也會把其他星系或行星的光接引下來，並加以保存。例如，德國的黑森林連結著木星和它已揚昇的面向——金貝。這裡保存著很多鑰匙，可以解開未來有關療癒的問題以及人類、動物，和星球達到平衡的方法。目前的對抗療法醫學有其目的，因為屹立難搖的業力，意謂著我們體內存在著極度的不平衡。當我們脫離業力之輪時，我們將可以回歸到大自然提供給我們的療癒方法，讓我們的各系統保持在平衡狀態。這其中有很多是樹木提供給我們的。

很多南美的森林是連結著金星的，它們保有愛的更高的編碼，使大自然世界可以生活在不可思議的和諧與滿足中。

這個世界的頻率正在快速地改變和提高當中。神聖計畫裡包括了在澳洲的森林重造——在這塊大陸學習到控制天氣和掌握雨量之後就會立即開始。這些即將要栽種的森林，將會引進大量和靈性科技與智慧有關的知識，讓澳洲可以幫助全世界。

此刻，整個地球上有太多的樹已經倒下，以致留下來的那些必須很努力地工作。有時候它們會覺得疲倦而且不受重視。如果你送愛給它們，那會加強它們的力量，並且提高它們散播無條件之愛的能力。

觀想與樹連結

做這個冥想時可以是在一棵實體的樹下，也可以用觀想的。不管是哪一種方式，你都在接收樹木的能量。

1. 找一個你可以放鬆又不被干擾的地方。可能的話點上蠟燭。
2. 安靜地坐著，自然呼吸，心中期望與樹木的國度連結。
3. 觀想根從你的腳往下延伸，深入地球，讓自己根植大地。
4. 請大天使麥可為你披上他深藍色的防護斗篷。
5. 當大天使波利梅克把你包覆在他的光之翅膀裡時，注意到你周圍閃爍的藍綠光。放鬆，進入裡面。

6. 他把你帶往一棵樹，可以是一棵大樹，也可以是小樹，你知道它要給你一些東西。
7. 打開心，接收樹木的訊息。感受它的氣場。
8. 當你站或坐在它下面時，它的能量場裡的神聖幾何體正在加強你的能量場。放鬆，讓它繼續進行。
9. 樹給了你哪些特質呢？感受到它們在點亮你的內在。
10. 這棵樹可能要直接給你訊息，接受它，不管是自覺或不自覺地。
11. 你可能會留意到有一個小精靈坐在樹幹上注視著你。
12. 感謝他的出現，享受你們之間的連結。
13. 向樹和大天使波利梅克致謝。
14. 睜開眼睛。

步驟52

擴展五次元的心輪

當你五次元的心輪打開並且發出光時，這是一個最莊嚴的光景。這是你們的大天使們從亞特蘭提斯黃金年代以來一直在等待的時刻。他們看到亮麗的白光，三十三個花瓣在裡面散發出你個人的揚昇頻率，而同時其中央的金色繩索在輝煌中連結到宇宙之心，然後直通到本源。

五次元的心輪是揚昇過程的模式範本。整個脈輪系統的基礎都圍繞著這個中心點。一旦它開始運作，它會點亮其他的脈輪，直到它們完全清明無雜染為止，就像一個自動清理的高效能引擎一樣。然而這並不代表其他脈輪裡所涵蓋的課題會自動完成清理，因為這只有在每個人都成長後才會發生。

如前所述，大天使夏彌爾正在照管著心輪最初十個花瓣的開啟，以及早期揚昇的考驗過程。現在的揚昇過程中因為有那麼多人正在打開心輪，守護業力輪之光的大天使克里斯提爾，目前正在監督更高層次的心輪的啟動工作。他把純淨的基督之光，灑落在那些已經準備就緒的人已進化的心裡，讓他們可以把這個能量傳遞給他人。這個能量裡面的細胞諧音波的頻率，吸引了愈來愈多求道的人，他們的心會因此而打開。

在二〇一四年六月夏至時，透過地球的心輪格拉斯頓伯里的突岩有一個大規模的心輪啟動，這是以梅爾卡巴基督意識頻率——13-20-33，送出的。那些與此有關的人散發出強大的頻率，經過夏至的能量和大天使麥達昶的加強之後，促發了一個全球性的心輪啟動。

現在類似的啟動一直都在全世界各處進行著。這些都在催促著我們打開心輪，把世界帶向與更高的水晶網格和諧一致的境界。

新的金色網格

一直到二〇一二年之前，地球仍然在古老的地脈系統上運作，那個系統是在亞特蘭提斯開始時由圖特布下的。在宇宙時刻，大天使麥達昶把舊有的地球網格的頻率慢慢地、謹慎地減弱了。

一個新的液狀金色網格，現在正被輸進整個地球更高頻率的地脈結構裡。在圖特的指導下，光之工作者再度以觀想的方式安置這個液狀金色地脈，同時大天使麥達昶也在使用這個能量建造新的神聖幾何體。

這是一個很重要的例子，它顯示了光之工作者如何與天使界的力量共同締造新的範例。

新的網格正在改變成為一個水晶光網，它的頻率比舊有的高出很多。更高的資訊將會透過這個新建立的網路傳遞，而隨著地球行星的進化，這個水晶網格將會變成地球上永久性的地脈系統。當這一天到來時，物理學、數學和純粹煉金術的神奇魔力將會融合在一起，然後我們的知識和領悟將會完全地革新。

我們在亞特蘭提斯黃金時期曾經擁有的資訊，一直以來都被儲存在幾個不同的地方，也以不同的方式被儲存著。其中特別的以及神聖的部分，是存在十二個水晶骷髏頭的每一個，以及人面獅身像裡。亞特蘭提斯的天使們和海豚天使保有一部分。很多是保存在亞曼提的大廳裡（也就是內在層界的學習大廳裡），以及地心空間的大水晶金字塔裡。所有的知識是被設定在第十三個骷髏頭——亞特蘭提斯的紫水晶骷髏頭裡的。黃金亞特蘭提斯，是我們快要到達的新黃金世紀的基礎，當有足夠的人的心變成五次元的，這個資訊將再度被用來開創一個更高層次的新世界。

在發出光的大師們和主管揚昇過程的大天使們，以能量在全世界布置新的更好的水晶網格時，人們的心將會因為喜悅而突然大開，因為大量的愛湧入地球各處的網格裡。

住在地球上的人，未來每天都可以看到奇蹟在推動這個過程加速前進。

這個能量不能再被忽視，而且它很快地會點燃每個人的心輪。他們已經預告了這個現象，並且要求我們在看似瘋狂的事裡找到奇蹟。

觀想打開並擴展五次元的心輪

1. 找一個你可以放鬆又不會被干擾的地方。可能的話點上蠟燭。
2. 安靜地坐著，自然呼吸，心中期望打開並擴展你的五次元心輪。
3. 觀想根從你的腳向下延伸，深入地球裡，讓自己根植大地。
4. 請大天使麥可為你披上他深藍色的防護斗篷。
5. 專注於你的心輪，觀想它發出純淨的、燦爛的、白色的，以及旋動的光。
6. 邀請大天使夏彌爾、大天使瑪利亞，以及大天使克里斯提爾。
7. 請大天使夏彌爾碰觸、打開和照亮你心輪最初的十個花瓣。當他這麼做時，感覺到它們慢慢展開，並充滿了純淨的愛。你的心輪已經開始綻放光明。
8. 美麗的大天使瑪利亞——「神聖陰性」的天使——碰觸著你的心輪。當你的心輪中間部分的七個花瓣整齊地打開時，深深地吸氣，慢慢地呼氣。從你的心輪發出的光現在有了亮麗、有力的光。白色和粉紅色光從你湧出，旋轉著進入你周圍的環境裡。
9. 大天使克里斯提爾跟你在一起，他是純淨的月白光。他碰觸著你心輪較高部分的十六個花瓣，完全打開。

10. 深深地吸氣，慢慢地呼氣，看著明亮的白光從你胸前流出。那是宇宙之心自身的顏色。

11. 花時時間把這個明亮的光對著人們、動物、地方和情勢呼出。讓你的光擁抱他們，把他們提高到五次元的頻率。

12. 觀想一個純白光柱從你的胸前離開。它往上移動，繼續通過你更高的脈輪和單子體臨在，再往外進入浩瀚的宇宙裡。

13. 一個白色的光柱從九次元的宇宙之心湧向你。這個光與你的光交融在一起，與這個本源之愛無限大的光池合而為一。

14. 觀想你敞開的心輪以愛包圍著地球。想像這個星球上的每個人都跟你一樣發著光，看著自己與他們成為一體。

15. 睜開眼睛，感謝大天使們，然後把祝福散播出去。

步驟 53

發現自己的揚昇光束

你可能已經熟知代表你個人靈性能量、天賦和才能的光束的顏色。因為你現在正在揚昇過程裡，也在擴展你的能量體，這個光的顏色也在改變中。大天使麥達昶正在給你一個可以運用的新的、更高頻的顏色振動。它可以是色譜中的任何一個——紅、藍、綠、粉紅、橘、黃或任何一種出現在你面前的顏色。你將會逐漸適應高我的光束能量。

另外，還有一個大能的存有可以幫助你找到並適應你的高我的光束，他就是上主巫斯陸。他將會使你得知揚昇之旅中你最渴望達到的目的。為了要幫助你與他有更深的連結，讓他可以助長新的連結關係，現在要多介紹一下上主巫斯陸。

上主巫斯陸

在地球上，現在是一個靈性加速成長的特別時刻，上主巫斯陸（Vooslоо）從另一個宇宙來這裡幫助我們。他是「穆」（Mu）時代的一位智者。後來又投生到亞特蘭提斯的黃金時期。他是投生到整個亞特蘭提斯時代裡所有高階祭司中頻率最高的，是從十一次元帶著身軀投生而來的少數存有之一。他再度回來幫助我們找回我們在浩瀚的宇宙裡可以擁有的亮麗的願景。他高舉著象徵宇宙一切可能性的偉大火焰。為了要使這些渴望能夠成形，他正在幫助我們所有的人在心智上和靈性上保持平衡。

因為上主巫斯陸了解亞特蘭提斯的一切，對於曾發生的事也有一個整體的觀點，他可以幫我們連結到黃金時期最深邃的智慧。他也會幫助我們平衡十二個脈輪，俾使我們能夠找回我們的DNA裡的十二絞股。

目前有些嬰兒出世時是帶著十二絞股DNA的，但是因為四周的氛圍太低了，它們無法被啟動。因此他們有些人一部分的靈魂能量退縮了，而以自閉的形象出現。很多時候假如他們的家庭可以幫忙他們把能量保持在高頻和清淨的狀態，這會對他們有幫助。此外，假如這些孩子願意，獨角獸也可以幫他們重新連結他們的靈魂能量。請求上主巫斯陸和獨角獸，來使這些特別的靈魂周圍的能量保持純淨、明亮和平衡，這實際上是很有助益的，可以使他們把潛能發揮出來。現在這樣的孩童可能很少，但隨著二〇三二年的接近，人數將會快速地增加。

第九道光束

上主巫斯陸現在在這裡協助我們和地球從容優雅地揚昇。最近他對於揚昇的過程已變得非常積極主動，正與瑟若佩斯．貝和大天使麥達昶密切地合作。他們合力成為一個有力的團隊，正為人類創造一個揚昇模式，為蓋婭創造出更好的原子水晶體結構體。這些水晶結構體是鋪設在現存的三次元和四次元能量之上的，以便它們可以擴大新的基督意識能量，把它灌注到地球裡。目前這個過程正在持續地進行著。

上主巫斯陸已經成為第九道光束的大師，這道光是在二〇〇一年已經歸還給地球的黃色和諧之光，其中包含著人類和諧、世界和平以及快樂合作的鑰匙、編碼和神聖幾何體。當上主巫斯陸把他的黃光照入我們的心智、能量場和脈輪時，它燃起了保存在我們的五次元藍圖裡的對和諧、統一意識與融洽的渴望。他的光會幫忙帶來平衡與平靜，這是這個世界順利進入黃金世紀所需要的。

我們可以請他幫我們保持平衡狀態，以便在美好的揚昇之道上繼續前行。

與上主巫斯陸連結

上主巫斯陸的乙太能量中心是在巨石陣的上方。巨石陣的能量門戶只打開了一部分，但是在二〇三二年以前會全部打開。它是七次元的，會把你帶入七次元的光體裡。然後你會用一個更高的視野看待這個世界和理解這個宇宙的運作。你會像一個天使界的存有一樣，以愛的眼光看待萬物。

上主巫斯陸在一個很高的頻率上運作。要造訪他的能量中心之前，在白天時要吃得清淡，放鬆，並留意他在你四周所形成的光。

觀想造訪上主巫斯陸的能量中心

1. 找一個你可以放鬆又不會被干擾的地方。可能的話點上蠟燭。
2. 安靜地坐著，自然呼吸，心中期望造訪上主巫斯陸的能量中心，找出你個人的光束能量。
3. 觀想根從你的腳往下延伸，深入到地球裡，讓自己根植大地。
4. 請大天使麥可為你披上他深藍色的防護斗篷。
5. 觀想自己坐在巨石陣圓圈的中央。
6. 召請大天使麥達昶和上主巫斯陸。
7. 大天使麥達昶走出來，把你從圓圈的中央帶出，走下一段美麗發光的樓梯，進入一個華美的內室。金光在你周圍流動。把它吸入你的細胞裡。
8. 上主巫斯陸帶著微笑走向你。他穿著鮮橘色的長袍，胸前有太陽的象徵物。他邀請你坐到一個漂亮的金色椅子上。

9. 大天使麥達昶坐在你後面，發射出純淨的揚昇之光。

10. 閉上眼睛，把注意力集中在第三眼上，看看會出現甚麼顏色。你看到的第一個顏色就是你最主要的光束顏色。

11. 讓這個顏色充滿體內的每一個細胞。在你這麼做時，能量從你的高我傾注到頂輪，照亮你的第三眼。

12. 現在上主巫斯陸站在你面前，手中有一個明亮的能量球。你看到的是甚麼顏色？這是你延伸的光束能量，上主巫斯陸現在把交它給你。

13. 花些時間把這個顏色的光球握在手裡。留意自己的感覺，感受它的振動和力道。

14. 把這個顏色的光球放到你的心輪裡。感覺它透過生命的每一個分子擴展，進入你的氣場、能量場，再延伸進入你周圍的地帶。它不斷擴展，直到它充滿了你五次元的梅爾卡巴，而且可以延展到三十二公里。

15. 你現在已有自己的揚昇之光的顏色。這是你要使用的能量，是你的高我的顏色。

16. 向上主巫斯陸和麥達昶致謝，帶著愛與感激離開這個內室。

17. 睜開眼睛，感受你新擴展的力量。

步驟54

揚昇水晶和水晶骷顱頭

人類和水晶之間密切的關係，可溯至列木里亞的前亞特蘭提斯文明。在這個時期，我們這個星球的石英和水晶的模板是在三次元形成的。每個地方都發生大規模的地理變遷，在高溫高壓下造成了龐大的地下岩層。

列木里亞人知道這些有意識但非有情的形成物，在未來的歲月裡會帶來的影響。他們透過宇宙之心收集能量，然後把它和地球氣場裡的——以及很多其他恆星、行星和星群裡的——神聖特質加以混合。他們把高頻的靈性知識和訊息設定在這個能量裡，並把這個不可思議的光加以集中後放入地球的地脈裡，在這裡固化，並與他們驚人的力量和能量一起形成了列木里亞水晶。

列木里亞結束，亞特蘭提斯誕生了。在這段時期的日常生活中，水晶裡的資源廣泛被使用，小自簡單的溝通，大到地球上曾經使用過的最尖端的技術。現在，經過久遠的年代之後，配合著地球的覺醒，水晶和它們力量的影響範圍已經再度變成關注的焦點。

隨著地球頻率的上升，更多人逐漸注意到這個大自然力量和靈性增長的來源，而且保存在水晶裡的訊息也開始活躍起來。每塊岩石、石頭／寶石，以及每一粒沙裡都有一種振動和貯藏訊息的能力。現代的科技把矽應用在電腦的線路板上，而且科學界也開始意識到它在未來還可以為人類帶來很大的益處。如亞特蘭提斯的大師們所說的，五次元世界將是被這些水晶所驅動的，而且這個時間已經非常接近了。

在個人層次上，多數的光之工作者會注意到與他們的頻率共振的某種水晶。有些人只是純粹地喜歡它的顏色和透明度，有些人則知道每一種水晶特殊的振動特性以及它如何提升個人的成長。例如美麗的紫水晶，包含著與紫色火焰共鳴的有鎮定和保護作用的頻率，這是眾所周知的。舒俱徠（Sugalite）水晶與大天使麥可的深度保護能量有關，可以把這個頻率傳送到使用者身上。玫瑰石英有鎮定和撫慰的效果，並且可以連結到大天使夏彌爾。

揚昇石英是一種高等級的石英，現在愈來愈多人都在使用。這種石英的透明度最高也最純淨，是完全沒有瑕疵的。

水晶骷顱頭

在頻率非常高的亞特蘭提斯黃金時期，每個人都使用水晶骷顱頭。因為骷顱頭代表人類的意識、智力和個性，它們的形狀是由高階男女祭司在與星際議會商議後所選定的。亞特蘭提斯陸塊上的每個家裡都有一個骷顱頭，在接收聖殿裡主要的頻率，然後再連接到波西亞島上波塞頓神廟裡的大水晶。

這些骷顱頭的功用是，它們是通訊方法，是電腦，也是接觸星際議會更高訊息流的鏈接。在水晶工坊裡人們學習做個人的骷顱頭，把自己的能量與創製中的骷顱頭夥伴做深度連結，

在這個五次元時期的後期，專家們學習到如何把不同形式的水晶融合在一起，給他們的骷顱頭一系列的適用於個人需求的頻率和力量。例如，一個有抱負的人希望加強他與自己的精神力量連結的能力，他們可以使用最純淨等級的石英做出自己的骷顱頭。然後，使用先進的雷射切割法，加上特定的聲頻與心智控制，把一個翡翠放在骷顱頭的第三眼上，代表它的擁有者已擴展的第三眼。另外一個例子是，把純淨的金色光液融入骷顱頭的頂輪，反映出一種更高的本源能量之流。

透過現代的水晶工作者，這些技術以及這件工藝品裡強烈的愛與深邃的知識，已經在靈魂的層次上重新出現。在通往更高領域的門打開時，骷顱頭的製作者現在憑直覺使

用日益增加的力量，把原料轉變成美好的作品，反映出在亞特蘭提斯所達到的最巔峰的狀況。

在這個世紀之交出現了很多神奇的發現，由不同種類的石英做成的水晶骷髏頭，現在都出現在人類面前。大多數的發現是發生在南美的，而且骷髏頭主要都是由透明石英或煙晶做成，只有一個看起來是由純紫晶做的。發現這些古代藝品的考古學家，意識到其中的一部分是很古老的，遠在有歷史紀錄之前。這些物品有的是保存在博物館裡，也有的是在某些被挑選出的守護者的手中，這些人被指派的任務是，在水晶重新復活並披露它們的祕密時守護它們。

從靈性上來說，人們被它們所吸引，而且一和它們溝通之後，馬上會知道自己可以接觸到一個更高的知識之流。在人們想要接收這些更高的頻率時，水晶骷髏頭再度成為工具，而且使用的範圍更廣。一個由工匠所做成的水晶骷髏頭，對於很多靈性道路上的人是一個夥伴、一個紀錄保存者，也是一個很有價值的資產。很多人用它來接收公開的古代能量，幫助他們憶起自己真正的身分。

為水晶預做設定

所有的水晶和水晶骷髏頭都是可以預先做好程式設定的。一塊簡單的石英可以容納巨量的訊息。大天使麥達昶過去曾指導亞特蘭提斯的水晶技術，現在再度來協助此事的進行。任何希望加強與水晶的關係的人，麥達昶的能量都可以啟發、激勵和指引他。

為水晶或水晶骷髏頭做程式設定

1. 一開始時可以選用透明的水晶。因為它具備透明性和中性的振動能量，所以是最容易做設定和可以做最清楚設定的水晶。
2. 在流動的水下清洗水晶。把它放在陽光或月光下，並用宇宙鑽石紫色火焰圍繞著它。
3. 連結這個水晶的天神。所有的水晶都有一個大自然元素的存有在看管它們的頻率。請天神活化你的水晶以備接受設定。
4. 祈請大天使麥達昶，請他在你的水晶裡注滿純淨的揚昇之光。這會大幅增強它的力量，並讓你與它有更緊密的連結。
5. 請大天使麥達昶在水晶裡放入他想放入的特定能量。
6. 從你經常做的冥想裡選一種你最喜歡的。
7. 把水晶握在右手中，意圖幫它預做設定。
8. 一如你平常的作法，大聲說出你的冥想內容。
9. 完成之後，請天神把這個訊息放入你的水晶裡，作為一個會起作用的紀錄。表明你會經常使用它的意願。
10. 請大天使麥達昶把他的能量放在水晶的四周，加強和保護你的訊息。

11. 你的水晶現在已做好設定，任何時候你都可以啟動它，這個做起來很快、很容易，又很方便。
12. 記得常常清理水晶，特別是你把它隨身攜帶的。
13. 感謝水晶、天神，以及大天使麥達昶的服務。

步驟55

即時陽光

這裡還有一個啟動揚昇很有效力的方法，它也是幫助你的能量保持清淨的工具。「即時陽光」（The Instant Sun）是一種純淨的乙太之火，可以燒燬你能量場裡的所有殘渣。假如你想保持個人頻率的純淨和清淨，特別是你周圍的振動很混雜之時，它是極其有效、多功能，並且是最理想的。假如你選擇啟動它，你可以視情況所需把它變大或變小，它會留在那裡一直到被關閉或瓦解為止。假如你願意，你可以把它擴展到離自己很遠的地方，甚至可以用它來包覆整個地球。

圖特對於能量的工具特別熟悉，對於使用的方法也非常熟練，於是大亞特蘭提斯的巫斯陸大師賦予了他即時陽光。那是一種以脈輪為基礎的能量裝置或設計，被用在個人或東西的四周。從它的名字可以看出，它是太陽或海利歐斯能量，被啟動後會在啟動者的周圍形成一個九次元的光球頻率。

這個技術是一個禮物，只分送給那些想用它來幫助自己或幫助地球成長的人。巫斯陸和圖特大師現在把它送給你，因為你和很多人一樣擔起責任，願意盡一己之力幫助這個世界揚昇。

新的黃金世紀即將來臨，我們在黃金亞特蘭提斯曾經享有的一些靈性天賦，現在要歸還給我們之中那些有足夠的責任感來使用它的人。在那個黃金時期裡，神職人員有很多工具可以運用，以使他們個人以及周圍地帶的頻率保持純淨和清澈。因為有祭司們持久不斷的警覺意識，家裡、殿堂、土地、水和食物都保持在一種閃爍的五次元振動上。有一段一千五百年的時期，每個人都因此而受益，一直到亞特蘭提斯實驗最後一次的衰敗為止。現在，光之工作者團隊的頻率和群體意識，已經提高到某個程度，這些工具都可以歸還給我們。

高階祭司巫斯陸和圖特隨同著大天使麥達昶，將會把這個即時陽光直接建造在你的太陽神經叢裡，並幫你做首次啟動。自此之後你應該像一個活生生的大師，以智慧和責任感使用這個工具。

這個即時陽光一旦被啟動了，它會圍繞著你的能量場，把你想要改變或覺得不喜歡的任何頻率都加以燒燬。這可以是束縛、依附，或是他人的能量和業力、能量植入、實體，或是任何來自二元對立性的作為。

一旦你感覺到爽朗了，即時陽光就會在命令下崩解，縮小成一個小核體，裡面就是你已經去除的能量。大天使烏列爾和獨角獸會接著把稠密的能量加以轉化，變成更高的光。

在即時陽光崩解時，你可以請它引進你現在想要放在能量場裡的清新的更高能量。你必須非常清楚自己想要吸引甚麼新能量，因為現在這個時候意念的具顯成真是很快的。

這裡有個例子可以說明它如何運作。想像你的園地裡有一個小屋，裡面都是蜘蛛網和無用之物。在你召請即時陽光後，它在小屋上方形成了一個光球，然後巫斯陸、圖特和大天使麥達昶會啟動它。它的頻率會變得非常高，所有的灰塵被掃進一個小球裡，大天使烏列爾接著將它照亮和加以轉化，獨角獸把它變成純淨之光。然後你用你要求來的閃亮的新工具充滿那個小屋。

你可以用下面這個觀想接受即時陽光，並學到如何使用於自身：

接受即時陽光的觀想

1. 找一個你可以放鬆又不會被干擾的地方。可能的話點上蠟燭。
2. 安靜地坐著，自然呼吸，心中期望接受並使用即時陽光。

3. 觀想根從你的腳向下延伸，深入到地球裡，讓自己根植大地。
4. 請大天使麥可為你披上他深藍色的防護斗篷。
5. 觀想你十二個脈輪的整個系統亮了起來，並且在一個五次元的頻率下啟動了：

星系門戶，發出鮮明的金光。
靈魂之星，發出鮮明的紫紅光。
業力輪，像月亮一樣發光。
頂輪，發出水晶的金光。
第三眼，像水晶般的透澈，但發出的是清澈碧綠的光。
喉輪，寶藍光。
心輪，純白光裡帶點淺粉色。
太陽神經叢，純金光。
臍輪，燦爛的橘光。
生殖輪，淺粉紅光。
海底輪，迴旋的白金色光。
鈷灰色的地球之星。

6. 它們都因為你的熟諳和偉大而發光，你打算把它們結合成一個光柱，往上延伸到海利歐斯（中央大日）的核心，往下進入地心空間的核心，讓它在那裡穩固下來。觀想這個。

7. 祈請偉大的上主巫斯陸和大能的圖特出現。安靜地坐著，散發著揚昇頻率的光，感受到他們來到你身旁。
8. 大聲說出或在心中說道：
「我現在心懷感激接受即時陽光這個禮物。」
9. 上主巫斯陸現在把一個金色光球放在你的太陽神經叢，輕輕地把這個能量弄得順暢，讓它就位。感覺它在振動、發光。
10. 你的即時陽光現在已經就緒，等待被啟動。大聲說出或在心裡說道：
「即時陽光，啟動。」
11. 有一個太陽能量的光球，從你的太陽神經叢擴展到你的身體、氣場和能量場。你發出強大的光。
12. 感覺它在燒燬所有你想以更好的光加以取代的情緒、能量、束縛、依附或任何其他東西。
13. 感覺新的、更高頻的能量湧進，取代了舊有的那些。
14. 即時陽光現在已在你能量場中適當的位置上，把它一路擴展到你希望它到達的地方。

後記

我們非常希望你讀這本《五次元的靈魂揚昇：光與智慧的靈性指南》的時候是很愉快的。

本書的文字是經過設計的，目的是要影響頭腦的意識和潛意識，以及希望書中給讀者所帶來的啟發效果可以恆持久遠。這本書從撰寫到讀者拿在手上，中間的這段時間裡，我們這個星球的能量將已再度改變。

每一個新的日子都會帶來更高的頻率，一個轉化的機會，也會重新改造我們周圍的實相。

我們的世界是被安排好要在二〇三二年以前完全轉移進入五次元模式的，而在那個時間之前做為支持能量的幾何結構，將必又已經過改變。地球將會是很不同的生活場域，而你——本書的讀者，將會是一個完全活出大師風範的人。

祝福你在轉化的旅程上在有愛，有笑聲，還有豐盛與光。生活在這裡是為了學習和擴展，創造你自己的實相，並憶起你自己真正的身分。用本書中提到的工具和資訊助長你內在的光，並把它傳送給他人，不論他們是在他們旅途上的哪一個點。

致上愛與所有的祝福。

——黛安娜・庫柏 & 提姆・威德

NOTES

NOTES

生命潛能出版圖書目錄

健康種子系列		作者	譯者	定價
ST9002	同類療法I—健康新抉擇	維登・麥凱博	陳逸群	250
ST9003	同類療法II—改善你的體質	維登・麥凱博	陳逸群	300
ST9005	自我健康催眠	史丹利・費雪	季欣	220
ST9010	腦力營養策略	藍格& 席爾	陳麗芳	250
ST9011	飲食防癌	羅伯特・哈瑟瑞	邱溫	280
ST9019	巴哈花療法，心靈的解藥	大衛・威奈爾	黃寶敏	250
ST9021	逆轉癌症——恢復生命力的九大自療療程（附引導式自療冥想CD）	席瓦妮・古曼	周晴燕	250
ST9022	印加靈魂復元療法——跨越時間之河修復生命、改造未來	阿貝托・維洛多博士	許桂綿	280
ST9023	靈氣108問——以雙手傳遞宇宙生命能量的新時代療法	萊絲蜜・寶拉・賀倫	欣芬	240
ST9024	印加巫士的智慧洞見——成為地球守護者的操練與挑戰	阿貝托・維洛多博士	奕蘭	280
ST9025	靈氣為你帶來豐盛——遠離匱乏、體驗豐盛的42天靈氣方案	萊絲蜜・寶拉	胡澤芬	220
ST9026	不疼不痛安心過生活——解除你的疼痛	克利斯・威爾斯 & 葛瑞姆・諾恩	陳麗芳	280
ST9027	印加能量療法（新版）——一位心理家的薩滿學習之旅	阿貝托・維洛多博士	許桂綿	300
ST9028	靈氣心世界——以撫觸與覺知開展生命療癒	寶拉・賀倫博士	胡澤芬	280
ST9029	印加大夢——薩滿顯化夢想之道	阿貝托・維洛多博士	許桂綿	320
ST9030	聲音療法的7大祕密	強納森・高曼	奕蘭	270
ST9031	靈性按摩——品嚐靜心與能量共鳴的芬芳	莎加培雅	沙微塔	450
ST9032	肢體療法百科——身心和諧之旅的智慧導航	瑪加・奈思特	邱溫	360
ST9033	身心合一（新版）——探索肢體心靈的微妙互動	肯恩・戴特活德	邱溫	320
ST9034	療癒之聲——探索諧音共鳴的力量	強納森・高曼	林瑞堂	270
ST9035	家族排列釋放疾病業力	伊絲・庫什拉博士 & 克里斯帝・布魯格	張曉餘	320
ST9036	與癌細胞和平共處	麥克・費斯坦博士 & 派翠西亞・芬黎	江孟蓉	320
ST9037	創造生命的奇蹟：身體調癒A-Z	露易絲・賀	張學健	280
ST9038	身心調癒地圖	黛比・夏比洛	邱溫	360

ST9039	靈性治療的藝術——連結療癒的能量成為治療者	凱思・雪伍	林妙香	300
ST9040	當薩滿巫士遇上腦神經醫學	阿貝托・維洛多博士& 蒲大衛醫師	李育青	380
ST9041	零癌症——呂應鐘教授的身心靈完全健康之道	呂應鐘		320
ST9042	沒有治不好的病：學會身鏡系統，活出一切都能療癒的實相	馬汀・布洛夫曼	林群華	320
ST9043	22篇名人大腦故事，帶你遨遊神祕的腦神經世界	羅伯・卡普蘭	楊仕音& 張明玲	380
ST9044	零疾病：劃時代的八識健康法，讓你輕鬆實現無藥的奇蹟	呂應鐘		280
ST9045	花之療法：88種花朵的療效與訊息	朵琳・芙秋博士&羅伯・李維	陶世惠	360
ST9046	班傑的奇幻漂浮——從明星到成為漂浮大使	班傑Benji		280
ST9047	身心靈完全療法——醫學、肯定語與直覺的東西方會診	露易絲・賀 & 蒙娜麗莎・舒茲	張明玲	360
ST9048	神奇的植物靈療癒法：運用植物意識療癒你的身心靈	潘・蒙哥馬利	丘羽先	350
ST9049	靈氣與七大脈輪	理查・艾理斯	黃春華	280

奧修靈性成長系列		作者	譯者	定價
ST6012	蘇菲靈性之舞—讓自我死去的藝術	奧修	沈文玉	320
ST6013	道——順隨生命的核心	奧修	沙微塔	300
ST6016	歡慶生死	奧修	黃瓊瑩	300
ST6022	自由——成為自己的勇氣	奧修	林妙香	280
ST6023	奧修談禪師馬祖道一——空無之鏡	奧修	陳明堯	280
ST6024	奧修談禪師南泉普願——靈性的轉折	奧修	陳明堯	280
ST6026	女性意識——女性特質的慶祝與提醒	奧修	沈文玉	220
ST6027	印度，我的愛——靈性之旅	奧修（附「寧靜乍現」VCD）	陳明堯	320
ST6028	奧修談禪師趙州從諗——以獅吼喚醒你的自性	奧修	陳明堯	250
ST6029	奧修談禪師臨濟義玄——超脫理性的師父	奧修	陳明堯	250
ST6030	熱情——真理、神性、美的探尋	奧修	陳明堯	280
ST6032	靜心春與夏——奧修與你同在	奧修	陳明堯	220
ST6033	靜心秋與冬——奧修與你同在	奧修	陳明堯	220
ST6034	蓮花中的鑽石——寂靜之聲與覺醒之鑰	奧修	陳明堯	320

ST6035	男人，真實解放自己	奧修	陳明堯	300
ST6036	女人，自在平衡自己	奧修	陳明堯	300
ST6037	孩童，作自己的自由	奧修	林群華	320
ST6038	愛、自由與單獨	奧修（附演講 DVD）	黃瓊瑩	350
ST6039	奧修談禪	奧修（附演講 DVD）	陳明堯	280
ST6040	奧修談情緒	奧修（附靜心音樂 CD）	沈文玉	280
ST6041	奧修自傳：叛逆的靈魂	奧修（附演講 DVD 及典藏卡）	黃瓊瑩	450
ST6042	奧修談身心平衡	奧修（附靜心音樂 CD 及典藏卡）	陳明堯	300
ST6043	靈魂之藥——奧修教你最簡單有效的103種身心放鬆法	奧修（附演講 DVD 及典藏卡）	陳明堯	280
ST6044	與先哲奇人相遇	奧修（附演講 DVD 及典藏卡）	陳明堯	320
ST6045	奧修談瑜伽——提升靈魂的科學	奧修（附演講 DVD 及典藏卡）	林妙香	280
ST6046	奧修談勇氣——在生活中冒險是一種喜悅	奧修（附演講 DVD 及典藏卡）	黃瓊瑩	300
ST6047	奧修談自我——從幻象邁向自由	奧修（附演講 DVD 及典藏卡）	莎薇塔	380
ST6048	奧修談成熟——重新看見自己的純真與完整	奧修（附演講 DVD 及典藏卡）	黃瓊瑩	280
ST6049	奧修談覺察——品嘗自在合一的佛性滋味	奧修（附演講 DVD 及典藏卡）	黃瓊瑩	280
ST6050	奧修談直覺——超越邏輯的全新領悟	奧修（附演講DVD）	沈文玉	280
ST6051	奧修談恐懼——了解並接受生命中的不確定	奧修（附演講DVD）	陳伊娜	300
ST6052	奧修脈輪能量全書——靈妙體的探索旅程	奧修（附演講DVD）	莎薇塔	450
ST6053	奧修談創造力——釋放你的內在力量	奧修（附演講DVD）	莎薇塔	300
ST6054	奧修談親密——學習信任自己與他人	奧修（附演講DVD）	陳明堯	280

心靈塔羅系列		作者	譯者	定價
ST11009	聖者天使神諭卡（44張聖者天使神諭卡＋書＋絲絨袋）	朵琳・芙秋博士	林素綾	850
ST11010	白鷹醫藥祕輪卡（46張白鷹醫藥卡＋書＋絲絨袋）	瓦納尼奇&伊莉阿娜・哈維	邱俊銘	850
ST11011	生命療癒卡（50張療癒卡＋書＋絲絨袋）	凱若琳・密思博士& 彼德・奧奇葛羅素	林瑞堂	850
ST11015	亞特蘭提斯神諭占卜卡（44張亞特蘭提斯卡＋書）	黛安娜・庫柏	羅孝英	780
ST11016	聖地國度神諭占卜卡（44張聖地國度神諭占卜卡＋書＋絲絨袋）	柯蕾・鮑隆瑞	王培欣	850

ST11017	守護天使指引卡（2012年新版）（44張守護天使卡＋書＋絲絨袋）	朵琳・芙秋博士	陶世惠	850
ST11018	女神神諭占卜卡（2013年新版）（44張優美女神卡＋書＋絲絨袋）	朵琳・芙秋博士	陶世惠	850
ST11019	浪漫天使指引卡（44張浪漫天使卡＋書＋塔羅絲絨袋）	朵琳・芙秋博士	周莉萍	850
ST11020	揚昇大師神諭卡（2013年新版）（44張揚昇大師卡＋書＋絲絨袋）	朵琳・芙秋博士	鄭婷玫	850
ST11021	天使塔羅牌（78張天使塔羅牌＋書＋塔羅絲絨袋）	朵琳・芙秋博士＆羅賴・瓦倫坦	王培欣＆王芳屏	980
ST11022	神奇精靈指引卡（2014年新版）（44張神奇精靈卡＋書＋塔羅絲絨袋）	朵琳・芙秋博士	陶世惠	850
ST11024	靛藍天使指引卡（44張靛藍天使卡＋書＋塔羅絲絨袋）	朵琳・芙秋博士＆查爾斯・芙秋	王培欣	850
ST11025	指導靈訊息卡（2014年新版）（52張指導靈訊息卡＋書＋絲絨袋）	桑妮雅・喬凱特	邱俊銘	850
ST11026	神奇花朵療癒占卜卡（44張花朵療癒占卜卡＋書＋絲絨袋）	朵琳・芙秋博士＆羅伯・李維	陶世惠	850
ST11027	天使療癒卡（2015年新版）（44張指引卡＋書＋塔羅絲絨袋）	朵琳・芙秋博士	陶世惠	850
ST11028	神奇獨角獸神論卡(44張獨角獸卡+書+塔羅絲絨袋)	朵琳・芙秋博士	王培欣＆王芳屏	850
ST11030	生命療癒卡(50張生命療癒卡+書+塔羅絲絨袋)	凱若琳・密思博士＆彼得・奧奇葛羅素	林瑞堂＆王理書	850
ST11031	脈輪智慧指引卡(49張脈輪智慧卡+書+塔羅絲絨袋)	托莉・哈特曼	安德魯	850
ST11032	守護天使塔羅牌(78張守護天使塔羅牌+書+塔羅絲絨袋)	朵琳・芙秋博士＆羅賴・瓦倫坦	林瑞堂	1280
ST11033	神奇美人魚與海豚指引卡(44張指引卡+書+塔羅絲絨袋)	朵琳・芙秋博士	陶世惠	1180
ST11034	大天使神諭占卜卡(45張大天使卡+書+塔羅絲絨袋)	朵琳・芙秋博士	王愉淑	1180

生命學堂系列		作者	譯者	定價
ST14001	胖女孩的食戰童年：一個非關減重的真實故事	茱蒂絲・摩爾	林冠儀	250
ST14002	死亡晚餐派對：15樁真實醫學探案	強納森・艾德羅醫師	江孟蓉	280
ST14003	遇見紐約色彩的心理治療督導	陳瀅妃		450
ST14004	記憶的照護者——阿茲海默症的侵略軌跡與照護歷程	安卓亞・吉利斯	許桂綿	420

ST14005	瞥見永恆：共歷死亡經驗的真實故事分享	雷蒙・穆迪博士& 保羅・裴瑞	江孟蓉	250
ST14006	記憶牆：七篇捕捉記憶風景的故事	安東尼・杜爾	丘淑芳	320
ST14007	若不是荒野，我不會活下去	崔西・羅斯	張明玲	320
ST14008	奇貓奇遇：盲貓荷馬的冒險旅程	葛雯・庫柏	呂敏禎	320
ST14009	潘朵拉的12個禮物：愛與寬恕的自我療癒之路	陳卓君		280
ST14010	貓咪禪師的12堂課：和貓咪學坐禪	凱特・譚斯	黃春華	250
ST14011	我不是大女人：但我將告訴你，如何成為一個真正的女人	凱特琳・莫倫	舒靈	360
ST14012	說進動物心坎裡：跟著當代動物溝通導師走進動物心世界	瑪格瑞・寇慈	許桂綿	300

兩性互動系列		作者	譯者	定價
ST0208	你這話是什麼意思？——終結伴侶間的言語傷害	派翠西亞・依凡絲	穆怡梅	220
ST0216	女性智慧宣言	露易絲・賀	蕭順涵	200
ST0217	情投意合溝通法	強納生・羅賓森	游琬娟	240
ST0218	靈慾情色愛	許宜銘		200
ST0220	彩翼單飛	雪倫・魏士德・克魯斯	周晴燕	250
ST0226	婚姻診療室——以現實療法破解婚姻難題	蓋瑞・查普曼	陳逸群	250
ST0227	愛的溝通不打烊——讓你的婚姻成為幸福的代名詞	瓊恩・卡森& 唐恩・狄克梅爾	周晴燕	280
ST0229	Office 男女大不同：火星男人與金星女人職場輕鬆溝通	約翰・葛瑞博士	邱溫&許桂綿	320
ST0230	男女大不同：火星男人與金星女人的戀愛講義	約翰・葛瑞博士	蘇晴	320
ST0231	愛沒有錯！錯的是感情迷思	提姆・雷	謝佳真	280

美麗身心系列		作者	譯者	定價
ST80001	雙人親密瑜伽——用身體來溝通、分享愛和喜悅	米夏巴耶	林惠瑟	300
ST80003	圖解同類療法——37 種常見病痛的處方及藥物寶典	羅賓・海菲德	陳明堯	250
ST80004	圖解按摩手法——體驗雙手探索身體的樂趣	柏妮・羅文	林妙香	250
ST80006	五大元素療癒瑜伽——整合脈輪的瑜伽體位法	安碧卡南達大師	林瑞堂	380
ST80007	樹的療癒能量	派屈斯・布夏頓	許桂綿	320

ST80008	靈氣情緒平衡療方	坦瑪雅．侯內沃	胡澤芬	320
ST80009	西藏醫藥	拉斐．福得	林瑞堂	420
ST80010	花草能量芳香療法——融合陰陽五行發揮精油情緒調理的功效	蓋布利爾．莫傑	陳麗芳	360
ST80011	水晶輕鬆療——與天然晶石合作，身心靈療癒不求人	海瑟．芮芳	鄭婷玫	360

心靈小說系列		作者	譯者	定價
ST15001	薩斯通：雨林中的藥草師	蘿西塔・阿維戈& 納汀・愛波斯坦	白玲	300
ST15002	四風之舞：印加藥輪的奧祕	阿貝托・維洛多博士& 艾瑞克・簡卓森	周莉萍	360

心靈成長系列 188

五次元的靈魂揚昇：光與智慧的靈性指南

原著書名｜The Archangel Guide to Ascension: 55 Steps to the Light
作　　者｜戴安娜．庫柏、提姆．威德（Diana Cooper & Tim Whild）
譯　　者｜黃愛淑
特約編輯｜朗　慧
封面設計｜洪菁穗
編　　輯｜陳莉萍
總　　監｜王牧絃
發 行 人｜許宜銘
出版發行｜生命潛能文化事業有限公司
聯絡地址／台北市士林區承德路四段 234 號 8 樓
聯絡電話／(02)2883-3989
傳　　真／(02)2883-6869
郵政劃撥／17073315（戶名：生命潛能文化事業有限公司）
E-MAIL｜tgblife@ms27.hinet.net
網　　址｜http://www.tgblife.com.tw/
總 經 銷｜吳氏圖書有限公司．電話｜(02) 3234-0036
內文編排｜菩薩蠻電腦科技有限公司｜(02) 2917-0054
印　　刷｜日光彩色印刷．電話｜(02) 2262-1122
法律顧問｜普華商務法律事務所　PricewaterhouseCoopers Legal
版　　次｜2015年5月5日初版
定　　價｜450元

ISBN：978-986-5739-60-7
THE APCHANGEL GUIDE TO ASCENSION

國家圖書館出版品預行編目(CIP)資料

五次元的靈魂揚昇：光與智慧的靈性指南 / 戴安娜.庫柏(Diana Cooper), 提姆.威德(Tim Whild)作；黃愛淑譯. -- 初版. -- 臺北市：生命潛能文化, 2016.05
面；　公分. -- (心靈成長系列；188)
譯自：The archangel guide to ascension : 55 steps to the light
ISBN 978-986-5739-60-7(平裝)
1.超心理學　2.靈修
175.9　　105007117

讓生命潛能 帶你探索心靈世界的真、善、美
Life Potential Publishing Co., Ltd